ハヤカワ文庫JA
〈JA912〉

愚か者死すべし

原　尞

早川書房
6197

愚か者死すべし

登 場 人 物

沢崎……………………私立探偵
伊吹哲哉………………料理店主、元暴力団員
伊吹絹絵………………その妻
伊吹啓子………………その娘、学生
別所文男………………伊吹絹絵の弟、会社社長
安積武男………………絹絵・文男の腹違いの兄、安積組組長
鴨志田健一……………鏑木興業の暴力団員
力石肇…………………鏑木興業の暴力団員
田坂伊織………………引きこもりの若者
宗方毬子………………興信所の事務員
設楽盈彦………………旧華族の老資産家
設楽佑実子……………その養女、根来不動産社長
徳山……………………根来不動産専務
仲谷……………………設楽フィルム・ライブラリーの管理者
税所義郎………………警視庁公安課員と称する男
漆原……………………伊吹哲哉の弁護士
矢島……………………矢島弁護士事務所の所長
菊池……………………矢島弁護士事務所の弁護士
佐久間…………………矢島弁護士事務所の弁護士
東海林秋彦……………新宿署捜査四課の刑事
藤祐之…………………東海林の同級生、デザイナー
筒見……………………新宿署捜査四課の課長
黒田……………………新宿署捜査四課の警部
津村……………………新宿署捜査四課の刑事
田島……………………新宿署総務課の警部補
相良……………………清和会の暴力団員

1

その年最後に、私が〈渡辺探偵事務所〉のドアを開けたとき、どこかに挟んであった二つ折りの薄茶色のメモ用紙が、翅《はね》を動かすのも面倒くさくなった厭世主義の蛾のように落ちてきた。およそ十四時間後には、ドアの色あせたペンキの看板を塗りなおそうと思いたってから、七度目の新しい年がくる。私はメモ用紙を拾って、四日ぶりに事務所の中に入った。ガンの偽特効薬を売りつける悪質な詐欺グループを探りだすために、ある大学病院のガン病棟の入院患者になりすますのが仕事だった。首尾よく犯人たちは逮捕されたが、そのとき私の頭をかすめたのは、彼らの釣り糸の先にぶらさがっていた法外な値段の擬似餌は、患者にとっては一縷《いちる》の希望になっていたかもしれないということだった。病院が人間の命にできることはあまりないが、もっとも手際がいいのはそれに値札をつけることだ。値札がつけば、保険屋もあらわれるし、詐欺師もあらわれる。いずれ探偵もあらわれる。それだけのことだった。

午前十時をまわっていたが、ブラインドのおりた室内は薄暗かった。私はデスクの明かりをつけてメモ用紙を開いた。メモの伝言は私宛てではなく、とうにこの世を去った死者に宛てたものだった。上がるのか降りるのかわからない季節はずれの亡霊のような足音が、ビルの階段のどこかで響いているような気がした。

私は病院から持ちかえったバッグの一つをロッカーに入れると、寝不足で抵抗力のなさそうな自分をやおら説得にかかった。死者宛ての伝言など屑カゴにほうりこんで、さっさと事務所を引きあげてしまえ。まだ午前中ではあるが、仕事もなんとか片づいた十二月三十一日の寒空に、自分宛てでもない伝言に頭を悩ませる必要がどこにある。それでなくともこの死者は、死ぬまえも、死ぬときも、そして死んでからも、さんざん私に迷惑をかけたのだ。いや、死者を鞭打つのはやめておこう。説得は容易に成功しそうだったが、やや遅きに失した。

「あなたは……十代のころの父に、暴力団に入れとすすめられるような年齢には見えないわ」

開いたままの事務所のドアの脇に、若い女が立っていた。デスクの明かりで、黒に近いくらい濃い赤のハーフ・コートとジーンズと黒いシューズが見えたが、上半身は暗がりの中だった。若い女だと思ったのは、声や服装からの推量にすぎなかった。

「きみは誰だ」と、私は訊《き》いた。

「その伝言を書いた、伊吹啓子《いぶきけいこ》です」彼女は屑カゴに入りそびれていたデスクの上のメモ用紙を指さして、そう言い、私の反応を待っていた。だが、私は反応しなかった。疲れているせいでもあったが、どう反応すればいいのかわからなかったのだ。

「伝言を返してほしいのか」と、私は訊いた。探偵事務所の客にはよくあることだった。間際になって、探偵事務所などを訪れたことを後悔するのだが、その心変わりはたいていの場合は正しいものだった。

「いいえ、違います。伝言を残して、このビルを出て、しばらく歩いていたら、あなたの車が駐車場に入るのが見えたんです。それで、もしかしたら渡辺さんじゃないかと思って、急いで引き返してきたんです。でも、あなたは……」

「右手の壁に、明かりのスイッチがある」

彼女はしばらくためらっていたが、ほかにどうしようもないので、腕を伸ばして明かりのスイッチを入れた。うしろできつく束ねている髪に縁どられた彼女の顔が浮かびあがった。二十歳《はたち》前後のようだが、化粧気がないせいか、実際の年齢よりも若く見えるのかもしれなかった。服装からは学生のような印象を受けたが、十二月三十一日にビジネス・スーツを着こんでいる女性はあまり多いとは言えないだろう。彼女のほうでも、私がお目当ての人物ではないことを確認したようだった。

「わたしは渡辺さんに会いたいんです」

彼女は時間を確かめるように、左手の手首をあげて視線を走らせたが、そこには腕時計がなかった。急いでいることを知らせたかったのだろう。急いでいる人間は、自分の時間だけが早く経過していくような錯覚におちいりやすかった。

「大至急、渡辺さんに会いたいんです」

「渡辺には会えない」と、私は彼女の眼を見ながら言った。「彼は七年前に死んだのです」

「え？　そうなんですか……」彼女は驚くよりも、ただ肩を落として吐息《といき》をもらした。相手が期待に応えないとき、女たちが一生のうちに数えきれないほどくりかえす、おさだまりの仕草だった。直接には知らなかった人間の死など、遠くにあるビルの明かりが一つ消えたようなものだった。

「きっと、そんなことじゃないかと思った……」

伊吹啓子と名乗った若い女はゆっくりとドアのほうに向きを変えた。右の肩に背負うタイプの黒いバッグをかけていた。彼女はドアに書かれた〝渡辺探偵事務所〟の色あせた文字に視線をただよわせながら、帰るための挨拶の文句でも考えているように見えた。だがそうではなかった。

「あなたも探偵なんでしょう？」

私はそうだと答えた。正直などとは縁がないが、この状況ではほかに答えようがなかった。

「あなたの名前も渡辺さんなのですか」

「いや、私の名は沢崎《さわざき》」

「どうして看板の名前を書きなおさないんですか」

「面倒でもあるし、費用もかかる」私は嘘をついているような気がしないでもなかったが、渡辺の死後にかぎれば嘘とは言えなかった。

「それに、わたしのように渡辺さんを当てにした客もくる」

私は苦笑しながら言った。「そうだな」

「沢崎さん。渡辺さんの代わりに、あなたが父を助けてくれませんか」

彼女の口調はまじめに聞こえたが、私はこういう若い娘の口調を判別することにあまり自信があるわけではなかった。

「お父さんを？」と、私は訊きかえすと、彼女の書いた伝言のメモを手に取って、もう一度眼を通した。「ここには、渡辺に新宿署に来てもらいたいと書いてあるが、彼にいったい何を頼むつもりだったんです？」

「父は、自分にもしものことがあったら、渡辺さんに相談するようにと、いつも母に言っていたんです。きょうの朝、父に面会に行くことになったとき、母が急にそのことを思い出して……もっとも、それはずいぶん古い話なんだけど」

彼女はドアロから二、三歩事務所の中へ引き返してきた。私としては、あまりうれしくない展開だった。

「わたしには、そんな昔のことがどんな役に立つのか疑問だったけど……でも、母は、父がこの世で本当に信頼していたのは渡辺さんだけだったんじゃないかって、そう言うものだから」

家族の非常時だから、どんなに無駄なことでも、できることはなんでもしておこうという、妻や娘の懸命な気持のようだった。

「お父さんは逮捕されて、新宿署にいるということか」

伊吹啓子は小さくうなずいた。そして、何かに操られるようにさらに数歩事務所の中に入ってくると、聞きとれないくらい小さな声で言った。「おとといの午後、横浜にある〈神奈川銀行〉の蓬莱《ほうらい》支店で起こった事件のことはごぞんじですか。銀行員ともう一人が拳銃で撃たれた事件のことだけど」

新聞のニュース程度のことは知っていたので、私はそう答えた。

「父はその事件の犯人だと思われて、きのうの夜拘留されたんです。でも、そんなはずは絶対にありません。おとといのその時間には、父がまったくべつの場所にいたことを、わたしの母が知っているんですから」

新聞の記事によると、伊吹啓子が〝もう一人〟と言った被害者は、たしか横浜の〈鏑木興業《かぶらぎ》〉の社長という人物だった。暴力団〈鏑木組〉の組長と呼んだほうが、はるかに実情に近いはずだが。組長のほうは二発の銃弾を胸部と腹部に受けて、かなりの重傷であるが、銀行員のほうは足を撃たれているだけなので、ほとんど命に別状はないと報じられていた。

私は、彼女の澄んでいてまっすぐな視線を見かえしながら、さっきから気になっていることを確かめた。「横浜で起こった銃撃事件の容疑者が、新宿署に拘留されている。ということは……念のために訊《たず》ねるが、お父さんは自首したということか」

「自首したからといって、犯人だとはかぎらないでしょう」彼女は唇を嚙《か》んで、私を睨《にら》んだ。

「そのとおり。しかし、普通の人間はやってもいない罪のために自首したりはしない」

彼女は、私の使った〝普通の人間〟という言葉にも、いささか過剰な反応を示した。

「あなたはまさか、父がまだ暴力団なんかに関わりがあると思っているんじゃないでしょうね？」

若者との会話は時として、説明もなくいきなり別の方向に発展するので、ついていくのに骨が折れた。

「私はまだきみのお父さんの名前も聞いていない。それにさっきはたしか、死んだ渡辺が、きみのお父さんに暴力団に入るようにすすめたという話だったようだが」

「それは全然違います。いえ、その話はそのとおりなんだけど、そんなのは大昔の話なんです。わたしの父は、父の伊吹哲哉《てつや》は、そんな世界とはとうに手を切っているんです」

伊吹哲哉――そうだ、それがあの男の名前だった。私はおそらく二十年ほど前に、この娘の父親が渡辺に会いにきたときに、この事務所で一度だけ会ったことがあるはずだった。

「月に二度も三度も喧嘩騒ぎを起こして、警察に引っ張られるような不良だった父に、渡辺さんはきっと皮肉のつもりで、あんなことを言われたんだと思います。ところが、バカだった父は、十八歳になる直前に本当に暴力団に入ってしまって、意気揚々と渡辺さんに挨拶に出かけたんです。渡辺さんは父の顔がゆがむほど殴《なぐ》りとばすと、おれの言うことを聞く耳があるんだったら、こんどはちゃんと足を洗ってから出直してこい、それまでは二度と顔を見せるな、と言われたそうです」

この娘は、父親からその話を耳にタコができるくらい何度も聞かされて育ったにちがいなかった。そういう話し方だった。

「もちろん、あんなところを駅の改札口みたいに、簡単に入ったり出たりできるわけがありません。父はその暴力団から抜けるまでに、十一年もかかった、と言っていました」

私はデスクの端に尻をあずけて、疲れたからだを休めることにした。そして、私たちのちょうど中間にある来客用の椅子を指さして、彼女に坐《すわ》るように言った。彼女は素直に椅子のところまでくると、椅子に坐るかわりに肩にかけていたバッグを椅子の上におろし、バッグの上蓋《うわぶた》を開けて何かを探しはじめた。「……でも、こんな昔のことをあなたに話していても、仕方がないんだわ」

彼女はバッグの中から小ぶりなペット・ボトルを取りだすと、そのキャップをゆるめた。自分で飲もうとして手を止め、私のほうへさしだした。「水だけど、飲みます？」

私は多少あわてた。若い女性のこういう親切は、受けるのが礼儀なのか、辞退するのが礼儀なのか、わからなかったからだ。わからないのは、当たり前のことを忘れているからだった。のどが渇いていれば受けるし、渇いていなければ辞退する――それが適切な対応だということに決めた。

「いや、ありがとう」私はむしろ、思いっきり熱くて濃いコーヒーが飲みたかった。「それで、お父さんは身代わりで自首したらしいということを、誰かが新宿署に知らせているのか」

「ええ、きのうの夜、母が……母は父には面会できなかったけれど、担当の刑事さんには会うことができたんです。その刑事さんは、母の話が本当なら、つまり父が誰かの罪をかぶろうとしているのだと言うのなら、適当な弁護士に早く相談したほうがいいって」

「そうすべきだ」

「でも、母はまず渡辺さんに会って、相談したほうが――」

「渡辺は死んだ」

伊吹啓子の表情が硬《かた》くなり、無意識にペット・ボトルのキャップを締めた。まだ水を飲んでいないことには気づいていない様子だった。

「あなたにできることは、何かないの？」

私は少し考えるふりをしてから答えた。「ない」

「亡くなった渡辺さんが、生きていたら？」

「そうだな。二十年前の渡辺なら、お父さんやきみたちの役に立てたかもしれない……私と違って、彼はお父さんのことをよく知っていただろうし、当時の新宿署には知り合いがたくさんいた」

「あなたは？　あなたは新宿署に知り合いの警察官はいないの？」

「知り合いはいるが、彼らは私のことを襟首《えりくび》に入った毛虫か虫けらのように嫌っている」

伊吹啓子はまた肩を落とした。だが、こんどは吐息をつこうとするまえに、彼女のからだのどこかから〝電子音〟が流れた。彼女はペット・ボトルをバッグの上におくと、ハーフ・コートのポケットから携帯電話を取りだし、私に断わってから電話に出た。

「もしもし……あ、お母さん……そう、いま渡辺さんの事務所にいるの……」彼女は話しながら、少しドアのほうへ遠ざかった。「いいえ、渡辺さんには会えなかったんだけど、そのことはあとで会ってから話をするわ……えッ、なんですって⁉ じゃあ、お父さんに会えるのね。でも……」

そのときデスクの上の電話が鳴った。私は受話器を取ってから、伊吹啓子に背を向けた。

「もしもし、渡辺探偵事務所ですか」かすかに関西訛《なま》りがあるようなバリトンの声が、少し早口で訊いた。私はそうだと答えた。

「そちらにお客さんで、伊吹啓子さんがおみえになっているでしょう？」

「いや、そんなひとはおみえになっていない」

「え？ そんなはずはないんだが……番号は間違えていないようだし……」

「ご忠告すると、あなたがいま電話をかけているところは、客に誰がいるかなどということを、電話の向こうの正体不明の男にぺらぺらとしゃべったりはしないのだ」

「あッ、そうでしょうな。これはどうも失礼。私は弁護士の漆原《うるしばら》という者で、啓子さんのお父さんの弁護を引きうけることになったのです。ちょうどいま、啓子さんのお母さんと新宿署にいるのですが、お母さんが電話で、啓子さんがお宅においでになることをお聞きになったので、それで、こちらから連絡させてもらったのですが……」

「ちょっと待ってもらいたい」

ふりかえると、伊吹啓子はすでに電話を終えて、来客用の椅子のそばに戻っていた。彼女は私の電話の応対を聞いて、顔に笑みを浮かべていた。

私は彼女に訊いた。「漆原という弁護士を知っているか」

「会ったことはないけど、父や母の話で名前は聞いたことがあります。母はけさまでは、弁護士さんに相談するのは、渡辺さんに会ってからにすると言っていましたが、きっとわたしからの連絡があんまり遅いので、急に相談することにしたんだわ」

私は電話に戻った。「それで、用件は？」

「横浜の伊勢佐木《いせざき》署に護送されるまえに、啓子さんのお父さんに家族への面会の許可がおりたのです。十時半から五分間だけですが。それで、啓子さんに大至急新宿署に来てもらいたいのだが、もう時間がない。お宅の事務所は西新宿だそうですね。もしよければ、あなたか、あなたの事務所のどなたかに、車で啓子さんを新宿署まで送ってはいただけないかと――もちろん、これは仕事としての依頼と考えてくださって結構ですが」

「十時半まで、もう一〇分もないな」私は腕時計を見ながら言った。「おそらく間に合わないだろうから、仕事としては引きうけられないが、できるだけのことはやってみよう」

私は受話器を戻すと、自宅へ持ち帰るバッグをつかんで、ドアのほうへ向かった。母親との電話で、すでに事情をのみこんでいる伊吹啓子が、自分のバッグを肩にかけて、事務所の外へ出るのを待った。それから、私はその年最後に〈渡辺探偵事務所〉のドアを閉めた。

2

中古で五年目のブルーバードが、いつもは車の成人病の巣窟であるかのように不調を訴えるのに、その朝はどういう風の吹きまわしか機嫌よく走った。大晦日の午前中の少ない交通量も幸いし、最短コースを赤信号に阻《はば》まれることもなく、私たちは十時半前に新宿署に着いた。青梅街道を越えるあたりで、伊吹啓子の携帯電話がもう一度鳴り、弁護士の漆原の指示で、私たちは署の南側面にある地下駐車場の出入口へ向かった。出入口の脇のボックスに立っていた警官が、弁護士の名前を告げただけで、挙手の敬礼をして私たちを通してくれた。指定された駐車場奥の一般用エレベーターの前にブルーバードを停めると、待機していた漆原弁護士事務所の者だと言う若い男が、伊吹啓子を急《せ》かせて、あっという間にエレベーターで連れ去った。あとには、漆原先生から申しつけられた〝ガソリン代〟だと言う封筒が、からになった助手席にぽつんと遺されていた。裏に弁護士事務所の名前が印刷された封筒の中身をあらためると、発行以来はじめてお眼にかかる二千円札が一枚入っていた。

私はブルーバードをスタートさせて、ゆっくりと出口のほうへ向かった。大晦日だというのに、駐車場には七、八割の車が停まっていた。左手の前方に停まっている白い軽自動車の座席に人影が見えた。運転席の女に助手席の男が何か熱心に話しかけていた。警察の地下駐車場でのデートが最近の流行かと思っていると、むしろ深刻そうな空気がこちらにまで伝わってきた。ちょうど彼らの車の前を通るとき、運転席の哀しげな表情の女が私を見た。女は、男が話に夢中になっていて自分のほうを見ていないことがわかっているらしく、私に向かってかすかに笑みを浮かべ、ほとんどわからないくらい頭を下げた。知っている女だった。

直進すれば出口に向かう地点までブルーバードが来たところで、私はハンドルを右に切った。さらに二〇メートルほど走って、もう一度右にハンドルを切った。このまま走りつづければ、またさっきのエレベーターの前に出ることになるのだが、私は左側に空《あ》きスペースを見つけると、バックで駐車した。その時点で、誰かにおまえは何をしようとしているのだと訊かれたとしても、私は何も説明できなかったにちがいない。

私は座席を少しリクライニングにすると、上衣《うわぎ》のポケットからタバコを出して火をつけた。さほどタバコが喫《す》いたかったわけではなく、車内にタバコの煙りが充満したところで火を消した。それから伸びを一つして睡眠の体勢をとった。さほど眠たかったわけではなく、その姿勢で薄目を開けると、助手席側のウィンドーの下の端から目当ての車のほうをうかがった。いや、熟談中の男女を乗せた白い軽自動車は、その位置からは見えなかった。私の目当ては四、五台の車をへだてて、一〇メートルほど離れた駐車スペースに停まっている、黒っぽくて車高のあるランドローバー・タイプの四輪駆動車だった。それは、伊吹啓子を助手席に乗せてその前を通ったときから、私の首筋と背中のあいだのどこかを刺激する車だった。

運転席に坐っていたゴルフ帽の奇妙な白い顎《あご》ひげの男は、いまもそこに坐っていた。さっきは助手席に坐っていた黒いニットの帽子の男は、助手席のうしろの後部座席に移動していた。私は暇にまかせて、ニットの帽子の男が、警察署の駐車場で座席を移動することになった理由をいろいろと想像してみた。だが、面倒をかけてどうしても座席を移動しなければならないような、自然で納得のいく理由は一つも思いつかなかった。

私が車を駐車してからおよそ十五分ぐらいが経過したころ、運転席の男がかかってきたらしい携帯電話に出て、何か話しはじめた。だが、二言か三言ぐらい言葉を交わすと、男はすぐに電話を切った。そして驚いたことに、白い顎ひげを口のところまで引き上げた。どうやら白いマスクのようだった。後部座席に移動していた男は、逆にニットの帽子を引きおろそうとしていた。おそらくはスキー・マスクか目出し帽のたぐいだろう。私は座席のリクライニングをもとに戻して、睡眠中のポーズを切りあげた。彼らはエレベーターのほうに注意を集中しているので、逆のほうにいる私のことなどまったく眼中になかった。運転席の男がエンジンをスタートさせ、四輪駆動車を発進させた。少しタイミングをとって、私もエンジンをスタートさせ、ブルーバードを発進させた。

彼らの黒っぽい四輪駆動車がエレベーターまでの距離を半分ぐらいに縮めたとき、そのエレベーターのドアが開いた。そして、三人の男が一団となってエレベーターから出てくるのが見えた。両側の男たちが真ん中の男によりそっているかたちなので、おそらくは二人の刑事が誰かを護送するのだろう。急にどこからともなく三、四人の人影が現われて、彼らに群がった。すでにカメラのフラッシュが数度閃《ひらめ》いていた。一般用のエレベーターを使うという逆手が功を奏しなかったのかもしれない。左側の若い刑事が真ん中の男をかばうように報道の連中をさえぎっているあいだに、右側の年長の刑事が駐車場に向かって手をあげて合図した。すぐ近くの私たちとは反対側の駐車スペースで待機していた覆面パトカーらしき車が急発進して、エレベーターのほうへ向かった。こちらの四輪駆動車も少しスピードを上げ、私のブルーバードも四輪駆動車を追った。

それから起こったことは、どれが先でどれが後だったのかを正確に言うのはむずかしかった。まず最初に、パトカーが向こうからエレベーターの前の車寄せのところに到着した。さっき私が伊吹啓子を降ろしたところだ。パトカーはサイレンは鳴らさなかったが、屋根につけた赤色灯を点滅させていたので、何もかもが見えにくくなった。四輪駆動車もエレベーターの前の通路に出るために、右にカーブするところだった。ブルーバードとの車間距離はまだ三台分ぐらいあって、そこにいきなり中年の女性ドライバーの運転する赤い中型車が割りこもうとした。私はスピードを上げてそれを阻止した。そのまま車間距離をつめて、こちらも右にカーブした。そして、すべての状況がブルーバードのフロントガラス越しに私の眼にとびこんできた。

二人の刑事たちは真ん中の男を抱くようにして、パトカーに駆けよった。パトカーと逆向きで並びかけている四輪駆動車の左の後部ウィンドーから、男の腕のようなものが突き出ていて、その先に黒く鈍く光るものがあった。突然の轟音が地下駐車場に響きわたった。報道の連中は身をかがめ、二人の刑事はパトカーのかげに身を伏せた。真ん中の男だけが突っ立ったままの姿勢で、手錠のかかった両手で右の肩を押さえ、四輪駆動車のほうを凝視していた。二十年の歳月を経てはいても、彼が伊吹哲哉であることはすぐにわかった。

私は反射的にアクセルを強く踏みこんだ。左側の若い刑事が最初に我に返ったようで、突っ立っている伊吹の肩に手を伸ばして姿勢を低くさせようとした。伊吹はショック状態なのかまったく動かなかった。若い刑事は職業的な本能からか、とっさに男と四輪駆動車のあいだに自分のからだを入れようとしたが、間に合いそうになかった。四輪駆動車の後部ウィンドーからの二発目の銃撃と、私のブルーバードが四輪駆動車に追突するのがほとんど同時だった。

前方に弾《はじ》かれてつんのめるような動きをした四輪駆動車は、運転席の男がアクセルを踏みこんだらしく、あっという間にブルーバードから離れていった。リア・ウィンドー越しに目出し帽の男がこっちをふりかえったが、銃を向けることはしなかった。ブルーバードは追突した拍子にエンストしていたが、イグニッション・キーをまわすとめずらしく二度目で再スタートした。パトカーのほうに眼を向けると、伊吹哲哉と若い刑事がパトカーの車体にそってズルズルと落ちていき、車の向こうに消えた。彼らがずり落ちていったウィンドーに、赤い塗料をつけた刷毛《はけ》でさっと撫《な》でたような跡がついているのが見えた。それが目出し帽の男の射撃の腕を証明していた。私はブルーバードをスタートさせると、ふたたび四輪駆動車を追った。

新宿署の南側の道路にとびだすと、ちょうど黒っぽい四輪駆動車が左折して新宿署の正面へまわるところだった。五秒遅れて、こちらもそこを左折した。前方の青梅街道の信号が赤だったが、四輪駆動車はスピードを落とす気配がまったくなかった。信号を無視するのかと思ったとたんに信号が青に変わり、四輪駆動車はタイヤを軋《きし》ませながら左折していった。こちらも遅れればせながら青梅街道に進入した。成子坂下から中野坂下あたりまでは、少しずつ引き離されながらも、前方に四輪駆動車の車体の後部がちらちらと見え隠れしていた。なにしろ馬力のある四輪駆動車を、おんぼろのブルーバードが追っているのだ。しかも、さっきの体当たりの追突のせいで、ブルーバードのエンジンはいつもよりさらに一段といびつな音を立てていた。

中野坂上の信号は赤だった。スピードを落としながら近づくと、同じ車線の先頭に黒っぽい四輪駆動車が停まっているのが見えた。ブルーバードとのあいだには、三、四台の車が停止しているだけだった。いまが四輪駆動車の男たちにもっとも近づける瞬間ではないかと、車のドアに手をかけたとき、相手が銃器を持った二人組であることを思い出した。そのとき信号が青に変わって、いっせいに車が動きだした。私のブルーバードだけがぴくりとも動かなかった。停まったエンジンをかけるのに十五秒の時間をロスした。後続の車が数台、けたたましく警笛を鳴らしながら、翼のもげかけたブルーバードを追い越していった。なかでも、狙撃犯の逃走車によく似たメタリック・シルバーの四輪駆動車のリア・ウィンドーに、こっちをからかうような厭味《いやみ》な×印のガム・テープが貼ってあるのを見たときは、万事休すという思いだった。ようやくエンジンがかかり、不気味な音をたてるエンジンをなだめすかして、どうにか杉山公園の交差点までは走りつづけたが、問題の四輪駆動車の姿はすでに影も形もなかった。

私は新宿署に引き返すことにした。このままうちへ帰って寝てしまうには、伊吹啓子を二千円で新宿署まで運んだ白タク行為以外に、手を出してしまったことがあまりにも多すぎた。

3

新宿署の三階にある捜査第四課、通称(暴)で、警察官という職業にかつて一度も疑問を抱いたことがないような津村《つむら》という三十代前半の刑事の事情聴取を受け、調書を取られ、それに署名をしたのは十二時半頃だった。署の外で遅い昼飯を食わされたあと、同じ取調べ室に戻ると、五十歳前後の男が窓辺に立って待っていた。前頭部のすっかり禿げあがった小太りの男だった。

私と津村刑事がもとの椅子に坐ると、窓辺の男が口を開いた。「私はこの事件を担当することになった黒田《くろだ》警部ですが、あなたのブルーバードは狙撃犯の車の手掛りを捜すために鑑識が詳しく調べているので、二、三日預かりますよ」

私はかまわないと応え、バッグを自分の足許《あしもと》においた。バッグはブルーバードのダッシュ・ボードから移した必要なものでふくらんでいた。それをぶらさげて、新宿署の廊下を刑事と並んで歩くと、捕まったばかりの空き巣狙いにしか見えなかった。

「あしたから正月休みだが、どうしても車の必要があるというのなら代車の手配をするがね」

「その必要はないが、用済みになったら、すぐに修理に出したい。あの車にぶつかってからエンジンの具合がおかしくて、ここへ戻るのが精一杯だった」

「どこか所定の修理工場がありますか。うちの出入りの修理屋にまかせてよければ、特別な部品の交換がないかぎり、費用をかけずにお返しできると思う」彼は禿げあがった前頭部をそこにまだ髪の毛があるかのようにさっと撫でた。それがこの男の癖だったが、なかば意識的な癖のようでもあった。「こっちもむしろそのほうがありがたいんだが。鑑識の捜査と修理が併行してできるようだったら、お返しするのも早くなるはずだし」

私はそれでかまわないと応え、上衣のポケットからタバコを出して、火をつけた。本来なら、警察署の中で起こった凶悪犯罪に対して、彼らの対応が万全であれば、一民間人が自分の車を犠牲にする必要はなかったわけだから、特別な部品の交換もふくめて、ただでもとの状態に戻してくれと言いたいところだった。ここではそんな要求が通らないことはわかっていた。故意に追突事故を起こした悪質な交通違反者として処分されないだけ、まだましというものだ。

私はタバコの煙りを吐いて、言った。「ところで、教えてもらえるのなら訊きたいのだが、伊吹哲哉の容態は？」

黒田警部は津村刑事と顔を見合わせてからうなずいて見せた。津村が答えた。「さっき入ったばかりの連絡では、右肩の弾丸の摘出手術が終わったそうで、まず命に別状はないということだった。しかし……」

「しかし、どうしたんだ？」

「……東海林《しょうじ》の状態がよくないんだ」津村が不機嫌な顔で言った。

東海林というのは伊吹の護送を担当していた若い刑事のことで、狙撃者の二発目の銃弾をまともに後頭部に受けたのだった。そう言えば、津村は昼飯の途中で一度席をはずしたのだが、戻ってきてから私に対する態度が急によそよそしくなった。そのときに、東海林刑事の容態を耳にしたのかもしれなかった。

「よくないとは？」

「詳しいことは聞いていないが、撃ちこまれた拳銃の弾が彼の脳をいちじるしく損傷していて、けっして予断を許さない状態だということだ」

津村は内心の憤りを何かにぶちまけるように、急に取調べ室の机を拳《こぶし》で叩いた。それが何かにではなくて、私にであることは、私を睨んでいる彼の眼がはっきりと物語っていた。

「落ちつくんだ、津村」と、黒田が言った。「おまえの気持はわかるが、われわれはその憤《ふん》懣《まん》を捜査に注ぎこむ以外に方法はないんだ」

なるほど、私の車が狙撃犯の四輪駆動車に追突していなければ、二発目の銃弾も東海林刑事ではなく、伊吹哲哉に命中していた可能性が高いというわけだ。伊吹が命拾いして、東海林刑事が名誉の殉職ということにでもなれば、新宿署の地下駐車場で私のとった行動を歓迎する者は誰もいないだろう。いたとしても、それは容疑者を護送中に殺害された場合に責任を取らなければならなくなる、ほんの一握りの上級幹部ぐらいのものだということだ。ひらの津村刑事たちは、口には出せなくても、本心では私がよけいなことをしたとしか考えていないのだ。黒田警部あたりがおそらく、そのどちらにも属さない中間管理職ということだろう。

黒田は腕時計を見ながら、津村に言った。「この時間になっても、犯人たちの車が緊急手配に引っかからないとすると、彼らはすでにあの車を乗りすてたか、あるいは車ごとどこか人目につかないところに潜りこんだにちがいない。そうなると、一刻も早く知りたいのは、あの車の所有者だが……あの登録ナンバーからのしぼりこみは、まだできないのか」

「一時までには、なんとか目鼻がつくということでしたが、遅いですね」

「申し訳ない」と、私は言った。「完全にナンバーを憶えていればよかったのだが、数字の3と8など、一部自信のないところがあった」

「いや、あのどさくさで、あれだけ記憶していれば大したものだよ。あの場にいた刑事たちでさえ確認できなかったのだから」

「こっちは犯人たちの車のすぐうしろにいただけだ」

黒田は津村に言った。「最終的なしぼりこみはすんでいるのか、訊いてみてくれ。まだなら、急がせるんだ」

津村は席を立って、出入口のほうへ向かったが、ドアの脇の柱に設置された内線電話を取ろうとした。

「電話じゃ埒《らち》があかんだろう。じかに行って、催促するんだ」

津村刑事は取調べ室をあとにした。あるいは、それが黒田警部の目的だったのかもしれなかった。黒田は窓辺から移動してきて、それまで津村が坐っていた私の向かいの椅子に腰をおろした。窓からの逆光で見にくかった彼の容貌がようやくはっきりした。まじめさ、いかめしさ、融通《ゆうずう》のきかなさ、閃きのなさを混ぜ合わせて、粘土で捏《こ》ねあげたような、叩きあげの現場の警官の典型的な容貌だった。要するに、警視庁管轄だけでも何千人もいるにちがいない警部のひとりだった。彼は遅ればせながら上衣の内ポケットから名刺入れを取りだすと、一枚抜き取って私に渡し、それから前頭部をゆっくり一撫でした。

「せっかくあんたが狙撃犯の車のナンバーを憶えていてくれたのに、こんなことを言うのもなんだが、あれが犯人たちの車であることはまずありえないだろう」

私も同感だった。私は黒田警部の名刺をポケットに入れてから、訊いた。「横浜の鏑木興業への手配は？」

「もちろんすんでいる。そっち方面に立ちまわるようなことがあれば、即刻逮捕だよ。組長の敵《かたき》を討ったなんて吹聴するバカ者が、手柄顔で所轄の伊勢佐木署へのこのこ現われてくれれば、われわれも大助かりなんだが」

「伊吹哲哉の自首はすでに彼らに知れていたのだろうか」

「そのことだよ」黒田は苦い顔で言うと、また前頭部を撫でた。「伊勢佐木署の神奈川銀行銃撃事件の捜査本部が、けさ一番で発表している。発表せざるをえなかったんだ。実は、新宿署の記者クラブの記者に、伊吹の出頭の件を嗅《か》ぎつけられてしまってね。臆測《おくそく》まじりの記事で暴露されるよりはという両署の判断で、公表することになったんだ。伊勢佐木署のほうでは、なにしろ堅気《かたぎ》の銀行の融資部長がいっしょに被害にあっているので、一刻も早く市民の不安を解消するために、公表を歓迎する声もあったらしい……新年を迎えるまえにとね」

タバコの火を灰皿で消していると、津村刑事が駆けこむようにして取調べ室に戻ってきた。

「警部、やっと車のナンバーから所有者が割れました。数字があいまいで何台かリスト・アップされていた容疑車輛のうち、本件に関してはシロだという裏の取れたものを除外して、これが最終的に残ったものです」そう言って、津村は葉書大の紙片を私のほうへさしだした。

「おい、それはなんだ？　なにをしてるんだ？」黒田警部がとがめるような声でさえぎった。

「えっ？　警部はお聞きになっていないんですか。彼が憶えていたナンバーは、二つあって……」

「二つだと？」と、黒田は気色《けしき》ばんだ声で言った。「おれは聞いていないぞ。ちょっと見せろ」

津村はあわてて紙片を黒田に渡した。黒田は渡された紙片にゆっくりと眼を通し、紙片の上端から私を見据《す》えた。「これはどういうわけだ？」

黒田の口調がようやく四課の刑事《デカ》らしくなった。「この〝ランドクルーザー〟と〝サーフ〟の二つのナンバーはまるで違うじゃないか。末尾かどこかが一つだけ違うとか、8と3の違いというのならわかるが」

私は肩をすくめた。「事情聴取で、車のナンバーを憶えているかと聴かれたときに、私の頭に二つのナンバーが浮かんだんだから、仕方がない。あの混乱した状況でのことだ」

「ほう……聖徳太子とまではいかないが、なかなか旺盛な記憶力だな。おっしゃるとおり、あんなに混乱した状況だったんだから、ナンバー一つだって憶えていなくても不思議じゃないがね。それなのに、あんたは二つのナンバーを憶えていたって言うのか」

彼は持っている紙片を私に向かってひらひらさせながら、疑い深い眼つきでつづけた。

「それに、このメモを見てどうしようと言うんだ？　登録者の名前を見れば、どっちが狙撃犯の車だか判定できるというのか……あんた、まさかあの犯人たちの名前を知ってるんじゃないだろうな!?」

「そんなことはない」私は正直な態度に出ることにした。「申し訳なかった。実をいうと、そのナンバーのうちの一つは、おれの仕事の都合で所有者を知りたいんだ。急いでいる仕事なのに、陸運事務所は正月休みに入ってしまった」

「たしか、あんたの仕事は探偵だったな」警察への協力者に接する態度はあとかたもなく消えて、私がふだん見慣れている眼つきがとって代わった。「つまりは、あんたはわれわれの公務と設備を、自分の私用のために利用したというのだな。それが本当だとすれば、まァ、あんたのこんどの警察への協力に免じて、この登録ナンバーについては眼をつむらないでもないが……しかし、われわれを欺《あざむ》いて何か企んでいるとしたら――」

「警部」と、津村が横から言った。「車の所有者とのコンタクトを急いだほうが――」

「わかっている。探偵さん、狙撃犯の車はどっちだ？　〝ラン・クル〟か、〝サーフ〟か」

私は黒田の持っている紙片のほうへ手をさしだした。彼は菓子を盗られそうになった子供のように急いで紙片を引っこめた。

「ふん、われわれとしては一つ当たるのも、二つ当たるのも大差ないんだ」彼は紙片を津村のほうにさしだしながら言った。「この探偵さんはどうしてもわれわれの捜査を妨害したいらしい。それじゃご希望にそうしか仕方がないようだな」

私もここまで来たら、引きさがるわけにはいかなかった。「おれは混乱した状況だったと言ったはずだ。もしかしたら、その二つのナンバーは両方ともおれの仕事のタネで、肝腎《かんじん》の狙撃犯の車のナンバーはまだこの頭の中かもしれない。その場合はもう、あんたたちは永久にそのナンバーを聞きだすことはできない」

「なんだと⁉ まさか……」黒田が吐きすてるような口調で言った。さっきから前頭部を撫でる癖が出なくなっていた。

ドア脇の内線電話が鳴って、津村が電話に出た。だが、すぐに黒田を電話口に呼んで、交替した。それからすぐに取調べ室のドアが開いて、中肉中背で銀髪の五十代後半の男が入ってきた。

「沢崎さんでしたね。どうもご協力感謝します。私は捜査四課の課長の筒見《つつみ》警視です。どうぞよろしく……」

筒見と名乗った刑事はさっきまで黒田が坐っていた椅子に腰をおろした。まるで椅子獲《と》りゲームだが、そのたびに上級者と交替するのがルールらしかった。黒田はすでに内線電話を切っていて、玩具を取り上げられた子供のように不服そうな顔で、課長の背後に立っていた。

「黒田君、さ、早く沢崎さんに狙撃犯の車を特定してもらわなくちゃ。われわれだって、協力者の皆さんのお仕事の邪魔をするのはけっして本意ではありませんからな」

この部屋のどこにも〝面通し〟のための鏡は見当たらなかったが、この男はどこかでわれわれの会話の一部始終を傍聴していたにちがいなかった。

黒田警部はしぶしぶメモの紙片を私に渡した。私はメモをあらためた。事情聴取のときに、私が書いた二つの車の登録ナンバーの横に、それぞれの車の名前と、その所有者の名前と住所が書き足してあった。私は紙片を二つに折り、その線にそって二つに裂いた。あらかじめそうなるように登録ナンバーを書いておいたのだ。市民の義務も大事だが、まず仕事が優先という顔つきで、私はメモの上片を上衣の内ポケットに収めると、残った下片を黒田に返した。

「さっそく誰かをやって、車の所有者から事情を聴いてくれ」筒見課長が苦笑しながら、部下たちに命じた。

「どうせこいつは盗難車に決まっていますよ」黒田は私の顔を睨んだまま、不満そうな声で言った。

筒見課長の銀縁の眼鏡の奥の眼がにわかに鋭くなった。

「まずそれを確認するのが、きみの仕事だ。きみはその仕事がいやだと言うのか。じゃあ、うちへ帰って寝てるか――休職届を書いて」

黒田警部は急ぎ足で取調べ室をあとにした。津村刑事も課長に頭を下げて、それにつづいた。

4

警察では、さよならを告げる権利はつねに警察官がもっていて、むしろ罪のない人間ほどその権利から遠ざけられているように感じるものだ。私が自分を罪のない人間だと信じていられたのは、思い出せないくらい遠い昔のことだが、それにしてもその罪は警察官にとやかく言われるような筋合いのものではなかった。

「全署禁煙になるのが先か、私が退職するのが先か……」筒見課長は二人の部下を見送ると、上衣のポケットから見慣れないパッケージのタバコを出して、私にすすめた。

私はいま喫《す》ったばかりだと断わった。そして、椅子から腰を浮かせて言った。「ここに長居をすると、きのうまではするつもりのなかったアパートの大掃除がしたくなる」

「承知しておいてもらいたいことがある」と、筒見は私の言葉を無視して言った。口調は言いにくそうだったが、顔つきはそれほどでもなかった。「きょうの事件のことだが、あんたの登場する部分については、あえて公表はされないことになった。これは発足したばかりの捜査本部で正式に決定したことだ」

「ほう……」私はまた椅子に腰を戻した。

「第一の理由は、あんたの身の安全を保護するために、ということになっている。つまり、狙撃犯たちの目的が伊吹哲哉の殺害にあったとするなら、伊吹のいまの容態からすると、それを阻止するのにあんたの功績は大きかったわけだから、犯人たちはこんどはあんたをも抹殺すべき対象とみなす可能性がないとは言えない」

「ありがたい話だ」

「それを防ぐためには、あんたの協力への感謝の気持はべつとして、やはりこれは公表すべきではないと判断したわけだ」

「公表しなくても、狙撃者たちは知っている」

「そうだ。しかし、おそらく彼らは、自分たちの車に追突し、さらには自分たちの車を追跡してきたのは、この署の刑事だと思っているんじゃないだろうか」

「なるほど」それについては、私も同じような意見だった。

「だとすれば、連中にはそう思わせとけばいいわけだ。いや、なにもあんたの手柄を取り上げてしまおうということじゃ――」

私は彼の言葉をさえぎった。「二人も重傷者が出て、犯人たちの行方もつきとめられなかったというのに、誰が手柄顔をしていると言ってるんだ?」

「いや……すまん。あんたがそう言ってくれると、われわれもありがたい」

「そんなことより、たしか、あの場には報道関係者もいたようだが、そっちは大丈夫なのか」

「四人いたんだ。そのうちの三人は最初の銃声に驚いて、這《は》いつくばっていたので、ほとんど何も見ていない。一人だけベテランの記者が、きみの車が彼らの車のあとから走っていくところを目撃しているのだが、彼いわく、あれは犯人たちの仲間だったのか、それとも新宿署の刑事だったのか、というわけだ。実をいえば、犯人たちにはあんたが刑事に見えただろうというのは、この記者の質問で気がついたわけでね」

「ベテラン記者であれば、その刑事に会いたがるだろう」

「それで先手を打って、その記者にはこう説明してある。ちょうど退署するところだった事務系の非番の警官が、とっさの判断で追跡したんだが、残念ながら車の不調で失敗した。本人は前途有望の若者でもあるし、追跡に失敗したことや自分の車の整備を怠《おこた》っていたことを非常に恥じているので、直接の取材は遠慮してもらいたいと言ったら、その記者はあっさり引きさがったよ」

「いささか若返ったような気分だな」

「そんなわけだから、あんたの保護を念頭においていることはけっして嘘じゃない……だが、正直なところを言わせてもらえば、二つめのもっと大きな理由は、捜査本部にとってもそうしたほうが都合がいいからなんだ。伊吹哲哉の護送の失敗はたしかに大失態にはちがいないが、それを取り返すには、狙撃犯人の特定と逮捕以外にはない。われわれはもちろん、それに全力を注ぐ。そのためには、きょうの事件は、狙撃犯の凶行《きょうこう》、容疑者の負傷、刑事の負傷、狙撃犯の逃走——という、誰にとってもわかりやすいものにしておきたいのだ。あんたがこの事件に協力したという事実を明らかにするのは、彼らを逮捕してからでも遅くはない」

「永久に明らかにしてもらう必要はない」

「それは、そのときのこととして……では、捜査本部の方針に同意してもらえるんだね？」

私は少し考えてから答えた。「条件がある」

筒見課長は感情を表わさない声で言った。「その条件というのを聞かせてもらおう」

「おれの調書には眼を通したのか」

筒見はゆっくりとうなずいた。

「あのなかに、いくつかおれの抱いた疑問が書き留められていたはずだ」

「たしかに、あった」

「それに答えてもらいたい」

「答えられることは答えよう。もう一度その疑問だというところを話してくれ」

私は頭の中を少し整理するために、自分のタバコを取りだして、火をつけた。

「伊吹哲哉の娘をここへ連れてきたとき、地下駐車場の入口のボックスにいた警官は、弁護士の名前を告げただけで、あっさりと通してくれた。あそこは、いつでも、誰でも、あんなに簡単に素通りできるのか」

「耳が痛いな」と、彼は眉をしかめて言った。「実情はほとんどイエスに近い。しかしな、警察署というところは犯罪者においで願うためではなく、あくまでも罪のない一般の市民のために存在しているのだということを忘れないでもらいたい。助けを求めている市民が入りにくい警察だとしたら、それこそ大問題ではないかね。建前《たてまえ》はともかくだ、この署には地上にも駐車スペースがあるにはあるが、たいていはうちの車輛でふさがっている。だから、警察官募集のパンフレットをもらいにきた学生も、保険のセールス・レディも、変わり者の観光客もみんなあそこに殺到することになるんだ。そうなると、チェックのマニュアルはとたんに有名無実化してしまう、残念ながらね」

「防犯カメラは設置されていないのか」

「おい、冗談はよしてもらいたい。きょうはちょっと胸を張っては言いにくいが、警察署というところはほかのどんな場所より犯罪発生率の低いところなんだよ。それに日本ではまだ、警察署内にその種のカメラを設置することは、警察自体も、警察の民主化を唱える市民オンブズマンも一致して反対でね。私はどちらかと言えば、カメラ設置の賛成派なんだが……」

「きょうは大晦日だというのに駐車場はかなり混んでいた。ということは、おれたちだけでなく、あそこは誰でも簡単に通れたということだな」

「大晦日だから混んでいたんだ。午前中に駐車場への出入口の警備についていた警官は、あの車のことは憶えていたが、警務課に急ぎの車の部品を届けにきたと言われ、納品書を目と鼻の先につきつけられたらしい。納品書の色やサイズなら証言できそうだが、残念ながら、車に乗っていた人物については、人相特徴を証言できるほどのはっきりした記憶はなかった。もう一度会えばわかるかもしれない、とは言っているがね。それに、助手席か後部座席に二人目の人物がいたかどうかもはっきりしないようだ」

「二人目の人物は、駐車場の中で合流することもできただろう」

筒見課長はうなずいた。警察署が犯罪発生率の低い場所であることは、かならずしも警察署が犯罪を起こしにくい場所であるということを意味しないようだった。

「もう一つの私の疑問だが、狙撃犯たちは駐車していた場所からエレベーター前の狙撃に向かう直前に、携帯電話を受けている。しかも、ごく短い交信だった」

「そのことがここで話題になってよかった。つづけてくれ」

「狙撃事件の発生した時間は確定しているのか」

「午前十時四十五分の前後一分間のあいだであることは間違いない。現場にいた警官数名の証言と、エレベーターを出てきた伊吹たちを撮影した報道陣の写真にプリントされていた時間がほぼ一致している。彼らに写真を提出してもらった目的はもちろんべつにあったんだが、残念ながら、狙撃犯人の影さえ写っていなかった」

「狙撃犯が受けた携帯電話に話を戻すと、まるで、いまから伊吹哲哉と護送の警官たちが、地下駐車場へ向かうという連絡だったようなタイミングだった」

「それはあんたの推測にすぎない」と、筒見は抗議するような口調で言った。「もちろん、その可能性を否定はしないがね。われわれは調書のその点には充分注目していて、あのとき署内でそういう電話をかけることが可能な人物はすべて洗いだす方針だ。そこで、あんたにぜひお願いしたいのだが、そのことは一切外部にもらしてもらいたくないのだ」

私はタバコの火を消してから、言った。「きょうの事件に関与していないことになっているおれが、誰にそんなことを話す必要がある？」

「ないな。ぜひそうしてもらいたい」

「電話をかけた可能性のある人物は、かなり限定できるのか」

「残念ながら、むしろ逆だ」

「警察官だけではないということか」

「そう、警察官だけでも相当数だし、報道関係者もいれば、そのほかの部外者もいた。伊吹の家族や弁護士事務所の連中もいたことがわかっている」

「護送者たちは、署内で大名行列でもしていたのか」

「そんなことはない。しかし、実際にそれだけの人間が三階にいたのだし、現時点では三階にいた者はすべてその対象からはずすことはできない。それと、弁解をさせてもらうなら、これはたぶんあんたがこれから聞くつもりでいる三番目の疑問点と関連があるだろう」

「伊吹哲哉は神奈川銀行での銃撃事件の真犯人ではなくて、単なる身代わりの出頭者らしいということか」

「そうだ。これから話すことは一切他言無用だ」筒見はさっきは喫わなかったタバコに火をつけてから、つづけた。「伊勢佐木署の捜査本部では、伊吹哲哉の義弟を重要参考人として、その行方を追っている」

「義弟？」

「伊吹の妻の絹絵《きぬえ》の弟で、別所文男《べっしょふみお》という男だ」

「そいつは、暴力団員か」

「いや、堅気の実業家、と言いたいところだが、素行のあまりよくない甘ったれのぼんぼん社長らしい。神奈川銀行の融資がストップするような、ほとんど倒産寸前の飲食店チェーンを経営しているのだが、事業の不振や融資のストップには鏑木興業の手がまわっていたという噂があるそうだ」

「それにしても、暴力団の組長と銀行員を銃撃するとは、やることが極端だな」

「伊吹の妻とその弟には、腹違いの兄がいて、そいつが阿佐《あさ》ヶ谷《や》から荻窪《おぎくぼ》を中心とする杉並区一帯を縄張りにしている〈安積《あさか》組〉の組長、安積武男《たけお》なんだ」

「伊吹哲哉が十一年間所属していたのは、その暴力団か」

「そうだ。先代の安積武市《たけいち》組長のころのことだな。二代目の武男は正妻の一人息子だ。先代には世間にも正妻にも隠しとおしていた妾《めかけ》がいて、姉と弟の二人の子供がいた。別所というのは妾の姓だ。その姉と伊吹がいっしょになるときに、きっぱりと伊吹の足を洗わせ、弟にもヤクザの世界に近づくことは許さなかったそうだ。だが先代の死後、その弟のほうは二代目の眼を盗んで、安積組のチンピラたちと接触したりしていたらしい。もし本当に銃撃が彼の仕業なら、凶器の入手経路はそのあたりだろう」

「そいつの行方がわからないと言うのか」

「そうだ。神奈川銀行の蓬莱支店での事件以降は、誰も別所文男の姿を見た者がいない。さらに、事件の直前に銀行の近くで目撃されてもいるらしい」

「伊吹は妻の弟の身代わりに立ったというわけか」

「おそらく、そうだろう……その弟を堅気にしたかった先代への義理とか、そんなところじゃないか。いずれにしても、伊勢佐木署も、安積組も、そして鏑木興業も、その別所文男を血眼《ちまなこ》で捜しているというのが、伊吹を伊勢佐木署へ護送するときの状況だったんだ。伊吹を狙撃するような人間がここの地下駐車場にひそんでいるなんて、いったい誰に予測できるんだ」

「誰かが予測すべきだったな」

「そうなんだが……」筒見は後悔のにじんだ口調で言うと、タバコに当たるように乱暴に火を消してから、話をつづけた。「暴力団が普通の人間と同じような考え方をすると思ったのが間違いだった。別所文男が組長の敵《かたき》だと見当をつけていたとしても、どこかでべつの犯人が自首したと知ったら、黙ってほうっておくような手合いではないことを、忘れるべきではなかった」

「伊吹を襲ったのが、鏑木興業だとして、だな」

「もちろん、そうだ。われわれはまだそうと決めてかかっているわけではない」

一年のどんづまりに、しかも依頼人がいるわけでもないのに、私は探偵などの出る幕ではない暴力団絡みの事件にまきこまれてしまったようだ。依頼人もいないのに、自分の体力や思考力の限界まで行動するのは、愚か者の所為《しょい》である。私は自分の体力と思考力の限界がすぐそこまで近づいているのを感じていた。

「伊吹哲哉の娘は……警察病院だろうな」

「そうだと思う。少なくとも、私が署に戻るときまではそうだった」

　ふと思いついて、私は捜査一課の錦織《にしごり》警部のことを筒見課長に訊いてみようとした。伊吹啓子に話した、私のことを襟首に入った毛虫のように嫌っている刑事《デカ》のことである。私だけでなく、死んだ渡辺とも因縁の深かった、新宿署の主《ぬし》のような男だった。錦織は非番なのか、転勤になったのか、退職したのか、馘《くび》になったのか、それとも死んだのか――彼が署にいて、私にその面《ツラ》を見せないはずはないからだ。だが、やめておいた。私はまだ署内にいるのだし、ヤブ蛇ということもある。

「質問は終わった」と、私は言って、足許においていたバッグをつかんだ。

「こっちも、あんたに言っておくべきことはすべて言った。あんたの車は署で預かっているんだったな。送ろうか」

「遠慮しておこう」

「これから？」

「アパートに帰る」

「正月は？」

「アパートにいる」

　私は誰の注意をひくこともなく新宿署を出て、アパートに帰った。正直な探偵の見本だ。

5

年が明けて一月四日、私は大晦日のアパートの掃除にかけた二倍の時間をかけて、事務所の掃除をした。それが終わると、来客用の椅子に坐ってゆっくりとタバコを喫った。両方の掃除に要した時間を足し合わせて、タバコを一本喫った時間とどちらが長かったかは企業秘密に属する。久しぶりにきれいになった黒いガラス製のW型の灰皿でタバコを消すと、新宿署の黒田警部の名刺を出して、電話をかけた。

「あんたか。預かっている車は、あしたの午後には返却できるので、出頭してもらいたい」

「わかった。狙撃犯の車はどうだった？」

「……ま、あんたには教えてもさしつかえないだろう。あれは三十一日の夜に、杉並区和田の〈立正佼成会〉の近くに住んでいる〝ランドクルーザー〟の所有者の車庫の中で、すんなりと発見されたよ」

「所有者の名前は、たしか、藤尾《ふじお》といったな」

「藤尾慧《けい》だ」と、黒田は言ったあと、妙な笑いかたをした。「なんと、二十八歳の女子プロレスラーだそうだ。年末から年始にかけて関西から九州方面へ巡業中だったので、連絡をつけるのに少し手間どったよ。本人は、自分の車は誰にも貸したおぼえはないし、自宅の車庫から一歩も外へ出てはいないはずだと言っている」

「やはり盗難車か」

「そうにきまっていると言っておいたはずだ。ところで、彼女の〝ラン・クル〟は、キーなしでもエンジンがかけられるようにイグニッション・コードが引き出されているうえに、車体の後部には追突された跡があると教えてやったら、わたしの愛車にそんなことをしたのは誰だ、東京へ帰ったら得意技のバックブリーカーをきめてやると息巻いていたぞ」

「数少ない手掛りが役に立たなくなりそうだというのに、うれしそうじゃないか」

「バカを言え。おかげでこっちは正月休み返上で、やつらの足取りを追っているんだ」

「なにかつかめたのか」

「これ以上は、あんたにも話すわけにはいかんよ」

ということは、犯人たちの足取りは女子プロレスラーの自宅の車庫までしかわかっていない、ということだろう。

「東海林刑事の容態は？」

「よくない。こっちは忙しいんだ、電話を切るぞ」電話は切れた。


午後になって、私は仕事始めにはもってこいの好天気に誘われるように、事務所をあとにした。ブルーバードがないので、代わりにＪＲの電車を使った。新宿駅から山手線に乗り、品川駅で京浜東北線に乗り換えたのだが、どこもまだ正月気分の利用客で混雑していた。彼らを見ていると、世の中が不況であるというのは、ただ彼らのカネの使い方が下手になっただけではないかと思えてくるのだった。カネの使い方が下手な人間は、おそかれはやかれカネの稼ぎ方も不得手にならざるをえない。電車の中で、携帯電話に没頭している女たちや車窓に映った自分の髪のかたちが気になって仕方がない男たちが、かりに現在の二倍の所得を手にしたところで、いまより上等な生活ができるようになるとは思えなかった。とりとめもないことを考えているうちに、久しぶりに乗った電車が大田区の蒲田駅に着いたのは、二時を少し過ぎたころだった。

西蒲田の新呑川《しんのみ》ぞいの一丁目で、私はなんなく柏田精一郎《かしわだせいいちろう》の住所を見つけた。そのあたりはおおむね築二十年前後の一戸建の住宅が占めていたが、ところどころにかつての名残《なご》りの小さな鉄工所や、規模の小さな町工場がまだ散在しているようだった。柏田の表札は、駅からの道のりですでに何十軒も見かけたような二階建の木造モルタル塗りの住居の、濃い緑色のタイル張りの玄関にかけられていた。それに隣接した一五〇坪ぐらいの敷地が、高さ二・五メートルほどのトタン張りの塀で囲まれていた。小型のトラックぐらいは出入りできそうな、同じトタン張りの両開きの扉はぴたりと閉まっていて、扉の上に掲げられている〈柏田鉄工〉の看板は、仕事に対する意欲がほとんど感じられないくらい古びていた。私はべつに目的も方策もないまま、住居の玄関にある呼び鈴を押したが、なんの反応もなかった。屋内で呼び鈴が鳴っているような手応えすらなかった。住居も隣りの鉄工所の作業場も、ただの正月休みとは思えないくらいに人気《ひとけ》がなく、静まりかえっていた。

一月の初旬にしては、二時過ぎの陽射しのせいで外気もさほど冷たくは感じられなかった。私はパチンコに行こうか飲みに行こうか決めかねているといった風情《ふぜい》で、住居との境目のトタン塀にもたれると、コートのポケットからタバコを出して火をつけた。道路を隔てた向かいの一戸建の住居の、二階の窓の青いカーテンの端がかすかに揺れ動いたような気がした。視界の隅のほうだったので、確かなことはわからなかった。すぐにそっちへ視線を向けるようなまねはせずに、私はゆっくりとタバコを喫いつづけた。気のせいだったのかと諦めかけて、タバコを足許に落としたとき、こんどははっきりとカーテンの一部が数センチ開き、またすぐに閉じたのが眼にはいった。私はタバコの火を踏み消してから、道路を渡った。

柏田鉄工の向かいにある一戸建の住居は、柏田の住居に較べるとほぼ半分ぐらいの建坪《ひと》しかなかった。形ばかりの門柱にはめこまれた表札には〝田坂《たさか》〟と書かれていた。玄関も一まわり小さく、玄関脇の一畳ほどの庭は荒れているわけではないが、手間がかからないように素人《しろうと》っぽい手並みのコンクリートで固められていた。玄関のドアは意外に頑丈そうな木製のもので、あとで付け替えたように周囲と違和感があった。呼び鈴の下の〝猛犬に注意〟のステッカーが古びて剝《は》がれかけていた。この家の猛犬が、このステッカーを貼ったときにすでに成犬だったとすると、いまではかなりの老犬になっている勘定だが、老犬の猛犬がいないとはかぎらなかった。呼び鈴を押しながら、ドアの上にかけてある居住者のプレートに眼をやると、田坂兵衛《ひょうえ》と志津《しづ》と伊織《いおり》の三人が住んでいることがわかった。ちょっとした時代劇の登場人物のようである。

返事がないので、もう一度呼び鈴を押して待った。それでも反応がないので、こんどは長くしつこく三回つづけて押した。建物の中のどこかで、かすかにドスンドスンと床を踏むような音が聞こえた。やはり誰かいるのだ。もう一度呼び鈴に手を伸ばしかけたとき、ドアの向こうで人の声がした。そして、内側のロックをはずすような音がしたかと思うと、玄関のドアが少し開いた。ドア・チェーンの向こうにいる人影は女のようだった。

「なにか……」

「田坂志津さんでしょうか」と、私は私に可能なかぎりの紳士的な声色《こわいろ》で言った。

「ええ、そうですが……？」

「お向かいの柏田さんをお訪ねしたんですが」私はなかば彼女に背を向けるような恰好《かっこう》になり、わざと一、二歩ドアから離れた。「どうも、お留守のようなので……」

後方でドアがチェーンいっぱいに開くのが気配でわかった。

「ああ、お向かいは旅行に出かけられていて、お留守ですよ」

「旅行の予定があるとはうかがっていたんだが、やっぱり……」

「そうなんですよ」ドア・チェーンをはずして、彼女は少し顔を出した。五十歳にとどくかとどかないかという年恰好だった。「急にでしたけど、去年の十二月の二十五日から二週間、沖縄で正月を過ごすんだと、ご夫婦でお出かけになりましたよ……なんでも、お辞《や》めになった鉄工組合の旅行積立金の払い戻しと、うんとお得でデラックスな旅行券とどちらにするかってことで」

「鉄工所を辞められたのは、いつごろでしたかね」

「えーっと、春か、夏のはじめぐらいでしょう」

「二週間の旅行というと、お帰りは七日ごろになるんですね」私は困ったような声で言った。

「柏田さんに、なにかご用ですか」彼女はまだドアの把手《とって》をつかんだままだったが、からだ半分はドアの外だった。疲れ気味の精気のない顔をしているが、紺色の上衣とスカートはきちんとしていて、自宅で寛いでいたというより、どこかへ出かけるような恰好に見えた。

私はコートの内ポケットから名刺入れを出すと、あらかじめ用意していた名刺を抜き出して彼女に渡した。

「実は、柏田さんのもとの工場の敷地を譲っていただくお話がありましてね。きょうは近くに用事があったものですから、ちょっと現物を拝見しておこうかと思い立ちまして……いえね、連絡もせずにうかがったのは、まず周辺の状況とか、このあたりの環境とか、道路事情とかを調べたうえでないと、お会いしてからでは、つまり、あんまり気に入らなくても、なんとなく断わりにくくなったりするものでしょう？　ところが、こうやって拝見しますと、なかなかいい。いや、こちらの条件になにもかもぴったりというか」

「沢崎さんとおっしゃるんですね」彼女は名刺から顔をあげた。浮かない顔だった。「そうしますと、やはりこちらで鉄工所かなにかを？」

「いいえ、とんでもない。住まいを建てたいのですよ」

彼女の顔にほっとしたような表情が見えた。騒音などのことを考えると、せっかく廃業してくれた鉄工所がまた再開するのはうれしくないのかもしれなかった。

「奥さん、そこで、ちょっと厚かましいお願いなんですがね。よろしかったら、お宅のお二階から、柏田さんの工場跡を拝見させてもらえないかと思いましてね。なにしろあのとおり高い塀が取り巻いていますでしょう」

彼女の顔がさっとくもった。「いや、それは困ります。家の中はちらかってるもんですから」

「せっかく、ここまで足を運んだついでですから、あの塀の向こうの……つまり敷地の奥行きとか、裏隣りの状態とかをね。とにかくたいへん気に入ってしまったもんですから、どうしても確認しておきたくなりましてね」

「そうおっしゃられても……」彼女の顔がまた急に明るさを取り戻した。「あ、そうだわ。柏田さんがお出かけになるときにうかがっていたんですけど、自分たちの留守中に、たしか遠縁にあたる人のお友達とかにお住まいや車を貸すことになっているので、誰かが出入りしても心配しないようにって、言われていたんです……そう言えば、たいがい夜は住まいのほうに電気がついてますし、車も結構出たり入ったりしてますよ。その方たちに事情をお話しになって、なかを見せていただいたらいかがですか」

「柏田さんの車というと、四輪駆動車の、たしか、メタリック・シルバーの〝サーフ〟でしたっけ」

「ええ、そんなような車ですよ」

「留守番の方になかを見せてもらうのはいい考えですが、あいにく時間がなくて――」

「あら、いま何時かしら」

私は腕時計を見た。「二時半を過ぎたところです」

「たいへんだわ。わたし、パートの時間があるんですよ。三時までに、大森のスーパーに行かなきゃ」

彼女は玄関に入って、ドアを閉めようとしたが、私はドアの把手をつかんで抑《おさ》えた。

「なんとか、二階へお願いしますよ、奥さん。お向かいに住むことが決まったら、応分のお礼はさせてもらうつもりですから」

彼女は不安そうな顔で私を見つめた。「でも、二階には息子が……息子はあまり体調がよくないので」

「ご病気ですか」

「いや、病気じゃありませんが」

「さっき、カーテン越しにお会いしましたよ。向かいに住むことになれば、伊織君とも近所づきあいということになる」

「あなた……」彼女は閉めようとしていたドアから手を離した。「なにがなんでもうちの二階にあがって、隣りの塀の中を見ようってつもりですね」

「どうもそうらしい」

彼女の顔つきが変わった。説明するのがむずかしい変化だが、言わば、常識的な主婦の装いが消えて、この世の中のたいがいの困難には遭遇したが、あまり騒ぎ立ててもいい結果が得られるわけではないと悟っている人間の顔が現われた。

「なかに入って、ちょっと待っていてください」

私がドアを開けて玄関の中に入ると、彼女は式台を上がって、右手の部屋に消えた。玄関は手狭《てぜま》で、一見してあまり片づいているとは言えない状態だった。二階のほうから、さっきと同じドスンドスンと床を踏むような音が、こんどははっきりと聞こえた。まもなく、彼女がベージュ色のコートと黒いハンドバッグと、ビニール袋に包んだものをぶらさげて、部屋から出てきた。彼女はさっきまで履《は》いていたサンダルではなくて、靴棚の前に並べてあった外出用の黒いロウヒールを履くと、ビニール袋を私のほうへさしだした。

「ついでに、二階にいる息子に、この弁当を渡してください」相手をからかうような笑みが、彼女の唇の端に浮かんでいた。「あとはあなたの勝手にするといいわ。わたしは仕事に出かけます」

私がビニール袋を受けとると、彼女は玄関を出て、ドアを閉めた。予想もしていなかった展開だった。だが、ふだん私が仕事上で抱く要望のほとんどは受けいれてもらえないのが相場ときているのに、たとえどういう理由があるにせよ、許可をもらった以上は、私としては尻ごみをしているわけにはいかなかった。もっとも、これは〝仕事〟とは言えなかったし、〝サーフ〟の登録ナンバーについて新宿署で黒田警部に話したことは、去年の嘘のつきおさめだった。

6

私は靴とコートを脱ぐと、弁当が入っているというビニール袋を手に、田坂邸の玄関の左奥にある階段を上がった。まるで無精者のオヤジのご帰還のように見えるだろうが、内心ではあまり味わったことのない経験にとまどっていた。二階の廊下で、小走りの足音がしてドアの閉まる音がした。二階に着くと、私は廊下を右に、表通りのほうへ向かった。廊下の中ほどまで進むと、右側の壁に採光のための小窓があった。私は古びたレースのカーテンのすそを持ち上げて、外をのぞいてみた。予想したとおり、向かいの柏田邸は住居のほうが半分ぐらい見えるだけだった。玄関の小屋根と、玄関の上にある二階の窓の茶色いカーテンが閉じられているのがわかったが、小窓を開けて身を乗り出したところで、トタン塀で囲まれた鉄工所のもとの作業場のほうは見えそうになかった。

小窓から数メートル先の反対側の壁に、把手のついたパネル・ドアがあった。家の構造からすると、たぶんそのドアの向こうに、私がトタン塀にもたれてタバコを喫ったときに見上げた、青いカーテンのかかった窓のある部屋が位置しているはずだった。

私はドアの前に立って、ノックした。しばらく待っても、返事はなかった。さっき聞いた小走りの足音とドアの閉まる音を思い出した。廊下をふりかえって見ると、家の裏手のほうにもう一つ部屋があるのがわかった。さっき青いカーテンを揺らした手の持ち主は、そっちの部屋に移動した可能性もあった。私はもう一度ドアをノックしてみた。やはりなんの反応もなかった。ドアの把手をまわしてみたが、動かなかった。内側からロックされているのだ。把手の周囲を見てみたが、どこにも鍵穴などはない。ということは、間違いなくこの部屋の中に誰かがいるということである。私は三度目は拳で強くドアを叩いた。

「うるせェな。誰だよ？　お袋じゃないことはわかってんだぞ」

幼くてヒステリックな口調ではあるが、声の太さからすると子供ではなさそうだった。

「そのお袋さんから、弁当を預かってきた。ちょっと部屋に入れてもらいたい」

「……冗談じゃねェや。誰が部屋へなんか入れるもんか。弁当をそこにおいて、さっさと帰れよ」

「そうはいかん。こっちはその部屋の窓に用があるんだ。あんたの邪魔はしないから、ちょっとドアを開けてくれ」

「さっきからおれの邪魔ばっかりしてるくせに。頼むから、弁当をおいて、さっさとこの家から出ていってくれよ」わめく声が少しトーン・ダウンしてきた。

「いつまでもドアを開けないと、この弁当はおれが食ってしまうぞ。そう言えば少し腹が減ってきたな。ゆっくり腹ごしらえをしてから、このドアを蹴破ることにするか」

「なんだって！　ひとのうちに勝手に上がりこんで、勝手なことばかり言うな！」

「聞いたろう。あんたのお袋さんが、勝手にしていいと言ったんだ」

「ちくしょう……あの、クソ婆ァ。いいか、これから十数えるあいだに、うちから出ていかなかったら、警察に電話するからな。わかったか」

「数えてくれ。それから電話してくれ。電話では、ついでに新宿署の黒田警部に連絡を取ってくれると、もっと手間が省けるんだがな。さて、待っているあいだに弁当でも食っておくか」

「……」

私が代わって数えることにした。「一つ……二つ……三つ……」

三つでドアのロックを解除するような音がして、五つでドアが細めに開いた。私はドアを大きく押し開けて、その部屋に入った。

あらかじめ想像していたのとそんなに違いのない六畳の部屋だった。左手にベッドがあり、正面にカラフルな幾何学模様がうごめいているパソコンの画面と、テレビ・ゲームが進行中のテレビの画面がふたつ並んで見え、右手に青いカーテンのかかった窓があった。そこらじゅうの壁に、たぶんアイドル・タレントたちだろうと思われる若い男女の顔写真のポスターが貼ってあった。目立ったものはざっとそんなところで、その真ん中に、十七、八から二十五、六歳までのどの年齢でもおかしくない——ということは、おそらく二十五、六歳のふくれっ面の小太りの男が、蛍光灯の明かりに照らされて突っ立っていた。薄青色のパジャマの上に、膝まであるような厚地のグレーのニットのカーディガンを着ていた。彼のとんがった口が開くまえに、私がビニール袋をほうってやると、彼は落っことしそうになりながら、かろうじて受けとめた。

私は勝手に右手の窓のほうに進んだ。さっきこの部屋の住人がしたように、カーテンの右の端を少しだけ動かして、向かいの柏田邸をのぞいてみた。トタン塀の内側のもとの鉄工所だった部分がかなり見渡せた。中央のスレート葺きの屋根で覆われた部分が作業場だろう。その左手の隅に、頑丈そうなブロック造りの一〇坪ぐらいの小さい建物が付随していた。作業場の右手は、ちょうど〈柏田鉄工〉の看板のあるトタン張りの両開きの扉の背後で、車が四、五台は入るくらいの広場になっていた。そこに、去年の大晦日に狙撃犯の〝ランドクルーザー〟を追うようにして、エンストした私のブルーバードを追い越していったのと同じメタリック・シルバーの〝サーフ〟が停まっていた。ここからでは、リア・ウィンドーのガム・テープの印の有無までは確かめることができなかった。

ふりかえると、部屋の住人はテレビ・ゲームの画面の前に腰をおろして、コンビニの弁当を開けているところだった。私はテレビに近づいて、スイッチを切った。住人は私の顔を睨みつけたが、何も言わずに、ウーロン茶の缶のプル・トップを開けた。この闖入者にいちいち文句をつけても無駄だという、学習能力は備わっているようだった。私は、雑誌やCDなどに占領されていて、あまり使われている形跡のない勉強机の椅子を引き出して、腰をかけた。

「名前は田坂伊織か」と、私は訊いた。相手は返事をせずに弁当を食っていた。「よし、答がイエスの場合は黙っていていい。ノーのときだけ言ってくれ。歳は……十九か、二十か。二十ぐらいだな」

やはり黙っていた。

「よし、歳は二十と――」

「二十五歳だ」

「そうか。おまえもおれに長居されたくはないだろうから、なるべく早く用事を切り上げることにしよう。弁当を食いながらおれの話を聞いてくれ。いいな」

私は鉛筆立てのそばにある灰皿を見つけると、コートのポケットからタバコを取りだして、火をつけた。「去年の大晦日のことだ。新宿の警察署で、ある事件の容疑者と刑事が護送中に拳銃で撃たれた。犯人たちの車は黒っぽいランドクルーザーで、青梅街道を西に逃走した。この事件のことは新聞やテレビで報道しているから、知っているな」

返事はなかった。

「向かいの柏田のうちのサーフは知っているな」

こんども返事がなかった。

「あの四輪駆動車のリア・ウィンドーには印のガム・テープが貼ってあるかどうか知っているか」

やはり返事がなかったが、こんどは表情にかすかな変化があった。

「知らないのか」と、私はがっかりしたような声で言った。

「知ってるさ。ガム・テープは貼ってある。たぶん……半年ぐらい前から」

「そうか、それなら間違いない」

田坂伊織は思わず興味を示して、私のほうを見た。

「さっき話した犯人たちのランドクルーザーが青梅街道の中野坂上付近を逃走していたとき、そのすぐうしろを、いま向かいの塀の中に停まっているサーフが追っかけるようにして走っていったんだ。大晦日の午前十一時頃のことだ」

田坂伊織は箸を持つ手を休め、ウーロン茶を飲んでから言った。「向かいのサーフが青梅街道を走っていても、べつにおかしくはないだろう」

「しかしな、そのサーフは、狙撃事件が起こる二〇分ぐらい前に、新宿署の正面に停まっていたんだ。リア・ウィンドーの印を、おれははっきりと憶えている。事件の直前には、新宿署の地下と地上の駐車場にそれぞれ停まっていたランドクルーザーとサーフが、事件の二〇分後には青梅街道を並んで走っていたんだ」

「そんな偶然だって、ないとは言えないよ」

「そうだな」と、私は言って、タバコの灰を灰皿に落とした。「それが偶然ではないという、もっとはっきりした確証があれば、いまごろは向かいの塀の中は大勢の警官がうろうろしていて、サーフも何もかも調べつくしているはずだ」

確証がないから、こうして私がひとりで、向かいに住む引きこもりらしい若者の部屋の窓から、その内部をのぞいて見たりしているのだった。あるいは、新宿署の黒田警部が、二つの登録ナンバーに対してあんな偏狭な反応をしなければ、私は気になるサーフに関する参考意見を素直に供述していたかもしれなかった。

田坂伊織は弁当を食べ終えて片づけると、ウーロン茶を飲んだ。

「そこでだ」と、私は言った。「思い出してもらいたいのは、大晦日の昼前後に、向かいのサーフが戻ってきたときのことだ。たとえば、出かけるときは一人か二人しか乗っていなかったサーフに、戻ってきたときは三人か四人が乗っていたということはなかったか」

「いや、出かけるときは知らないが、少なくとも戻ってきたときは運転席に一人しか乗っていなかった。でも、窓から見える範囲だから、座席の下とか、荷台のほうに隠れていたりすればわからないよ。とにかく、よく見かける野球帽に革ジャンの男が、鉄工所への入口の扉を開けて、車を入れて、一人で車を降りて、作業場のほうへ入って行った。ぼくが見たのはそれだけだ」

「そうか……」

サーフがランドクルーザーの〝援護役〟だったかもしれないという、私の当て推量の想像はあまりうまくいかないようだった。田坂伊織の言うとおり、サーフが新宿署の地上の駐車場に停まっていたのも、青梅街道を走っていたのも単なる偶然だったのだろうか。しかし、こういう偶然は気に入らなかった。

「サーフが四人を乗せて戻ってきたのは、もっと前の日だよ」と、田坂伊織が言った。「大晦日ではなくて、たしか、二十九日の夕方近くだったな」

「どうして二十九日だとわかる？」

「お袋のパートがその日から歳末特別セールになって、いつもの五時でなく七時までの勤務になったからだ。ぼくはその日二つめのコンビニ弁当をうんざりしながら食っていたんだ。そしたら、向かいの工場への入口の扉が開く音がしたのさ」

「なるほど。四人のうちの一人は、さっき言った野球帽に革ジャンの男だな？」

「そうだと思う。その男が運転席から降りた」

「ほかの三人は？」

「もう一人の、後部座席の左側に乗っていたからだので男も、向かいの敷地内で二、三度見かけた男だと思う。でも、あとの二人は、そのとき車を降りるのを見ただけで、あとはまったく見かけない」

「二人とも男か」

「たぶん……でも、夕暮れが迫って暗くなりかけていたし、その窓からの角度だから、はっきりしたことはわからないよ」

「それでも、ほかの二人とは区別がついたんだな。どう違ったか、思い出してみてくれ」

「そうだなァ……たしか、助手席から降りたのは、きちんと背広を着てネクタイを締めていて、例の二人に較べたら少し若い男だったような気がするんだ。髪の形やなんかからしてね。そして、そいつが車から降りるのを、後部座席から降りた男が手助けしているような感じで、作業場のほうへ入って行ったかな……最後に降りたのは、後部座席の右側に乗っていた男で、これははっきり憶えているんだけど、キモノを着ていたんだ」

「キモノというのは、つまり和服のことか」

「そうだよ」田坂伊織はウーロン茶を飲みほしてからつづけた。「羽織袴って言うんだろう、あれは。正月にはまだ早いのにと思ったんだ。それと、その男は頭が真っ白で、だいぶ年寄りだったと思うよ。こっちも運転席の野球帽の男が手助けして、柏田さんの住居のほうへ連れて行ったんだった」

「なかなか大した観察力だ」と、私は言って、タバコを灰皿で消した。

「ほんと？　からかってるんじゃないよね。バカにしてるんじゃないよね。まるで一日中隣りのうちをのぞいてるみたいな、変なやつだと」

「向かいのうちで、おかしなことが起こっていると思えば、誰だって気になるだろう。少なくとも、いまのおれにはそれが何よりも役に立っている。自分が変なやつかどうかは、自分で判断するしかない」

「そうか……そうだよな」彼は自信がないような口調で言った。

「ところで、向かいの建物のことだが、スレート葺きの屋根の作業場に付随して建っている、頑丈そうなブロック造りの部分はなんだ？」

「あれは、十年ぐらい前に増設した、防音設備のある作業場だよ。当時、金属板を裁断するときの強烈な騒音とか、夜間の残業なんかの騒音とか、まわりの住宅地から苦情が出たんだ。あの作業場が増設されて、そういう作業はみんなあそこでやるようになってからは、いっぺんに静かになった。でもその時分から、向かいにかぎらず、この辺の町工場の仕事は急激に少なくなって、あそこももっぱら一人息子の精也のロック・バンドの練習場になっていたんだ」

「息子がいるのか」

田坂伊織は首を横にふった。「四年ぐらい前だったかな。オートバイの事故で死んだんだよ。ぼくより二つ年下で、まだ十九歳だった。タイプが違うんで、あまり親しくはなかったけど、それでもかなりショックだったよ」

「そうだろうな。目の前に住んでいて、しかも自分より年下の者の死はこたえるだろう」

田坂伊織はうなずいた。そして、急に気がついたように言った。「見かけなくなった、背広の若い男とキモノの年寄りは、あの増設した作業場にいるんだろうか」

「ロック・バンドの練習でも大丈夫なぐらいの、防音設備と言ったな」

「そうなんだ」田坂伊織にも私の考えが伝わったようで、表情に不安と好奇心が入りまじってひろがった。

「新聞はあるか」と、私は訊いた。「四人がサーフで到着した翌日の、三十日の新聞があったら見せてくれ」

田坂伊織はためらうことなく部屋を出ていき、すぐに階段を降りていく音が聞こえた。私は椅子から立ち上がると、窓のそばへ近づいて、向かいの様子をうかがった。いまのところはなんの変化もなかった。しばらくすると、階段を上がってくる音がして、田坂伊織が部屋に戻ってきた。

「事件が載っている三面を開けて見るんだ」と、私は椅子に戻りながら言った。「横浜の神奈川銀行で起こった銃撃事件の記事があるはずだが」

田坂伊織が新聞をめくって、ひろげた。「……あるよ」

「その記事の下のほうに、同じ銀行で老人が行方不明になっているようなことが書かれていないか」

「……ないなァ」

「新聞はなんだ?」

「〈毎日〉だけど……あッ、あった! この小さい記事だ。〃九十二歳の老人が行方不明〃という見出しで、えーっと、銃撃事件のあった神奈川銀行・蓬莱支店において、ほぼ同じ時刻に鎌倉市扇ヶ谷2の28の設楽盈彦(しだらみつひこ)さん(92)が支店長室を出たまま戻らず、行方不明となっている。警察では銃撃事件との関連を調べるとともに、設楽さんが高齢でもあるので、事故と事件の両面から捜査をしている。現在のところ脅迫電話などはかかっていない——と、書いてある」

「顔写真は載ってないか」

「ないな。でも、あのときのキモノの年寄りは九十二歳にもなるようには見えなかったけど……」

「そうは見えないぐらいだから、鎌倉の爺さんが横浜の銀行をうろうろしたり、行方不明になったりできるんだろう」

「そう言えば、そうかなァ……ぼくは年寄りの家族といっしょに暮らしたことなんかないんで、七十歳と八十歳と九十歳がどう違うかなんて、よく知らないしな」

「元気な年寄りなら七十も九十も大して違いはないだろう。ずっと両親との三人暮らしだったのか」

「いや……親父は五年前に家を出て、名古屋でほかの女と暮らしているよ」

外の物音に反応したのは田坂伊織のほうが早かった。「作業場の扉が開くよ」

私たちはすばやく窓のカーテンのところに移動した。

「いいか、カーテンのすそのほうをゆっくりと動かしてのぞくんだ。それから、向こうがこっちを見ても、あわててカーテンを戻したりするな」

田坂伊織は私の指示どおりにした。そしてひそめた声で言った。「この角度では見にくいな」

「少しずつ上に移動しろ」と、私が言い、田坂伊織はかがんだ腰を伸ばしていった。

「あッ、サーフが出かけるみたいだ」車のエンジン音とギアの入る音が聞こえてきた。

「誰が乗っているか確認してくれ」

「えーっと、運転席にいるのは野球帽の男だ。助手席には誰もいない……サーフが出てきた。左へ曲がって、池上通りのほうへ向かうみたいだな……後部座席には誰も乗ってないようだけど、助手席側のうしろははっきりは見えなかった」

「扉は？」

「いまのところ開いたままだけど……ちょっと待って……もう一人のからだのでかい男が出てきたよ。入口のあたりをぶらぶらしながら、ときどきからだを伸ばすような仕草をしている」

私は田坂伊織とは反対側のカーテンの端を動かして、外を見た。たしかに身長が一八〇センチぐらいはありそうな、がっちりした体格の三十代後半の男が、明るい陽射しがまぶしいというように片方の手を額の前にかざしながら、腰を左右にひねっていた。道路の左右に油断なく眼を配っているようでもあった。しかし、塀の上を散歩している猫のように、自分の眼の高さより上方に気を使う様子はほとんどなかった。紺色のジャージーの上下のうえに黒っぽいコートを羽織っており、靴下にサンダル履きという恰好だった。大儀そうな動作で、入口の扉の片方を閉めた。

「なかへ戻るつもりかな」と、田坂伊織が言った。

ジャージーの男はつづけてもう一方の扉も閉めはじめたが、五〇センチほどの人が通れるくらいのすきまを残して、その前に立った。一つ大きな欠伸をすると、コートのポケットを探り、タバコを取りだして火をつけた。タバコを喫いながら、タバコのパッケージを調べていたが、腹立たしそうに握りつぶすと、扉のすきまから敷地の中に投げすてた。公徳心からというより、ただ用心深いだけのようだった。こんどはジャージーのズボンのポケットを探って、小銭を取りだすと、いくらあるか確かめているようだった。

「人間って、無意識だと、まるでジェスチャー・ゲームをやってるみたいだな」田坂伊織が面白がっている口調で言った。

ジャージーの男は入口の前でしばらく逡巡している様子だったが、扉の向こうの気になることより、タバコを切らすことへの不快に負けたようだった。扉のすきまを一〇センチほどに縮めると、急ぎ足にサーフが向かった池上通りのほうへ歩きはじめた。

「タバコ屋は近いのか」と、私が訊いた。

「あの様子だと、たぶん池上通りの自動販売機まで行くつもりだよ。蒲田駅のほうへ行けば半分くらいの距離にタバコ屋があるのを知らないんだろう」

「往復でどれくらいかかる?」

「十五分か、もっとかかるかな。自動販売機へ行くとしてだけど」

私は腕時計で現在の時間を確認した。三時十二分ちょうどだった。

「おれはこれから向かいのうちを調べる。おまえはここを動くな」私は部屋の出口へ向かった。

「でも、大丈夫かな……あの男が帰ってきたら?」

私は少し考えてから言った。「あの作業場の扉から入って、内側からロックできるようなら、あいつを締め出してやる」

「でも、あの男だったら、あの塀を乗り越えそうだし、住居のほうからだって中に入れるかもしれない。それに、ほかにも仲間がいる可能性だってあるよ」

「そのときはそのときだ。おれが中に入って三〇分が経過し、おまえの判断で警察を呼ぶべきだと思ったら、電話してくれ」

田坂伊織はちょっとひるんだ表情を見せたが、どうにかもちこたえた。「……やってみるよ」

私はドアの把手に手をかけてから、ふりかえった。「もっとも、向かいの柏田のうちには犯罪に関わりのあるようなことは何もなくて、警察に捕まることになるのは、むしろおれのほうかもしれん。だが、そんなことは気にするな。いいな？」

「わかった。やっぱり、あんたは警察の人じゃなかったんだね」

「そうは言わなかったと思うが、まぎらわしいような発言をしたことは認める。それから、もう一つ。電話は一階にしかない。おまえはなにがあってもこの部屋を出るな」

「でも、電話は一階にしかない」

「なにがあってもこのうちからは出るな」

田坂伊織がかすかに笑った。

「なにかおかしいか」

「いや……ぼくは、この二年間、みんなから、この部屋から出なさい、このうちから出なさいって、毎日それればっかり言われつづけてきたんで、出るなって言われると……なんだか」

「出たくなるか。だが、きょうだけは出るな」

私はドアを開けて、階段に向かった。

7

〈柏田鉄工〉の廃工場はトタン張りの両開きの扉から侵入したとき、自分の心臓の鼓動のピッチが上がるのが聞こえるくらい森閑《しんかん》としていた。私は扉を閉めると、鉄棒でできている閂《かんぬき》を横にすべらせて、ロックした。サーフが停まっていた広場を横切って、スレート葺きの作業場に向かう途中で、私は向かいの二階の青いカーテンの窓をふりかえり、田坂伊織が立っているあたりに手をふって合図した。作業場の入口は、トタン張りの大きな扉の上部につけた車が鉄骨の梁《はり》に敷いたレールの上を移動して開閉する吊り扉になっていて、すでになかば開いていた。私は音を立てないように作業場の中に入った。内部は明かりがついていないので薄暗かったが、スレート屋根や周囲の壁面の適当な箇所に半透明の素材を使用して外光を取りこんでいるので、動くのに不便はなかった。中央の通路の両側に大小の機械が整然と並んでいたが、むしろ整然と並んでいることがかえって廃工場の趣きを強くしていた。私は二〇メートルほどの通路を半分ほど進んで、作業場のほぼ中央に立った。

「誰かいないか」と、私は声に出して訊いた。誰もいないようだった。そこから右のほうへ向から通路があって、その先の壁に把手のついたドアがあった。おそらく住居のほうに通じているドアだと思われたが、そっちは後まわしにして、残りの通路をまっすぐ進んだ。

突きあたりは改築したような少し新しい壁になっていて、田坂邸の二階から見えた頑丈そうなブロック造りの、田坂伊織が防音設備が施されていると言った建物につながっているようだった。大型のドアは分厚そうで、把手も録音スタジオなどで見かけるような太い棒状のハンドルがついていて、二時の方向に伸びていた。ハンドルのすぐ上に〝作業時、開放厳禁。開放時、作業厳禁〟と赤い大きな字で書いた貼り紙があった。

私は一度ハンドルに手をかけたが、思いなおして、作業場の右奥のコーナーにしつらえられている工具棚に近づいた。ここでも大小さまざまな工具類がいつでも使用できるようにきちんと整理されていたが、すでに半年以上誰も手にしていないことをうっすらと積もった埃《ほこり》が証明していた。私は攻撃的なハンマーを手に取ったが、考えなおして防禦的なモンキー・レンチを選んだ。あとで考えると、モンキー・レンチのどこが防禦的なのかうまく説明できないのだが、そのときはたしかにそう思えたのだった。ふたたび防音のドアの前に戻ると、力を入れてハンドルを四時から五時の方向まで引きさげてから、手前に引いて開けた。ドアの中は明かりがついていて、しかも正月のBGMの定番である琴の音《ね》が悠長に流れていた。それは室内に誰かがいることを告げていたので、モンキー・レンチを持つ手に思わず力が入った。

「誰かいるのか」と、私は室内に向かって訊いた。こんども返事はなかった。

私はドアを少し大きく開けて、ドアの内側をすばやく調べた。内側にも同じように棒状のハンドルがついていて、内と外のどちらからでもドアが開けられるようになっていることを確かめた。室内に入ったとたんに、外にいる誰かに閉じこめられてはかなわないからだ。私は一歩室内に入って、様子をうかがった。

一〇坪以上ある室内のおよそ左半分を占めているのは、特大の鋼鉄の塊《かたま》りで、田坂伊織から聞いた話からすると、それが金属板などを裁断するために使う機械のようだった。見るからに、これが稼動したら大きな騒音を発しそうな代物《しろもの》だった。残りの右半分のスペースのうち、奥のほうには厚さの異なる種々の金属板を収納する棚が設置されていた。残った右手前の四分の一のスペースに、これまで見てきた鉄工所らしさとはいささか異なるものが並んでいて、天井の蛍光灯がつけられているのもその部分だった。

金属板の収納棚の前に、軍隊ふうの簡易ベッドがおいてあり、右奥の壁際にはドラム・セットや大型のギター・アンプのようなものが一塊りにおいてあった。私が入ってきたドアのある壁にそって、スチール製のデスクが二つ並んでいて、壁面には書類棚のようなものが設置されていた。それらは鉄工所時代の名残りのようで、厚手のバインダーや綴じられた書類なども見うけられたが、それよりもデスクの上に散乱している食料品やその食べ残りなどのほうが注意をひいた。琴の音は、書類棚の一つにおいてある小型のラジオから流れているようだった。それらの真ん中に、古めかしいアラジンの対流式の石油ストーブがおかれていたが、点火されていないので、室内はうすら寒かった。

簡易ベッドの上の寝具が急にもそもそと動いて、誰かが窮屈そうに上半身を起こした。窮屈そうに見えるのは、右手が金属板の収納棚の鉄柱に手錠でつながれているからだった。彼が男であることと、彼の左手と両足のとどく範囲には、ベッドと寝具以外には何もおかれていないことが、すぐに見てとれた。私は和服姿の九十二歳の老人を予想していたのだが、そうなるまでには生まれたばかりの赤ん坊が還暦を迎えるぐらいの時間が必要そうな、三十歳前後の背広姿の男が焦点の合わないような眼で私のほうを見ていた。もっとも、背広は着くずれており、髪には櫛《くし》を入れた様子がなく、一週間ぐらいの無精ひげが伸びた、哀れな状態だった。

「あんたは……誰なんだ？」彼はまだ夢の中にいるような寝ぼけた声を出した。

私は腕時計を見ながら、男に近づいた。田坂邸で時間を確認してから、間もなく一〇分が過ぎようとしていた。

「私の名は沢崎。伊吹啓子という若い女性からの依頼があって——動いている者だ」

依頼は引きうけなかったが、私がいまここにいるのは、結局のところは彼女が原因であることは間違いなかった。

男はけげんな顔で言った。「姪《めい》の啓子だって……？」

「伊吹啓子が姪だということは、きみは別所文男か」

「……そうだが、あんたは連中の仲間じゃないのか」

「連中というのは、野球帽に革ジャンパーの男や、ジャージーの上下を着た体格のいい男のことか。だとすれば、私はその仲間じゃない」

「だったら、ぼくをすぐ助けてくれ」別所文男の頭がようやく回転しはじめたようだった、それも急激に加速しながら。「ぼ、ぼくはあの連中にむりやりここに監禁されているんだ。去年の暮れの、えーっと、二十九日からだ。きょうは何日なんだろう？　三日？　四日？」

私は手をあげて彼の言葉を制した。「あまり時間がない。連中の一人がタバコを買ったら、もう二、三分で戻ってくるだろう」

「だったら、そこにある机の、いちばん左の引き出しを開けてくれ。ぼくの持ち物がみんなそこにほうりこんであるんだ」

私は二つ並んだデスクに近づいて、引き出しを開けた。雑然とした文具や伝票などの上にネクタイ、ベルト、革手袋、財布、手帳、携帯電話、そして拳銃が一挺《ちょう》入っていた。銀色のメタルのボディに黒い握りのついたオートマチック拳銃だった。

「これが神奈川銀行の蓬萊支店で、二人の男を撃った拳銃か」

「それも知っているのか」

「弾は何発残っている？」

「三発撃っただけだから、まだ六発は残っているはずだ」

「手袋も借りよう」私はモンキー・レンチと右の革手袋を交換してはめると、その手で拳銃を握った。意外に大きくて重かった。銃身の横に〝SMITH & WESSON〟の刻印があった。

「安全装置はこれか」私は別所のほうに近づいて訊いた。

「そうだ。それを上に押しあげて、あとは引き金を引けば、いつでも弾が発射する」

　私が拳銃を手にしたことで、別所の態度が少し落ちついたようだった。根はそれほどの悪人でもないのかもしれなかった。

「銀行で二人の男を撃ったあと、なにがあった？」

「そもそも、ぼくがあいつらを撃った理由は——」

「それはいい。時間がないことを忘れるな。訊きたいのは、撃ったあとのことだ」

「だから、あいつらを撃てば、べつに逃げも隠れもするつもりはなかったんで、ぼくは横浜の伊勢佐木署に出頭するためにまっすぐ駐車場に向かった。駐車場は年末の閉店間際でやたらと混んでいたんだが、ぼくのＢＭＷの鼻ッ先に、ピンクの軽自動車がチンと停まっていたんだ。くそッ、どっかのバカ娘の車にちがいないんだ。でもまさか、人を撃ってきたばかりのぼくが、銀行に戻って、ピンクの軽自動車を急いで移動させてくれなんて頼めるわけがないじゃないか」

「それで？」

「ちょうどそこへ、駐車場を出ようとする車があったんで、ぼくは運転手に拳銃を突きつけて、助手席に乗りこんだんだ。そして、伊勢佐木署まで行けと言った」

「どんな車だ？」

「おあつらえむきの〝四駆〟だったよ。あれはたしか、トヨタの〝ランドクルーザー〟だったと思うけど」

　私は間違いはただささずに、「それから？」と訊いた。

「通りに出て、しばらく走っているあいだはよかったが、どこかの信号で停止したとき、運転をしていたからだのでかいほうの男が、横っ腹に突きつけられている拳銃が怖くて、運転ができないから、拳銃をおろしてくれと言うんだ。こっちも通行人などに見られてはまずいと思ったんで、つい安全装置をかけて、自分の両足のあいだに隠すようにしたんだ。信号が青に変わって、車が動き出したとたん、後部座席のぼくのうしろに乗っていた野球帽の男が、ぼくの首筋に拳銃を突きつけやがった。驚いたね。あっという間に、こっちの拳銃は取り上げられて、あとは連中の言いなりってわけさ。いくらなんでも、カー・ジャックしたつもりの車が、あんな年寄りを誘拐してどこかに連れ去ろうとしている犯罪者たちだなんて、思いもしないからね」

「誘拐された老人はどこにいる?」

「こっちの工場じゃなくて、住まいのほうに監禁されているんじゃないか。ここに着いて、別々に監禁されたあとは一度も会っていないんだ」

「連中の拳銃は、いま誰が持っている?」

「野球帽の男だと思う。からだのでかいほうの男は拳銃にはさわろうともしない。あいつは腕自慢で、自分の手で人を殴るほうが好きなやつだ。ぼくも抵抗しようとして何度かやられた。それと、この手錠のカギもあのでかい男のジャージーのポケットの中だ。時間があれば、工場の適当な工具で切断してもらうんだが……」

私はデスクの引き出しに戻って、別所のものらしい携帯電話を取りだし、別所の坐っているベッドをめがけてほうった。「すぐに、警察に電話してもらおう」

「えッ？　しかし……」別所は寝具の上に落ちた携帯電話を自由のきく左手で拾った。

「拳銃を持っているという野球帽の男は車で出かけたばかりだが、いつ戻ってくるかわからない。おれはこんな物騒なもので、拳銃と腕自慢の二人の相手などしたくない」

「野球帽の男は新宿まで出かけたんだ。ぼくの姉に会って、ぼくの身代金を受けとるために行ったんだから、まだ当分は戻ってこないはずだ」

なるほど、そういうことか。大晦日に、×印のサーフが新宿署の近くをうろちょろしていた理由がわかりかけてきた。新宿署の狙撃犯のランドクルーザーと、神奈川銀行の誘拐犯のサーフとは直接は関係がなかったのかもしれなかった。ランドクルーザーは神奈川銀行の銃撃事件の犯人の身代わりである伊吹哲哉に関係があった。サーフはその真犯人だと思われる別所文男に関係があった。伊吹と別所は義理の兄弟だ。しかし、ランドクルーザーとサーフの関係はいまのところゼロということらしい。

「その話はあとで詳しく訊く。誘拐犯たちはいま話に出た二人だけか」

「いや、ぼくは会ったことがないが、連中の話では、誘拐した年寄りと接触している黒幕のような人物がもう一人いるようだ。ここへ来るのは、いつも夜のあいだだけのようだが」

「そうか」と、私は言って、別所が持っている携帯電話を指さした。「やはり警察に電話することをすすめるね。いずれにしても、おれがこの工場に入って三〇分経っても出てこなかったら、外にいるおれの友人が警察に通報することになっている。その通報で駆けつけた警官に逮捕されるほうがいいか、自分で自首すると電話をかけたほうがいいか、考えるまでもないと思うが……電話をするついでに、神奈川銀行で行方不明になっている老人がここに監禁されているらしいと知らせれば、これもあんたの罪状に少しプラスになるかもしれない」

別所文男は少し考えて、納得がいったようにうなずいた。そして、携帯電話を手錠でつながれている右手に近づけて、電話をかけようとした。そのとき、隣りの作業場のほうから物音と男の声が聞こえてきた。

「電話をかけつづけろ」と、私は言って、急いでドアロのかげに身を隠した。

足音が近づいて、さっきのジャージーの男がドアロから入ってきた。「ひどいことをするじゃないか、おれを締め出すなんて――」

男は室内に自分を締め出した仲間は誰もいないことに気づいた。同時に、別所文男が携帯電話をかけていることにも気づいた。それから、自分の背中の心臓の真うしろに拳銃が突きつけられたことにも気づいて、ピクリとからだを震わせた。

「そのまま腰をおろしてもらおう」と、私は言った。

ジャージーの男は言われるままに腰をおろした。私は拳銃の銃口を男の背中から、首筋を通って、後頭部までゆっくりと這わせていった。冷たい銃口が首筋にじかにふれたとき、男はもう一度ピクッとからだを痙攣《けいれん》させた。

男と私はそのままの体勢で、別所文男が警察に自分のことと誘拐事件のことを通報するのを聞いていた。

「……そうです……えッ、ここの正確な住所ですか。ちょっと待ってください」

私は上衣のポケットから、新宿署で黒田警部からもらってきた例のメモを取りだして、柏田精一郎の住所を教えた。別所はそれを復唱すると、なるべく急いできてくださいと言って、携帯電話を切った。

私は銃口でジャージーの男の後頭部をつついた。「手錠のカギを出してもらおう」男は素直にポケットからカギを出して、肩越しに私に渡した。私はアンダースローでカギを別所にほうった。別所は胸のところでカギを受けとめ、すぐに手錠をはずした。それから、立ち上がり方を思い出しているようなおぼつかない様子で、足をふらつかせながらベッドから立ち上がった。

「こっちへ来てくれ。この男をつないでおくのは、この大きな裁断機のほうがよさそうだ」

別所は、裁断機の下方にあるレールの上に乗った大型の車輪の車軸と、ジャージーの男の右手を手錠でつないだ。ジャージーの男は機械の下部に右手を突っこんだような不自然な姿勢を取らざるをえず、ぶつぶつと不平を言った。

「警察がくるまでの辛抱だ」と、別所が言った。「これまでにおまえにもらったパンチのお礼をする元気もないことに、感謝するんだな」

別所の視線が私の手の拳銃に注がれていた。「あんた、安全装置がかかったままだよ」

「おれには撃ちたい人間なんて誰もいない」私は拳銃を上衣のポケットに収めた。

「そうだよな……ここに監禁されているあいだに、自分のやったことをよく考えてみたんだが……あれは、あいつらを撃ったその足で警察に出頭して、汚いあいつらの――暴力団と銀行の融資部がグルになって、ぼくたちの商売の邪魔をしていることを暴いてやるという意気ごみだったんだが……こんなことになってしまうと、結局なにがなんだかよくわからなくなってしまった」

別所文男はスチールのデスクに近づいて、引き出しからベルトや財布などの自分のものを取り戻して身につけた。

「伊吹哲哉が出頭したことは、いつ知ったんだ?」私は借りていた手袋の片方を渡しながら訊いた。

「大晦日の早朝だったと思う。ぼくは、この連中に神奈川銀行でやったことを話して、爺さんの誘拐のことは誰にも絶対に話さないから、解放してくれるように頼んだんだが、聞き入れてはくれなかった。そして大晦日の朝、おまえがやったという銃撃事件の犯人が新宿署に名乗り出たそうだと、教えてくれたんだ。新宿署と聞いたとき、ぼくには、すぐにそれが伊吹の義兄《あに》だと察しがついたよ。あとでラジオのニュースでも聞いて、それが本当だということがわかった。よけいなことをしてくれたと思った。義兄はきっと、事件を起こしたあとで、ぼくが怖気《おじけ》づいてしまって、あちこち逃げまわっているとでも思ったんだろう」

別所文男は赤くなっている右手の手首を無意識にさすりながら、話をつづけた。解放感からか、もともとそういう性質なのか、なかなか饒舌だった。

「そんなときに、一計を思いついたんだ。連中は最初から、ぼくも誘拐してきた爺さんも、一月の七日には解放するから、心配せずにおとなしくしていろと言っていたんだ。だから、ぼくが姉宛てに書く手紙——七日には自由の身になって警察に出頭するから、伊吹の義兄は身代わりの自首を取り下げるように、と書いた手紙を届けてくれるなら、その手紙に、ぼくの身代金として姉が百万円を支払うように書き加えるがどうだ、と連中に交渉したんだ。二人はすぐに話に乗ってきた。たぶん、さっき話した三人目の仲間には内緒で、二人だけで話に乗ってきたんだと思うよ。それで大晦日に、野球帽の男がぼくの書いた手紙を持って、姉夫婦の住んでいる初台へ出かけて行ったんだ。電話を入れると、留守番の者が新宿署に出かけていると答えたので、教えておいた姉の携帯電話に連絡をつけて、新宿署へまわり、姉と接触したと言っていた。その直後に、義兄が撃たれることになってしまったので、ぼくの計画は半分は無駄になってしまったけど」

「野球帽の男は、その百万円を受けとりに出かけたのか」

「そうだ」

「何時に？」

「四時だと言っていた」

私は腕時計を見た。「三時四十分になるところだ」

別所文男はすぐに携帯電話を操作して、相手が出るのを待った。

「……あ、姉さんか。ぼくだ、文男だよ……いいかい、ぼくはもう安全だ。自由の身になったんだ。詳しく話している暇はないんだが、とにかくあの百万円は払う必要はないんだ……

そう、そういうことだ。ちょっと待ってくれ」別所は携帯電話を耳からはずして、私に言った。「あいつを、新宿で捕まえる方法はないかな」

「四時では時間がないな。へたな手段では姉さんを危険な目に遭《あ》わせることになる。それに、野球帽の男は百万円が手に入らなかったらどうするだろう。ここへ戻ってくるか、異常に気づいて逃走するか、二つに一つだ」

別所は電話に戻った。「姉さん、すぐそこを離れてうちへ帰ってくれ……そうだ。わかったね……うん、ぼくは大丈夫だ。警察に自首すると電話したところだから……義兄《にい》さんや啓子に、申し訳ないと謝っといてくれよ……じゃ」別所は電話を切った。身内との対話のせいか、少し顔が紅潮していた。

私は手錠で裁断機につながれているジャージーの男のところへ行った。

「おまえたちはあんな老人を誘拐して、なにをしているんだ？」

「……おれはなにも知らない。言われることを黙ってやっているだけだ」

「野球帽の男の名前は？」

「スズキ・イチローということになっている。本名は知らない。去年のクリスマスに川崎の競輪場で会ったばかりなんだ」

「おまえの名前は？」

「笑うなよ。スズキからはダイマジンと呼ばれている。本名は――」

「それは警察に言えばいい。もう一人の、ここへは夜しか現われない仲間の名前は？」

「知らない……一度スズキに訊いたことがあるが、知らないほうが身のためだと言われた」

「そいつに会ったことはあるか」

「いや、ない」

誘拐犯などからの連絡は何もないと書かれていた老人失踪に関する新聞の続報を思い出しながら、私は別所に訊いた。「彼らは、誘拐してきた老人の身代金の請求はしていないのか」

「ぼくもそのことを考えていたんだが、どうもここではそんな様子はなかったようだ。少なくとも、ぼくの前ではそんなことはしなかった。たぶん、三人目の仲間が住まいのほうでやっていたんじゃないだろうか」

私はジャージーの男に訊いた。「老人はどこにいる?」

「住まいのほうの二階に監禁しているということしか、おれは聞いていない」

私は別所文男に言った。「警察が到着するまえに、人質救出で少し点数を稼いでおこう」

8

私は作業場の前の広場に出ると、田坂伊織を呼んで警察へ通報する必要がなくなったことを知らせた。田坂伊織の心配そうな顔がぱっと明るくなるのを見たとき、私は自分を恥じる思いだった。さっき彼のことを〝友人〟と言ったとき、私は自分が嘘をついているという意識があったからだ。われわれは誰かに背くような行為をしたとき、はじめて相手が友人になりえたであろうことに気づくのだが、気づいたときにはすでに自分のほうがその資格を失っているのだった。私は警察が到着したときのために、工場への入口の扉の閂をはずして、半開きにした。それから、作業場に戻り、中央右手のドアから柏田邸の住居へ通じる路地を抜けて、勝手口の前で待っていた別所文男と合流した。勝手口のドアはロックされておらず、すぐに開いた。

私たちは靴を脱いで、柏田邸に侵入した。台所は一目《ひとめ》見ただけで、誰かが年末からずっと使いつづけていた形跡が明らかだった。ただし、普通の家庭の正月の台所ではなく、女手のない学生運動選手の合宿所のような散らかり方だった。私たちは明かりをつけながら、台所を通り抜け、居間を通り抜け、いったん玄関の間に出て、そこで二階への階段を見つけた。

私は階段の上り口の壁にある明かりのスイッチを入れた。

「誰かいるか」と、私は明るくなった階段の上方に向かって訊いた。きょうの私の台詞《セリフ》はこればかりで、こんども返事はなかった。

私は念のためにポケットから別所の拳銃を出した。別所は警察に自首すると通報しているのだから、もう指紋を気にする必要はなかった。彼は私から受けついだモンキー・レンチを右手で二、三度ふってみせた。それから、二人で階段を上った。階段は途中に踊場があり、そこから右に曲がってさらに七、八段上った。上がりきった左の壁に二つのスイッチが並んでいた。一つを押すと、階段の明かりが消えた。もう一度押しなおして、階段の明かりをつけ、もう一つのスイッチを押すと、二階の廊下全体が明るくなった。廊下を五、六メートル進むと、板壁に突きあたり、そこからT字型に左右に廊下がのびていた。左右を見渡して、二階には三つの部屋があることを確認した。階段を挟んで両脇の二つの小さめの部屋と、突きあたりの板壁の部分の大きな部屋だ。柏田夫婦の部屋と、四年前に死んだ息子の部屋と、そして残りのもう一つの部屋という推測が私の頭をよぎった。私はまず通りに面している部屋を除外し、次に隣家に面している部屋を除外し、最後に外部からもっとも眼につかない鉄工所側の部屋を選んで、階段の右手の小さな部屋に向かった。

ドアを開けると、薄暗い部屋に向かって、私はもう一度「誰かいるか」と訊いた。やはりこんども返事はなかった。内壁を探り、明かりのスイッチを見つけて、点灯させた。室内の半分は、たくさんのふぞろいな段ボール箱の荷物に占領されていたが、残ったスペースに、椅子が二つある応接セットとその奥にベッドがおかれていた。まるで物置とビジネス・ホテルの一室を足し合わせたようなそっけない部屋だったが、窓側の壁に取り付けられているエアコンで適温に調節されているので、室内は暖かかった。誰もいない部屋を暖房する必要はないはずだった。

別所が応接セットのほうを指さした。椅子の一つに和服の羽織と袴のようなものがぞんざいにかけられていた。

「あれはたしか、いっしょに連れてこられた年寄りが着ていたものだと思うんだが」

私たちはベッドに近づいた。寝具の中に、白髪の老人が横たわっていた。かなりの高齢であることがわかるしわとシミだらけの顔が妙に白っぽかった。生きているようには見えなかった。だが、かすかに寝息を立てているのがわかった。私は老人の肩を揺すった。最初のうちはほとんど反応がなかったが、辛抱づよく揺すっていると、やがて薄目を開けた。

「もう少し、寝かせてくれ……話すことは、もう、なにもない……頼むから……」

「設楽《したら》盈彦《みつひこ》というのは、あんたか」私は少し大きな声を出して訊いた。閉じかけた老人の両眼がまた開いて、私のほうを一所懸命に見ようとしていた。そして、いつもの相手とは違うことに気づいたらしかった。

「そう、私は設楽だが……あんたは、誰だったかな……?」

「あんたは横浜の神奈川銀行の蓬萊支店で拉致されて、ここに監禁されているのか」

「わしには、よくわからんのだ……ここに連れてこられてからは、変な注射ばかり打たれていたせいで、頭がぼーっとしている」

私は別所に言った。「救急車も呼んだほうがよさそうだな」

別所はうなずくと、ポケットから携帯電話を出した。ベッドの脇にある屑カゴをのぞくと、同じ薬品のパッケージのようなものがいくつも捨てられていた。私はその一つを取りだして、上衣のポケットに入れた。電話で話している別所の声にまじって、遠くでサイレンの音が響きはじめた。

ようやく警察のお出ましである。サイレンの音は一つや二つではなかった。神奈川銀行で起こった銃撃事件の犯人と誘拐事件の被害者がいるという通報があった現場に駆けつけるのだから、それなりの出動態勢を整えていたのだろう。時間がかかるはずだった。

9

翌日の午後、私は新宿署の地下駐車場の奥にある警務課の車輛係の窓口でブルーバードを返してもらった。係官の指示にしたがって、押収物の返却うんぬんと書かれた書類に、必要事項の記入と署名捺印をさせられた。ブルーバードのことを押収物件第――号と七桁もある数字で呼ぶ、胃病持ちのような顔色の係官の処理が妙に手間どるなと思っていると、どこからともなく黒田警部が現われた。

「そんなボロ車はさっさと廃車にして、ピカピカの新車でも買ったらどうだ。あんな重要な手掛りを伏せておくなんて、あんたは実に汚いやつだ」

「あの時点では、重要かどうかはっきりしなかった。私は車のナンバーは二つともちゃんと供述したんだ。あんたたちは狙撃犯の車のことしか眼中になかった。もう一つのナンバーが重要な情報かどうかを検討してみるまえに、あんたたちはそれをおれに渡すか渡さないか、そんなことしか関心がなかった」

「おれはそんなことを言っているんじゃない。行方不明の設楽盈彦という老人に関する情報には百万円、発見につながる情報には二百万円の〝報奨金〟が出ていたことをあんたは知っていて、そいつをあのときから狙っていたんだ」

「そのことか」と、私はブルーバードのキーをポケットに入れながら言った。「それを知ったのは、きのう蒲田署に行ってからのことだ」

「嘘をつけ。それが公表されて新聞に載ったのは正月の三日のことだが、警察に設楽の家族からそういう申請があったのは、誘拐のあった翌日のことだ。あんたはなんらかの手蔓《てづる》を使って、あのときはその情報をつかんでいたにちがいない」

「その二百万円をもらうのはいったい誰か、下司《げす》な疑いを抱くのは、蒲田署に問い合わせてからにしてくれ」

「誰がもらうと言うんだ？」

「二十五歳の引きこもりの若者と、三十いくつかの神奈川銀行の銃撃事件の真犯人が、たぶん半分ずつに分けるんじゃないか」

黒田警部は食べた経験のない食物をむりやり口の中に押しこまれたような表情を残して、現われたのと同じ速さで立ち去った。黒田の言った唯一の事実は、押収物件第――号が掛値なしのボロ車であるということだったが、私は五日ぶりにそのハンドルの前に坐ると、明治通りへ出て、池袋へ向かった。

きのうほどの好天ではなかったが、それでも薄曇りの午後の陽気はしのぎやすく、街は暖冬の気配に満ちていた。もっとも予報では、明日からは急に気温が下がって、一月らしい寒さが戻ってくると言っていた。正月も五日となると、街の様子はもうふだんとほとんど変わりがなかった。戸塚の交差点から雑司《ぞうし》ヶ谷《や》にかけて少し渋滞気味だったが、池袋が近づくにつれてかえって車の量は減ってきた。南池袋二丁目の公園南にある〈池袋クリミナル・エージェント〉の大きな〝ICA〟の看板の下の専用駐車場にブルーバードを停めたのは、午後二時にまだ間のある時間だった。いまでこそたいそうな名前の探偵事務所だが、十年前までは〈池袋興信所〉と称し、そのまた十年前には〈佐藤探偵社〉と称していた。佐藤というのはソフト帽にコールマンひげを生やした社長兼探偵の名前なのだが、いまだに看板に描かれたイラストの顔で、ICAの文字の下から世間をのぞき見していた。

池袋駅から歩いて約五分の十二階建のビルの、四階のフロア全体を占領しているこの事務所を訪れるたびに、探偵業は不況に強い商売であるという、うれしいような悲しいような確信を私は抱かせられた。

探偵たちの管理を掌握している稲庭《いなば》という名前の四十代半ばの総務課長が、私の顔を見ると、皮肉そうな口調で言った。「おやおや、新宿の大先輩の探偵さんが正月早々にこんな田舎のエージェントにご入来とは、いったいどういう風の吹きまわしかな」

この男が課長に就任してからは、留守で不在であることをひそかに願わずにいられなかったが、彼はいつもの人を見下《くだ》したような顔で、いつもの草色のファイルを前にして、いつものデスクにかならず坐っていた。

「聞いてるよ。昨年は渋谷のタクシーの運転手になりすましたり、新宿三丁目の古美術商になりすましたり、目白台の大学病院のガン患者になりすましたり、大活躍で大忙しだそうじゃないか。とてもうちの下請けなどやってる暇はないと思っていたんだがね」

「仕事が三つでは食ってはいけない。おれにできる仕事があったら、今年もよろしく頼むよ」

「お宅の場合は、そのおれにできるというのが困りものでさ。こっちのやってもらいたい仕事はなかなか引きうけてくれないんだから。現にきょうだって、来春入社の新入社員の信用調査の手が足りなくて、キャスティングに苦労していたところなんだ」

稲庭はデスクの上の、表紙にＩＣＡの文字の入った草色のファイルを開きかけた。自分たちの仕事にはアメリカの〝ＣＩＡ〟のそれに一脈通じるものがあると勘違いされたがっているような神経はいまどき貴重とも言えるが、実際には勘違いする者などひとりもいなかった。

「きょうは新年の挨拶によっただけだ」と、私は急いで言った。

「また、それだ」稲庭はファイルを閉じて、首を横にふった。

髪の長い二十四、五歳の女子事務員が稲庭のデスクに近づいてきて、大判の封筒を渡した。

「食事のあと、例の大至急の写真を取ってきました。交替で宗方《むねかた》さんが休憩ですが、なにか用事はございますか」

「ないね」と、稲庭が答えた。

「なんだ、きみたち、もう食事はすんだのか」と、私は女子事務員に言い、稲庭のほうに向きを変えた。「実をいえば、きょうはいつも受付や電話で世話になっている彼女たちに、昼飯でもご馳走しようと思って、やってきたんだ」

稲庭の顔がくもった。「めずらしいこともあるもんだが、まさか、彼女たちを引き抜こうという魂胆《こんたん》じゃないだろうね」

「おれの事務所が女性の受付の要るような事務所か」

「それはそうだが……あんた、妙な下心があるんじゃないだろうな?」

「純然たる表敬の接待、というところだな」

「交替は宗方さんか」と、稲庭は女子事務員に確認した。口の端に笑みが浮かんでいる。

「まぁ、宗方さんが接待に応じると言うんだったら、結構でしょう。しかし、彼女のお堅いのは南池袋でいちばんだという評判だぜ」


接待に応じてくれることは、午前中の電話で打ち合わせずみの宗方毬子《まりこ》と、私は彼女の行きつけの〈ブラヴォ・アルファ・ロメオ〉という長い名前のカフェ・バーで遅いランチをいっしょに食べた。

私は宗方毬子という女性をおよそ三年ほど前から知っていた。と言っても、ICAに来たときに顔を合わせ、ICAとの電話のやりとりで彼女のものとおぼしい声をときに耳にするというだけのことだった。ただ、ほかの事務員や探偵たちとは明らかに違う印象を受けていた。たとえば、このICAという探偵事務所は、佐藤社長以下、部長も課長もやたらと訓示の好きな管理職だらけで、なにかというと社員やわれわれのような下請けの臨時雇いを並べて、〝ブレイン・ミーティング〟とか称する無駄な時間をもうけたがるのだった。そこで連発されるカタカナ語まじりで、エリート企業コンプレックスを丸出しにしたような彼らの演説は、私などにはまともに耳をすましていられるようなものではなかった。彼らの心証を害するようなまねをしないためには、私は眼を伏せるか、眼をそらすかの二者択一を迫られることになるのだった。そらした視線の先に、同じように眼のやり場に困っている宗方毬子がいることがしばしばで、苦笑を交わすことがたびかさなった。大晦日の新宿署の駐車場に停まっていた白い軽自動車の運転席で、彼女が見せたかすかな笑みも、それに一脈通じるものであるような印象を私は受けた。知っていると言っても、そんな程度の知り合いでしかなかった。

「ご馳走さまでした」と、彼女は言って、タバコに火をつけた。「……でも、沢崎さんはわたしにお訊ねになりたいことがあるんでしょう？　大晦日のことで」

「そういうことだ。あのとき、あそこで起こった事件のことは知っているね」

「新聞やテレビで伝えていることぐらいだったら……事件の現場のあんなに近くにいたというのに。あのあと、駐車場はすぐに封鎖されてしまって、身許の確認と車の証明をきびしくチェックされたうえに、どういう理由であの駐車場にいたのかを訊かれて、新宿署を出るまでに小一時間も待たされたんです」

「さしつかえなければ、その理由を私にも訊かせてもらえないだろうか」

「かまいませんわ。あの日の前日の十二月三十日のことですが、うちの興信所員の一人が、調査の対象になっている人に家宅侵入罪で捕まえられて、新宿署に突き出されてしまったのです。その件で、菊池《きくち》という弁護士の方といっしょに、留置されている興信所員本人に面接して、仮釈放の手続きや弁護のためにそろえておくべき書類や資料などについて指示をうかがったのです。あれは、その帰りでした」

「すると、駐車場できみの隣りの助手席に坐っていたのは、その菊池弁護士か」

「……違います」宗方毬子はそこで口をつぐんだ。

ウェイターが私たちのテーブルにコーヒーを運んできた。宗方毬子とは顔見知りのようなウェイターが「ごゆっくり」と言葉をかけた。店内は時間帯のせいか、客はもうまばらだった。

ウェイターが立ち去ってから、私は言った。「地下駐車場で、最初にきみの車の前を通ったときは、助手席に男性が坐っていた。それから七、八分後にもう一度きみの車の前を通ったとき――いや、このときは逃走車を追跡していたので、あまり確信はないのだが、助手席の男性はもういなくなっていたはずだ」

「あのすごいスピードで走っていた黒っぽい四輪駆動車を追いかけていたのは、やはりあなたの車だったんですね。新聞やテレビでは、そんなことは何も報道していなかったので、わたしの思い違いだったのかと……」

私はコーヒーを一口飲んでから言った。「あのときあの駐車場に、実際はどれだけの人間がいたのかわからないが、ほとんどすべて私の知らない人間だった。二人をのぞいてだがね。一人は撃たれて重傷を負った伊吹哲哉という男で、もう一人がきみだ。これは探偵の哀れな習性がさせる質問だと思って、我慢して聞いてもらいたいのだが、きみはあそこで起こった狙撃事件にはなんの関係もないのか」

「ありませんわ」彼女はタバコを消してから、コーヒーに口をつけた。

「では、助手席にいた男性はどうだろう？」

「あれは……」彼女はコーヒー・カップをテーブルに戻してからつづけた。「わたしの亭主なんです。婚姻届を出しているわけではありませんが、もう十年も連れそっていますから、そう言っていいでしょう。彼はさっきお話しした菊池弁護士の所属している〈矢島《やじま》弁護士事務所〉でアルバイトの助手をしているんです。彼が狙撃事件に関係があるとは思いません。でも、わたしは彼のことをすべて知っているわけではありませんから」

私はそのとき急に、宗方毬子が美しい顔立ちをした女であることに気づいた。同時に、彼女が私よりも二十歳以上も年若い女であることも思い出さねばならなかった。

「なるほど。その答を聞けば充分だ。私はきみのプライベートに関わる失礼な質問をしてしまったようだ。場所はいささか風変わりだが、夫婦が警察署の地下駐車場で晩飯の献立について相談していても、なんの不思議もないことだった」

宗方毬子は微笑して言った。「わたしは、もう五年以上、あるいはもっとまえから、彼のために晩ご飯なんか作ったことはないわ。わたしたちがそんな話をしていなかったことは、あなたなら一目《ひとめ》でおわかりでしょう」

「いささか深刻な空気のようではあった」私は上衣のポケットからタバコを取りだした。

彼女の表情が少し硬くなった。「あの数日前から、わたしが別れ話をもちかけていて、あの日、彼がそれを拒否して、正式に婚姻届を出して結婚しようと言ったんです。わたしがそれに条件をつけて同意した。それが駐車場の車の中でのわたしたちの話のすべてです……それから彼は、弁護士会の用件でほかの弁護士と会っていた菊池弁護士と合流するために、駐車場をあとにしました。そして、わたしが車の中で少し気を鎮《しず》めているときに、あの銃声が聞こえたんです。あのときは銃声だかなんだかわかりませんでしたけど」

私はタバコに火をつけてから訊いた。「なぜ、別れ話など？」

「お聞きになりますか。つまらない話ですよ」

「探偵はつまらない話ぐらいでは驚かないものだ」

彼女は微笑したが、眼が笑っていなかった。「去年の夏のことだけど、彼には好きなひとができたんです。浮気ではなくて、本気のようだったわ。相手は矢島弁護士事務所の女の弁護士です。独身で、彼よりも一つか二つ年上だと思います。彼はそのことをはっきり口にしたわけではありませんが、ことさら隠そうともしませんでした。わたしはと言えば、そういう態度に出られても、すぐには反応することができずに、ただじっと我慢していたのだと思います。女性弁護士と年下のアルバイトの助手では不釣り合いだと思うでしょう。しかし、それがそうでもないんです。そのことをわかってもらうためには、彼とわたしの出会いから話さないと……お聞きになりますか。退屈な話ですよ。探偵は退屈な話ぐらいでは驚きませんか」

「きみたちは、興信所の女事務員と、そこに関係のある弁護士事務所の助手が知り合ったというわけではないのだな」

「ええ。わたしと彼は、ある〝美大〟の先輩と後輩だったんです。彼には油絵の大きな才能があります。彼はわたしより二つ年上ですが、一年遅れで卒業して、わたしより一年早く世の中に出ました。油絵画家の世界は、ごぞんじでしょうけど、才能があるぐらいでは簡単には食べてはいけません。わたし自身は卒業するときには、もう自分の実技の才能は諦めていました。彼の油絵の才能のものすごさに較べたら、わたしなどゼロに等しいと思ったくらいです。わたしはもともと版画が専攻で大学に入ったのですが、学年が進むにつれて、もっと美術全般に対する興味がわいてきて、将来は美術館関係の仕事につければいいなという希望は持っていました。でも、わたしたちの卒業の時期はいわゆる〝バブルの崩壊〟の直後でしたから、少なくともわたしたちの周囲には希望する進路にすすめた者など誰もいませんでした。それで、わたしは卒業以来、少しでも実入りのいい職場を求めて、転々としてきたのです。なにしろ彼とわたしの二人分の生活を支えなければなりませんでしたから。そして、五、六年くらい前のことでしたが、わたしのところにＩＣＡの事務の仕事と、矢島弁護士事務所の助手の仕事の話が、同時に舞いこんできたんです。どちらもわたしの当時の仕事より割りのいい仕事でした。すると急に彼が、そのうちのどちらかを自分にやらせてくれと言いだしたんです。わたし一人の稼ぎでは、不自由な生活だったことも事実です。彼にしてみれば、油絵に専念して五年が経ち、状況はよくなるどころか、大きな壁にぶつかっていたようです。

わたしは、短い期間だったら働いてみるのも気分転換になっていいかもしれないと考えてしまったんですが、いまから思えば、そんなことは絶対に彼にやらせるべきではありませんでした。ＩＣＡのほうは女でなければ不採用という条件でしたから、彼は必然的に矢島弁護士事務所で働くことになりました……その日以来、彼は一度も絵筆を手にしたことはないと思います。そのかわり、矢島での五、六年間の、彼の法律に関する勉強ぶりはおそろしいぐらいでした。三年目には、矢島先生がうちでもっとも優秀な弁護士は彼だが、残念ながら彼には弁護士の資格がない、とおっしゃるようになっていたんです。いまでは、事務所でむずかしい問題が起こったとき、最良の答を提出できるのは彼だと言われています。先生は口が酸《す》っぱくなるくらい、彼に司法試験を受けろとおっしゃるそうですが、彼はけっして受けようとはしません。彼の答はいつも同じで、ぼくは画家です、まだ誰も認めてはくれませんが、と言うのです……それでも、彼と女性弁護士の恋は不釣り合いですか」

　宗方毬子は、挑むような口調で話しおわると、コーヒー・カップをからにし、つづけてコップの水を半分以上飲んだ。

「不釣り合いな恋は——そういうものがあるとすればだが、それは恋に似たべつのものではないのか」

「そんなのは外野席の意見だわ」

「そのとおり」私は短くなったタバコを灰皿で消した。「だが、外野席の客がいなくても成り立つのは草野球だけだ。きみの言っていることは、二人の恋は、彼の妻である自分が評価しているのだから、つまり、公式戦として通用するほどの恋だと主張しているようなものだ。主張するのはべつにかまわないが、だからと言って外野席はいっぱいにならないし、まして彼らに立ち上がって拍手しろと要求するのは無理な注文だな」

宗方毬子は私の言うことに耳を傾けていたが、納得しているような顔ではなかった。

「個人的な意見を言おう」と、私は言った。「彼の相手が、矢島弁護士事務所の佐久間《さくま》弁護士だとすれば、二人の恋は不釣り合いではない」

「えッ、あなたは彼女をごぞんじなの？」

当て推量がこんどは的を射た。女性の時代と言われて久しいが、あの矢島弁護士事務所に二人目や三人目の女性弁護士が誕生しているとは考えにくかった。

「一度だけ、仕事でいっしょになったことがある」

「彼女に会ったことのないわたしと、彼に会ったことのないあなたが、二人の恋の話をしているのだからおかしなものだわ。彼女はどんなひとなの？」

「仕事でいっしょになったというより、仕事でぶつかったのだ。まじめで手ごわい弁護士だった。こちらは依頼人の姉の自殺の真相をつきとめなければならなかったが、向こうはある能の家元とそれを支える大きな組織の権益を守るために立ちふさがってきた」

「結果はあなたの勝ちね？」

「私はそれで報酬を得たし、彼女もそれで報酬か給料を得たはずだ。税務署を相手にしているわけではないから、ごまかすつもりはないが、私のほうが彼女より得たものが多かったとは思えないね。それでも、私の勝ちか。もし、依頼人と能の家元の勝ち負けを訊いているのなら、どちらも負けたような印象を受けたよ」

宗方毬子は平静さを取り戻し、微笑しながら言った。「興信所の事務員歴五年にしては、未熟な質問だったわ。つまらなくて、退屈な話を終わらせることにします。去年の夏に始まった二人の恋は、秋の終わりとともに突然終わったようでした。とにかく、彼がわたしのところに戻ってきたことは確かだった。もう一つ確かなことは、恋を終わらせたのは、彼ではなく、彼女のほうだということです。彼は女を棄てるような男ではないから、単純明快に言うなら、彼が彼女に棄てられたということだわ。二人の恋がつづいているあいだは、わたしはただじっと我慢していたけど、彼が戻ってきたときに、わたしは彼と別れることを考えはじめたようだわ。考えながら、わたしは彼が決心するのを待っていたんだわ」

「矢島弁護士事務所を辞《や》めるという決心か」

宗方毬子はうなずいた。「そして、彼には弁護士事務所を辞めるつもりがないらしいことがわかったとき、わたしは彼に別れ話を持ち出した……やっとあなたの質問に対する答にたどりついたわ」

「結婚に同意したときの条件とは？」

「あなたはひとの話を一言《ひとこと》も聞きもらさないんですね。矢島弁護士事務所を辞めて、油絵を描くことに専念すること、それだけです。彼には大きな才能があるんです。わたしは彼と彼の才能の両方を愛しているんです。それはもう言いましたよね？」

私は苦笑した。「きみの話は、最初から最後までそればかりさ」

「それでは、彼が新宿署での事件に関わりがあるのかというあなたの疑いは、どうなりました？」

「正直に答えよう。きみが描いてくれた彼のエッ、チ、ン、グふうの人物像からは、あの事件との関わりは何も匂ってこなかった……しかし、この不景気の時代に、安定した仕事を捨てて、油絵の制作に専念しようというのだ。私のようにあまり美的でない生活をおくっている人間は、何か大きな所得の見込みでもあるのだろうかと勘ぐってしまうね」

「わたしの知るかぎりでは、それはわたしの双肩にかかっているわ」

「健気《けなげ》なことだ。しかし、その価値はあるかもしれない。矢島弁護士事務所にいる佐久間という名前の女弁護士が一人だけなら、彼女のことで思い出したことが一つある。彼女は半身不随で、車椅子の身の上だ」

宗方毬子の言葉も出ないほど驚いた顔は、彼女がそれを知らなかったことを明かしていた。

「そのことを口にしなかった男の名前を聞いておきたい」

宗方毬子は顔を伏せて言った。「四月には、わたしは水原《みずはら》毬子になります。頭文字のM・Mは変わらない」

それから、彼女は両手で顔をおおって、声をあげて泣きだした。私は席を立ってレジに向かった。さっきのウェイターが心配そうに訊いた。「宗方さん、大丈夫ですか」

「女があのように泣いているのは、人生最悪のときか、最良のときじゃないのか……あまり自信はないのだが、たぶんあとのほうだと思う」
私は勘定をすませて、店を出た。

10

新宿への帰り道、私は長年沈黙を守っていたカー・ラジオのスイッチを入れた。新宿署の警務課の係官が、ラジオのスイッチの配線も切れていたので修理したと言ったのを思い出したからだ。その配線は、狙撃犯の車に追突する何年も前から切れていた。不況時のセオリーである商品名の連呼、馴《な》れ馴れしい口調のＤＪ、強迫的で芸のない笑いのネタ、成年者お断わりの音楽――配線が切れる以前とまったく変わり映えのしない音の洪水にうんざりして、スイッチを切ろうとすると、三時のニュースが始まった。変わり映えのしない点ではニュースも同じだったが、その後半で、殺人犯が二人と殺人未遂犯が一人、また新たにこの世に発生したことを知らされた。新宿署の東海林刑事が死亡して殉職となり、横浜の鏑木組の組長が生命の危機を脱して、来週には警察の聴取を受けると報じていたのだ。最近のニュースにしては、犯罪者の発生率としてむしろ低いほうかもしれなかった。三人の犯罪者のうち二人はまだ野放しになっていると報じていたが、これもまた最近のニュースにしては少ないほうかもしれなかった。

新宿の事務所の駐車場に、居心地が悪そうに濃青色のメルセデス・ベンツ〝アバンギャルド〟が停まっていた。二階の事務所の前のベンチにはもっと居心地が悪そうな三人の来訪者が坐っていた。伊吹啓子が私に気づいて、立ち上がった。大晦日に会ったときと同じコートに、同じジーンズに、同じバッグだった。少なくとも私にはそう見えた。

「電話を入れたら、三時には戻られるということだったので、あなたを待っていたんです。かまいませんか」彼女は〈電話応答サービス〉の伝言を聞いたのだった。

「もちろん」私は事務所のドアを開けて、なかに入った。窓のブラインドは開けたままになっていたが、曇りの日には必要な明かりのスイッチを入れた。

「あんなすてきな声の秘書をどこに隠しているんですか」

私は口の右端をちょっと持ち上げて、笑ったことにした。伊吹啓子のあとから、一時代前の弁護士の制服のような紺色の堅苦しいスーツを着た五十代の男と、地味な和服を着た四十代の息をのむように美しい女が事務所に入ってきた。女はまた息をのむようにひどく右足を引きずって歩いた。

伊吹啓子が二人を紹介した。「父の弁護士の漆原さんと、これはわたしの母です」

漆原は七・三に分けた白髪まじりの頭を小さく下げて挨拶するまえに、すでに私の事務所の吟味を終えたようだった。

「伊吹哲哉の家内です。先日は伊吹を助けていただいて、本当にありがとうございました。それからきのうは、こんどは弟を助けていただいたうえに、自首するようにはからっていただいたそうで、かさねがさね、ありがとうございました」

私はロッカーの脇に立てかけてある二つの折りたたみ椅子を取りだして、伊吹啓子に渡した。

「とにかく、坐ってください」

伊吹啓子が来客用の椅子には弁護士を坐らせ、折りたたみ椅子を母親と分け合っているあいだに、私は石油ストーブに火をつけてから、デスクの椅子に坐った。

「行儀が悪くて申し訳ありません」と、伊吹啓子の母が言った。新宿署で聞いた名前は絹絵といったはずである。どうやら右足の膝がほとんど曲げられないらしく、不自然に前に突き出したような恰好だった。私は黙ってうなずいた。

「母の足は、まだわたしが生まれるまえのことだけど、わたしの祖父が拳銃で襲われたときに、それた弾が当たって、こんなことになったんです。それにしても、うちは拳銃に縁のある一家でしょう。祖父の代わりに母が撃たれて、こんどは文男叔父さんの代わりに父が撃たれるなんて……そのまえに、叔父さんが銀行で二人も撃っているから、勘定は合っているようなものだけど」

「啓子」と、母が叱《しか》った。「そんな冗談はやめなさい」

弁護士の漆原がその場を取りつくろうように、名刺を出して、デスク越しに私に渡した。

「さっそくですが、私はまず大晦日のことを、あなたにお詫《わ》びしなければなりません。伊吹さんとの面会の時間を区切られて、たいへん急いでいたうえに、すっかりあわててしまって、事務所の者にあんな失礼な謝礼をお渡しするように申しつけたまま、ご挨拶もできなくて…

……」

それで私も思い出した。受けとったときのまま、デスクの引き出しに入れておいた漆原弁護士事務所の名前が印刷された封筒を取りだして、デスクの漆原の前においた。

「あのとき電話で言ったとおり、私は仕事として啓子さんをお送りしたわけではないので、それはいただけない」

「そうですか。あなたがそうおっしゃるのも当然でしょう。では、これは確かに――」漆原は封筒を膝の上にのせた書類鞄《かばん》の中に収めてからつづけた。「それで、あなたに、けさ伊吹夫妻と話し合ったうえでのお願いがあるのです。大晦日に啓子さんがこちらをお訪ねして、警察に自首した伊吹さんを助けてほしいとお頼みしたとき、あなたは実際にはお断わりになったわけだが、結果から考えますと、伊吹さんを銃撃から守り、さらには文男君を救出して、自首させていただいたことによって、伊吹さんが無罪であることも証明していただいたことになる。ですから、大晦日以来、啓子さんの依頼を引きうけていただいた場合の謝礼、いや、これは当然の報酬ということになりますが、それをぜひともあなたに受けとっていただきたいのです」

私は首を横にふって言った。「伊吹氏がかつて私のパートナーだった渡辺という男を信用していた。渡辺がそれほど信用するに足りる男だったかどうかはともかく、彼はすでに死んでいた。で、行きがかり上、私が啓子さんを新宿署に送ることになった。仕事ではなく、です。それ以後のことは、言わば私の好奇心と野次馬根性がもたらした偶然の結果にすぎない。

仕事に忠実な探偵だったら、あのとき駐車場で何を見ようと、何を感じようと、まっすぐにここへ帰ってくるべきだった。報酬ではないものを報酬として受けとってしまえば、私は探偵の看板をおろさなければならなくなる。どうしてもお礼を言いたいのであれば、信用された渡辺にでしょうが、彼はすでに死んでいる。となると、これはそもそも渡辺を信用した伊吹氏が自分自身の身を救ったということに、話は落ちつく。ま、そんなところでいいじゃないですか」

「しかし、それでは――」

「待ってください」と、伊吹絹絵が漆原をさえぎった。「これ以上無理を言って、沢崎さんにご迷惑をかけないようにしましょう。それより、昨夜娘と話し合って、沢崎さんにお願いしようと相談したことがあるのです」

娘がうなずいて、そのさきをつづけた。「こんどこそ、あなたに、父を撃った犯人を捜し出す仕事を引きうけてもらおうってことなんですけど、それならいいでしょう？」

私は少し考えて言った。「残念ながら、それは警察の仕事だ。私には手も足も出ないようなそんな調査を引きうけるのは、言わば詐欺を働くようなものだ」

「でも、あなたは最初のときも同じようなことを言っていながら、結局は警察が何もしてくれなかったことを――」

「啓子さん」と、こんどは漆原がさえぎった。「沢崎さんに調査をお願いすることにはもちろん反対ではないが、その件については、私も沢崎さんと同意見だな。実をいうと、これはまだ公表されていない情報なんだが、横浜の伊勢佐木署からの通報で、鏑木組の若手の準幹部クラスの二人の男が、大晦日の早朝以来行方がわからなくなっているらしい。組長が入院していた病院を二人そろって抜け出したところまではわかっているのだが、その後自宅にも、組事務所にも、病院にも顔を出していないそうだ。伊勢佐木署と新宿署が合同で、目下《もっか》のところ最優先で二人の行方を追っている。彼らが拘束されることになれば、この件は案外早期解決ということになるかもしれませんよ」

「そのお願いもだめじゃ、わたしたち、きょうはなんのためにここに来たんだかわからないじゃない」

「啓子」と、母がまた叱った。「わたしたちは、沢崎さんに、これまでにしてくださったことのお礼を申しあげるためにお邪魔したんですよ」

「そう気を使わないでください」と、私は言った。「もしよければ、こちらから一つだけお願いしたいことがあるのですが」

三人の来訪者はいっせいに私の顔を見た。

「奥さん、ご主人に会わせていただきたいのです」

「ええ、もちろんです。伊吹はからだが自由になればすぐにでも、あなたにお礼を申しあげにまいるつもりでおりますわ」

「話ができるようであれば、こちらからうかがいます」

「新宿署の見解はこうです」と、漆原が弁護士らしい口調で言った。「伊吹さんはただちに無罪放免とはいかないでしょう。なにしろ十二月の〝暴力追放月間〟でのこの事件ですから、世間の注目度も低くはないですからね。しかし、右肩の銃傷が入院加療の必要がないくらいに恢復《かいふく》すれば、簡単な取り調べと、そうですね、きびしい説諭を受けるぐらいで、すぐに出てこられるはずです。とすれば、面接の相手があなたなら警察も文句は言えないはずだから、私が警察病院まで同行してもかまいませんよ」

弁護士であるからには、興信所の探偵との接触はあるはずだが、警察と探偵の間柄にもいろいろあることには考えがおよばないようだった。

「いや、そんなに急ぐ必要はない。病院を出られてからということにしましょう」

私は来訪者たちの許可を得て、タバコに火をつけた。

「奥さんにもう一つうかがいたいのは、スズキ・イチローと名乗っていた老人誘拐犯の一味の男のことですが……新宿署での接触はどんなふうにおこなわれたのですか」

「携帯電話でした。あの日は朝から新宿署に行っておりまして、伊吹と面会ができるかどうか、漆原さんにいろいろと交渉していただいているときでした。三階の廊下のベンチに坐って、ひとりでぼんやりしていると、携帯電話にそのスズキというひとから電話が入りました。弟からわたしに宛てた手紙を一階の受付に預けているから、受けとって読むようにとだけ言って、すぐに電話は切れました。手紙を受けとってみると、筆蹟から弟が書いたものであることはすぐにわかりました。手紙には、弟が監禁されている状況が簡単に書いてあって、お金を払えば無事解放されること、解放されればすぐに警察に出頭するつもりであることが書かれていました。そして、このことは誰にも話してはいけないこと、話せば弟は生きて解放されることはけっしてないということも書かれていました。手紙を読み終わって十五分ぐらい経つと、もう一度電話がかかってきました。わたしが、現金で百万円のお金を工面できるのは三が日が過ぎてからになると申しますと、相手は四日の午前中にもう一度電話をかけると答えて、電話が切れました」

「ということは、奥さんはその男に直接は会っていないわけですね」

「ええ、そうです」

「なかなか抜け目のない男のようだな」と、漆原が言った。「新宿署の受付にその手紙を届けたのは、受付の警官の記憶では中年の女性だったそうだから、誰かに金でも渡して届けさせたにちがいないな。しかも、百万円の受けとり場所に奥さんが現われないとみるや、そのまま行方をくらまして、西蒲田のアジトにも戻らなかった。ただし、彼が乗っていた車だが……」

「トヨタのサーフかな」と、私が言った。

「ああ、その車がけさJRの蒲田駅の駐車場で見つかったそうだから、きのうはいったんアジトに戻るつもりはあったんだろう。そこで異変に気づいて逃走したのではないかな」

「三人目の黒幕らしい仲間のことは？」

「ちらりとも姿を見せない。捕まった一味のもう一人の男は身許が割れたそうだが、手足になって働かされていただけで、なんの役にも立ちそうにないらしい」

「あれはいったい何が目的の老人誘拐だったのだろう？　たしか、身代金を要求した形跡もないということだったが」

「そうらしい。これは私の想像だが、おそらく、最初は文男君に車に乗りこんでこられて、計画に狂いが生じてしまったんじゃないかな。そしてこんどは、あなたにアジトに乗りこんでこられて、さらに計画が狂ってしまい、身代金の要求どころではなくなったんじゃないかな。だいたい滑稽小説の筋書きじゃあるまいし、九十二歳にもなる、少しボケの気味があるという老人を誘拐してどうしようというんだ。うっかりすれば、アジトにたどり着くまえに死んでしまいかねないというのに……そう言えば、どこかのスポーツ紙の記事に、新手《あらて》の介護ボランティアの活動かとからかっているのがありましたよ」

「漆原さんは、本郷の〈矢島弁護士事務所〉をごぞんじですか」

「もちろん知っています。東京の弁護士で矢島さんを知らないようでは、モグリと言われても仕方がないですよ」

「そこに所属する菊池という弁護士を知っていますか」

「いや、そこまではぞんじませんね。その弁護士がなにか」

「伊吹さんが狙撃された前後に、新宿署にいた可能性があるというだけのことだが」

「……なるほど」

それから三人の訪問者が帰るまでのしばらくのあいだ、会談はつづいた。おもに漆原弁護士が、新宿署の地下駐車場の顚末や、大田区西蒲田での救出劇について質問し、伊吹絹絵がときどき礼の言葉をくりかえした。娘の啓子はほとんど口をきかなかった。すでに家族の危機的な状況はヤマを越えたわけだから、もっと若い娘らしい時間の使い方を考えているように見えた。あるいは、私が彼女の父親に会いたがっている理由を考えているようにも見えた。私もその〝理由〟が知りたかった。

11

私は事務所の二階の窓から、伊吹絹絵を乗せた漆原弁護士のベンツが駐車場を出ていくのを見送った。娘の伊吹啓子は足の不自由な母親がベンツの後部座席に乗りこむのを手伝ったあと、ひとりだけ新宿駅のほうへ歩き去った。さっきはやはり、若い娘らしい時間の使い方を考えていたのだろうか。いや、経験豊富な探偵であれば、あの年頃の娘の心を推《お》し量《はか》るような向こうみずなまねはしてはいけないのだった。

私は椅子に戻ると、デスクに両肘《ひじ》をつき、両のてのひらで両頰を支えて、こんどの一連の事件について考えをめぐらせた。何をどう考えてみたところで、最後に考えが帰着するところは、十二月二十九日の午後の数秒間だった。鏑木組の組長と神奈川銀行の融資部長を拳銃で撃った別所文男が、設楽盈彦老人を誘拐した二人の実行犯の車をカー・ジャックした〝数秒間〟のことである。この偶然の交錯《こうさく》がなかったら、私の暮れと正月はいつもの年と同じような退屈で平穏な休暇期間になっていたはずだった。伊吹哲哉が身代わりの自首をすることもなく、伊吹絹絵が死んだ渡辺を思い出すこともなく、伊吹啓子が私の事務所を訪ねることもなかった。そうなると、新宿署の地下駐車場の狙撃事件もなく、西蒲田の元鉄工所での救出劇もなかった。そして、舞台は同じ神奈川銀行の蓬萊支店での銃撃事件と老人誘拐事件が、別々に、一つは銃撃の犯人の警察への出頭で、一つはもっと誘拐事件らしい展開をみせて、それぞれ終熄《しゅうそく》していたはずだった。探偵は職業柄、偶然に何かが起こるということを信用しない習性を持っているが、それに異議を唱えられるような根拠は何一つ見つけられなかった。

デスクの上の電話が鳴ったとき、私は石油ストーブで暖かくなった室温のせいで眠気に誘われていた。私は背筋を伸ばして受話器を取った。

「渡辺探偵事務所ですか」聞き憶えのない男の声だった。

「そうです」

「沢崎という探偵は？」

「私だが」

「車の修理はできたかね」

眠気はすぐに消えた。電話機のナンバー・ディスプレイには〝公衆電話〟と表示されていた。時間は十五時四十二分。

「あんたは誰だ？」

「あんたのポンコツにオカマを掘られた者さ」

「どっちだ？　サングラスに付けひげのほうか、それともストッキングをかぶったほうか」

「フン、いたずら電話ではないかと警戒しているな。白マスクと帽子のほうだ。もっとも、目出し帽のほうもこの電話を聞いているがね、ハジキの分解掃除をしながら」

「ほう。どうして私のことがわかったんだ？」

「青梅街道を追跡してきたあんたとポンコツの様子を見て、目出し帽がどうもデカらしくないと言ったんだ。それで車のナンバーを控えさせてもらった。これはおたがいさまだろ。しかし、探偵とはおそれいったね」

「おそれいりついでに、警察に出頭してみてはどうだ。おまえたちはシャバにいても嫌われるだけだが、警察なら歓迎してくれるだろう」

「注意してくれ。目出し帽はあまり機嫌がよくないんだ。あんたに仕事の邪魔をされて、よけいな殺生《せっしょう》をしたと思っている」

「仕事だと、あれが？　親玉の敵討《かたきう》ちじゃなかったのか」

「……なんのことだか、わからんね」

「親玉の敵《かたき》でもない者を間違えて撃ち殺すのは、よけいな殺生ではないのか」

「あの男は自分でそう名乗って出たんだ。名乗って出たからには、そのオトシマエをつけなきゃな」

「いずれにしろ、おまえたちのドジのおかげで、本当の敵《かたき》は警察の厳戒体制の中で保護されて、のんびりしているというわけだ。残念なことをしたな」

「そうか、蒲田にひそんでいた別所のガキを自首させたのは、やっぱりあんたか」

そのとき事務所のドアをノックする音がした。私は送話口をふさいで「どうぞ」と応えた。

ドアが開いて、黒縁の眼鏡をかけた私と同年配ぐらいの男が顔をのぞかせた。

「外のベンチでしばらく待っていてもらいたい。すぐに電話は終わる」

男はうなずいて、顔を引っこめた。

「用件はなんだ？」と、私は電話の相手に訊いた。「追突した車はおまえたちのものではないから、修理代は払わない」

「探偵なら探偵らしく、浮気の現場の写真でもとっていろ。これ以上うろちょろするな、という忠告だ」

「いや、するね」

「目出し帽のハジキには、まだたっぷりと弾が残っている」電話はそこで切れた。

私は受話器を戻すと、デスクの上のタバコを一本抜いて、火をつけた。手はふるえてはいなかったが、てのひらが少し汗ばんでいた。私は大きく煙《す》りを喫いこんで、大きく吐きだした。

ドアが開いて、さっきの黒縁の眼鏡の男が顔を出した。また、電話のベルが鳴った。男は苦笑して、寒そうなそぶりをして見せた。

「なかに入ってくれ」私は来客用の椅子を指さした。

男はうなずいて、事務所の中に入ってきた。私は電話の受話器を取った。

「沢崎さんでしょうか」こんどは聞き憶えのない女の声だった。ナンバー・ディスプレイを見ると、十桁の番号が表示されていた。

「そうです」

男は国防色のトレンチ・コートを脱いで、椅子に腰をおろした。

「わたくしは、きのうあなたに助け出していただきました設楽盈彦の娘です。おかげさまで父がなにごともなく無事に帰ることができまして、本当にありがとうございました」

九十二歳の老人の娘にしては、声が若々しく聞こえた。

「からだの具合は大丈夫でしたか」私はタバコの火を灰皿で消した。

「はい、昨夜は一晩だけ病院に入院いたしましたが、けさはもうすっかり元気になりまして、お医者のすすめも聞かずに、うちへ帰っております」

「そうですか」

「それで……本来ならば、こちらから父ともどもお礼にうかがわなければならないのですが、もしよろしかったら、あすにでも、わたくしどものほうをお訪ねくださるわけにはまいりませんでしょうか」

「いや、もう気を使わないでください」

黒縁の眼鏡の男が、脱いだコートのポケットを探って、タバコを取りだした。〝ショート・ホープ〟だった。私は灰皿を男のほうに押してやった。

「いいえ、父はもちろんきのうのお礼も申しあげるつもりですが、実は、もしよろしければ、沢崎さんにお願いしたいことがあると申しているのです」

「ほう。それは、仕事の依頼ということですか」

「ええ。おさしつかえがなければ」

男はジッポの銀のライターでタバコに火をつけた。

「私の仕事はごぞんじなのですね？」

「はい。探偵をなさっていると、蒲田署の警察の方から教えていただきました」

「うかがいましょう。時間は？」

「あすの午前十時ではいかがでしょうか」

私は訪ねるべき場所を訊いた。

「本宅は鎌倉なのですが、おいでいただくのは千代田区の一番町にあるマンションのほうへお願いいたします。この住所は世間には内緒にしておりますが……」

「わかりました」

設楽老人の娘は詳しい住所と電話番号を教え、私はメモを取った。まだ名前も知らない訪問者の耳があるので、復唱はせずに、確認のためにもう一度住所と電話番号を言ってもらった。娘はマンションの外観や駐車場のことなどもていねいに教えてくれた。そして電話を切った。

「なかなかご繁盛ですな」と、男が言った。にこやかな顔つきだが、黒縁の眼鏡の向こうの眼はややするどかった。彼は上衣の内ポケットから名刺入れを取りだし、一枚抜き取って、デスク越しに渡した。

〈警視庁公安第四課・嘱託　税所義郎〉と印刷されていた。

「さいしょと読みます。税務署とはなんの関係もないので、どうかご心配なく」

「用件は？」

男はタバコの煙りを肺の中にとどめて考える様子を見せ、決心がついたように煙りを吐きだした。

「〝三日男爵〟と呼ばれて、当時は世間の失笑を買ったらしいですな」

「誰が？」

「きのう、あなたが救出した九十二歳の老人の父親がね」

「男爵とは、あの男爵のことかな。つまり、男爵芋の男爵か」

「ハハハ、かつての華族の爵位も、いまではじゃがいもを引き合いに出さないと意味が通じませんか。設楽盈彦の父の彦安《ひこやす》というのは、わが国でいちばん最後に華族になった男だそうです。それまでは、根来《ねごろ》彦安という名前だった。男爵に叙《じょ》せられて、たぶん出身地の地名から取ったのだろうが、設楽恭彦《やすひこ》と改名した。設楽もたいそうな名前だが、根来もなかなかの味のある名前だ。最近なんかの本で読んだんだが、根来の語源には、十六おぼこ、十八ねごろ、というのがあって、つまり十八の娘が寝るのにはちょうどころあい、であるというわけで、実際に十八娘と書いてねごろと読むのもあるらしい。となると、ねごろ男爵ではちょっと具合が悪かったのかな。いずれにしても、せっかく男爵には叙せられたが、あっと言う間に終戦で、もとの平民というわけだ」

「それで三日男爵か」

「実際には、男爵になったのが終戦の年の五月で、日本の華族制度が廃止されるのは一九四七年の新憲法だから、都合二年ほどは名目だけの男爵だったことになるわけだがね。まァ、三日男爵のほうがいかにもぴったりだな」

私は公安関係の人間に知り合いなどいないので、眼前のおしゃべりな男の身許の真偽についてはまったく見当がつかなかった。広い世間に、おしゃべりな公安官がいないとはかぎらないからだ。

「その三日男爵の息子に、警視庁の公安がいったいなんの用がある？」

「そう急《せ》かさないでもらいたい」と、税所義郎は言って、タバコを灰皿で消した。「設楽恭彦こと根来彦安は、もともとは近衛だか、西園寺だか、桂だか、いわゆる明治維新の〝元勲〟というやつの家令《かれい》だった男でね。家令という言葉も古くさいが、家事をまかされた管理人のようなものかな。主筋を特定するのは、ひかえさせてもらったほうが無難だろう。明治の元勲というのは、彼ら自身がたびたび総理大臣に任ぜられてもいるが、それと同時に、政党政治以前の彼らのおもな仕事と言えば、総理大臣を選出し任命すること――すなわち日本の〝キング・メイカー〟だった。そうだろう？」

「そうかな。公安というのは、歴史の出張講義もするのか」

「あんたはあまり私の話を信用していないようだな」

「私が信用するかどうかが問題になるような話でもなさそうだ。私が信用するかどうかにかかわらず、どうせ話はつづけるのだろう？」

税所は苦笑して、椅子の背にからだをあずけた。一瞬天井の明かりを反射した黒縁の眼鏡のレンズが、平板なガラスであることを示すような光り方をした。ダテ眼鏡をかけた俳優を、不用意なカメラマンが撮影したときによくある場面のようだった。しかし、ダテ眼鏡をかけているから偽公安官なのか、ダテ眼鏡をかけているからこそ本物の公安官なのか、やはり結論が出るわけではなかった。

「さて、一国の〝宰相《さいしょう》〟を選出するための条件はなんだ？　候補となった人物の思想か、才覚か、手腕か、人格か、人望か、それとも志しか……違うね。スキャンダルがないこと、汚点がないこと、つまりマイナス点がないことだ。アテネの民主政治の根幹は、あれはなんと言ったっけ、〝オストラシズム〟だったか、いわゆる〝陶片追放〟というやつだ。じつに合理的だな。こいつを宰相に選びたいという気持より、こいつだけは宰相にしたくないという気持のほうが、嘘が少ない。だから間違いも少ない。そうだろう？」

「公安にしてはいささか大胆な意見のようだが、どうせ話す相手によって台詞《セリフ》を変えるだけだろう」

「茶化《ちゃか》さないでもらいたい。これでも、精一杯まじめに話しているんだ」

私がタバコに火をつけると、税所はほとんど無意識に灰皿をこちらに押し返した。

「そんなわけで、内閣制度が誕生し、キング・メイカーが機能しはじめると同時に、宰相の椅子が間近になった我と思わん政治家たちは、ライバルのスキャンダル、汚点、マイナス点のネタをつかんでは、せっせとその元勲の一人のところへ運びこむことになったんだ。しかるべき証拠としかるべき上納金をそえて、だ。もちろんそんなものを元勲本人が管理するわけではない。家令の根来彦安こと、のちの設楽恭彦がそのすべての管理を受けもつことになったんだ。終戦間際に、この男に男爵の爵位が転がりこんだのは、この男が管理している政界のスキャンダル、汚点、マイナス点――すなわち政界の〝負〟の遺産が、この男を公爵家の一使用人にとどめておくことができないほど、大きくて厄介なものになっていたということの証明だ」

「そんなことは、もしあったとしても、いつまでもつづかないだろう」

「そう思うかね。ところがさにあらず、だ。政党政治が誕生しても、元勲たちがキング・メイカーとしての役目を終えても、戦争が終わっても、そしてバラ色の民主国家になっても、なくならなかったんだ。だって、そうだろう。宰相の椅子を争う権力闘争があるかぎり、このシステムは――すでにシステムと称してもいいと思うんだが、このシステムはなかなか棄てがたいほどに有効なんだよ。よその政党の政治家のスキャンダルや汚点なら、手に入り次第さっさと発表してしまえばいいさ。しかし、同じ党内の政治家のスキャンダルや汚点は、おいそれとは公表できないじゃないか。身内のそういうことは楽々と手に入るというのに、だ。そして、権力の座が近づいてきた政治家たちはかならずこう考えるだろう。ライバルのあいつは、すでにおれのマイナス点を探り出して〝三日男爵〟に届けてしまったかもしれない、とね。そう考えないのは、スキャンダルも汚点も一切ない、赤ん坊のおケツみたいな政治家だろうが、さて、そんな叩いても埃《ほこ》りの出ないような政治家がこの国にいったい何人いるかね。新米議員はともかく、間もなく権力の座が近いという古狸のなかにだよ。となれば、もう万一の保障のためにも、是が非でもライバルのマイナス点を探り出して、三日男爵に提出しておかなければ、とても枕を高くしては眠れなくなるだろう。たとえばの話だ、〝三〟は〝角〟のスキャンダルを、〝角〟は〝大〟の汚点を、〝大〟は〝福〟のマイナス点を、そして〝福〟は〝三〟の長男についてのスキャンダルを……といった按配《あんばい》だよ。それでどうにか権力レースのバランスが取れるわけだが、そのバランスがくずれたときに〝角〟のスキャンダルがどんなことになったか、これは周知のことじゃないか」

「その出所は三日男爵だというのか」

「それだけじゃない。ほかにも、お金にだらしない収賄政治家たちの失墜は数えあげたらきりがないだろう。そう言えば、愛人への手切れ金をケチったために、総理大臣の椅子を史上最短の速さで棒にふったやつがいたな。もともとこのシステムは、宰相の椅子を手にしたあとでスキャンダルが発覚するというのでは異常事態であって、本来の機能はそうなる以前に、権力者たりえない者がその座に坐ることを未然に防ぐことこそが、正常な状態なのだ。その意味では、実力者として頭角をあらわしたとたんに、息子の麻薬禍で姿を消した議員や、つい最近収賄容疑で失墜した北海道選出の柄《がら》の悪い実力者議員などは、宰相のスキャンダルのようには目立たないから、すぐに忘れられるが、こちらのほうがはるかに件数が多くて、しかもこのシステムの面目躍如と言えるわけだ」

「スキャンダルが発覚したときの情報源はさまざまだったようだが」

「それはスキャンダルの爆発地点のことだ。導火線をたどっていけば、火元はかならず……

……」

「三日男爵か」

「正確には、いまや三日男爵〝二代目〟の設楽盈彦ということになるがね。聞くところによると、彼は十三歳のときに、持ちこまれた情報を一読しただけで、ほとんど瞬時に諳記《あんき》してしまうという天才的な能力を発揮して以来、まともに学校に通うこともなくなり、その道に専念するようになったと言われているんだ。以来七十九年、親父に代わって、持ちこまれた情報はすべて彼の頭の中に記憶されつづけているということだ。もちろん物的証拠——証拠書類や証拠写真などのたぐいは、首都圏および近郊の十三の銀行の貸し金庫に厳重に保管されていて、設楽老人は月に一度ずつ、その十三の銀行の貸し金庫をまわって、証拠品の虫干しをすることになっているそうだ」

「先月は横浜の神奈川銀行の番だった」

「あんたはあまり私の話を信用していないようだな」税所は落胆したような声でくりかえした。

デスクの電話が鳴った。よくよく電話のかかる日だ。私は税所に合図して受話器を取った。

「もしもし、沢崎さんですか」こんどは聞き憶えのある男の声だった。

「そうです」

「里見《さとみ》です」と、男は名乗った。ある私立大学付属病院の助教授をしている医師で、去年の暮れのガンの偽特効薬の事件は、彼の依頼だった。「きのうの夜お預かりした、薬品のパッケージのことで、お電話したのですが」

「お忙しいところを申し訳ない」

「いいえ。あれはやはり、友人の専門家に訊いてみますと、昔は〝ペントタール〟と称していた薬剤と同じ系統のもので、うかがった状況から推測すれば、いわゆる自白剤として使用する以外には考えられないものだ、という返事でした」

「そうですか。わかりました」私は礼を言って、電話を切った。

税所義郎は椅子から立ち上がって、コートの袖に腕を通していた。

「私の話を信用しないのはかまわんよ。話している私自身も、あんまり胡散《うさん》くさい話で、眉につばしたくなってくるぐらいだからね。だが、新聞やテレビなどは、設楽盈彦の誘拐を、身代金の請求がなかったことや、あんたが途中で助け出したことで、すでに誘拐未遂事件として扱っているようだが、本当にそうだろうか……犯人たちは、かれこれ六日間も老人と寝食をともにしていたんだ。あれで結構、犯人たちは所期の目的を達しているのかもしれない」

「それは、あの老人が七十九年かけて頭の中にためこんだ、ろくでもない記憶を、彼らがすべて聞き出したという意味か」

「私は犯人じゃないから、実際のところはわからないがね。もし私が犯人だったら、聞き出したいのはこの十年間か、せいぜい二十年間の記憶だろうね」

税所はコートのベルトを結ぶと、ドアのほうへ向かいかけて、急に立ち止まった。

「そうそう、設楽盈彦はけさ病院を退院して、鎌倉の扇ヶ谷の自宅に帰ったということになっている。高齢のうえに、事件のショックから体調不充分なので、マスコミの取材は一切拒否されているらしい。某《ぼう》新聞のベテラン記者が古株のお手伝いにちょっと鼻薬をきかせて、老人の所在を確かめると、都内の某高級ホテルで静養中だが、どこのホテルかは知らされていないという答だったそうだ。連中がたどれるのは、まァ、そこまでだろうな」

「老人はどこにいる？」

「十五年ほど前から、千代田区一番町にある十階建のマンションの最上階で暮らしているよ。このマンションは〈根来不動産〉という小さな会社が経営しているが、名前を聞けば想像がつくように、その会社の株は設楽佑実子《ゆみこ》という老人の養女がすべて保有しているんだ。そのマンションの地下駐車場の外来用の駐車スペースは、けさ早くから黒塗りの大型車でごったがえしているんだ。車からは、見る者が見れば一目《ひとめ》で議員秘書とわかる連中や、ごくたまには議員本人が降りてくる。このマンションの主《あるじ》と自分たちの関係は誰も知らないと思っているから、実に堂々たるもんだよ。もし誰かが、こんなところへ何をしに来たのかと質問すれば、旧華族の老人のお見舞いにとでも答えるつもりなんだろう。老人の見舞いなら、果物カゴとか鉢植えの花とか、せいぜいアルコールのたぐいでも持参していれば少しはサマになるだろうに、どいつもこいつも重たそうなアタッシュ・ケースを大事そうに抱えこんでいるよ」

「話がまた胡散くさくなってきた」

デスクの上の電話がまた鳴りだして、税所は苦笑した。「公安第四課の私のオフィスより、ここのほうがよっぽど忙しそうだ。日本は天下泰平だな。また来るよ」

税所義郎がドアを開けて事務所を出ていってから、私は受話器を取った。

「新宿署の黒田警部だ。いやに待たせるな」

「なにか用か」

「きょうの六時に、署まで出向いてもらいたい」

返事をするまえに電話は切れるだろうと思って、黙っていると、案の定電話は切れた。

12

新宿署の三階の取調べ室では、筒見課長と黒田警部と津村刑事の四課のトリオが顔をそろえていた。その取調べ室に入ったのははじめてだった。隣りの取調べ室とのあいだの壁に、畳半分ぐらいの大きさの〝面通し〟のための鏡がはめこまれていたからだ。私は新宿署で警官以外の人間が入れる場所のことならたいてい知っていた。自慢しているのではなく、この署での過去の不愉快な体験の数々が、どんな小さな記憶のかけらも瞬時にして甦《よみがえ》らせてしまうからだった。

黒田警部がテーブルの上の内線電話で「こっちは準備オーケーだ」と言って、津村刑事が室内の明かりを消すと、鏡が素通しになって、隣りの取調べ室をのぞき見ることができるようになった。そこにも刑事らしい男が二人坐っていた。間もなく、内線電話のスピーカーから隣室のドアの開く音が聞こえた。そして、二人の制服警官が二人の男をそれぞれ連れて室内に入ってきた。警官たちは自分の連れてきた男の手錠を片方だけはずすと、椅子に坐らせて、はずした手錠を椅子の背もたれのパイプの部分にかけた。まるで振付師が振り付けたように同じ動きで、のぞき鏡の視界から消えるのもいっしょだった。

「この二人の男に見憶えがあるか」と、黒田警部が訊いた。

私は彼らを見た。向かって右側に坐っている男は、三十代の半ばから四十代に手が届くぐらいで、中肉中背のやや固太りの体格だった。頭髪は丸刈りが少し伸びた程度に短かった。左側の男は、それより少し若く、背丈も少しありそうだが、少し痩《や》せ型で、頭髪も少し長めだが分け目があるほどではなかった。どちらもうつむき加減なので顔が見にくかった。

「二人の顔を上げさせろ」と、黒田が手に持った携帯電話のようなものに向かって言った。

「いや、待て。それより、名前と住所と職業をしゃべらせるんだ」

隣室の刑事の一人が、テーブルの上においた調書をひろげ、眼の前の二人に黒田の指示のとおりに要求するのが、内線電話のスピーカーから聞こえてきた。のぞき鏡越しのうしろ姿なのではっきりしないが、その刑事の耳にイヤホーンがさしこんであるようだった。黒田の声はそこから聞こえているのだろう。

《鴨志田《かもしだ》健一《けんいち》だ……住所は横浜市西区中央……鏑木興業に勤めている》

これが年長のほうの答で、貧乏ゆすりをしているらしく、からだが小刻みに揺れていた。

《おれは力石肇《りきいしはじめ》……住所は横浜市保土《ほど》ケ谷《や》区帷子《かたびら》町で、同じく鏑木興業の社員だ》

こっちが痩せ型のほうの返事だった。鴨志田に較べると、むしろ度胸をきめたような、さばさばした口調だった。

名前を名乗るときに顔を上げたので、二人の顔をはっきり見ることができた。昔ほどは暴力団員の外見や雰囲気が一目瞭然ではなくなっていた。それに、警察の取調べ室に坐っているいまの状況は、彼らがもっともおとなしくしている状態なのだろうが、それでも、彼らの顔つきや口調にはひとを不快にさせるような何かがあった。彼らが社会に背を向けながら積んでいる年季《ねんき》とは、所詮《しょせん》はその〝何か〟にすぎないのだった。

私はおよそ一時間前に、私の事務所にかかってきた脅迫電話の白マスクと帽子の男の声と、隣室の二人の声を聞き較べていた。似ているのは年長の鴨志田のほうの声だった。電話を通した声とスピーカーを通した声にはどちらにも電気的なひずみがあって、そのせいで似ているように聞こえたのかもしれなかった。いずれにしても、私の耳では同一人物だとも別人だとも断定できなかった。

「二人に見憶えがあるか」と、黒田がくりかえした。

「……知っている男たちではない。だが、この二人に一度も会ったことがないと確信をもって言えるほど、特徴のある顔でもない」

黒田警部も筒見課長も眉をしかめた。筒見は残念そうに溜息をついた。

「彼らはなぜ新宿署に拘束されているのだ」と、私は訊いた。

「それを話せば、あんたの証言にあらかじめ予備知識を与えたことになって、証言の正当性が疑われるおそれがでてくる」黒田は久しぶりに禿げあがった前頭部を撫でた。

「予備知識なら、ここへ呼びつけられたときから与えられているのも同然だ。彼らは大晦日の狙撃事件の容疑者だろう？」

筒見と黒田が顔を見合わせて、いつものように意思の疎通《そつう》をはかった。取調べ室での刑事の仕事の三分の一はこれに費やされることになっているのだ。

「あんたの推測どおりだ」と、筒見が言った。「あいつらが、地下駐車場の〝ラン・クル〟に乗っていた二人かどうかを確認する方法は、何かないのか。二人の顔に何かきわだった特徴はなかったのか。あるいは、二人にマスクや目出し帽をつけさせてみたらどうだ？」

私はその状態を想像してみた。「そんなことをしても、彼らと眼つきの似ているほかの誰かとの見分けさえつかなくなるだけだ。だからこそ、彼らはマスクや目出し帽をつけて犯行におよぶのだろう？……残念だが、私はランドクルーザーに乗っていた二人の男を特定できるほど、彼らをはっきりとは見ていないようだ。二人が素顔をさらしていたときは、距離があった。しかも、私は彼らに気づかれないようになるべく彼らのほうを見ないようにしていた。追突する前後には、もっと近い距離に接近していたが、そのときはもうマスクや目出し帽をつけていた」

黒田は隣室を指さした。「要するに、彼らを狙撃犯と特定することはできないんだな？」

「そうだ」

「だが、彼らが狙撃犯ではないと断定することもできないわけだ」

「そうだ」

黒田は舌打ちした。「それじゃ、なんの役にも立たんじゃないか」

「そういうことだ」と、私は言った。「駐車場入口のボックスにいた警官は、二人の顔を憶えていなかったのか」

こんどは筒見が答えた。「納品書をつきつけたのは鴨志田のような気もするが、絶対にそうだという確信はないと言っている。力石のほうには見憶えがなく、車に乗っていたのはやはり運転席の一人だけだったようだと言っているんだ」彼は落胆した声で黒田に言った。「隣りの連中を留置場に戻してくれ」

黒田は携帯電話で隣室に筒見の指示を伝えた。津村刑事が室内の明かりをつけると、のぞき窓はもとの鏡に戻った。

私は筒見に訊いた。「彼らはどういう理由で、いつ拘束されたのだ?」

「そんなことはあんたに話すわけにはいかんよ」と、黒田が横から口を出した。「あんたに話していいことは、東海林刑事が死んで、地下駐車場の一件は参考人殺人未遂事件であるだけでなく、警官殺人事件になったということだ」

「ラジオのニュースで聞いて知っている」

「東海林刑事は、去年の十一月に刑事になったばかりの意欲盛んな二十六歳の若者で、こんどの護送の任務には、このおれが推薦したんだ。しかも、今年の六月には晴れて結婚することも内定していた。あんたはそれも知っていたか」

年末のヒステリー症状が津村から黒田に伝染したようだが、本当のところは新宿署のすべての警官がこの厄介な黴菌《ばいきん》の保菌者なのだろう。症状が表面に出るかどうかだけの違いだった。

「黒田君、やめたまえ」と、筒見が気のない声で制した。そして、私に言った。「あんたには他言無用ということで、話しておいてもかまわんだろう。聞いたとおり、あの二人は鏑木組の幹部候補で、負傷した組長の入院している横浜の病院に詰めていたらしいが、大晦日の早朝二人いっしょに病院を抜け出して、そのまま行方がわからなくなっていた。こちらの狙撃事件が発生してからは、伊勢佐木署が鏑木組の動静を厳重に監視していて、おもだった組員の所在を確認していたのだが、そこであの二人が浮かびあがってきたんだ。正月三が日を過ぎても姿を現わさないのは尋常ではないと判断し、きのう緊急手配されることになった。その結果、きょうの午後羽田に張り込んでいた刑事たちが、シンガポール行の搭乗手続きをしている二人を発見して、〝任意〟でこっちへ連行してきたんだ」

「彼らを拘束したのは午後の何時だ？」

筒見が黒田のほうを見てうながすと、黒田がしぶしぶ答えた。「四時三〇分の便に乗ろうとしていたところで、たしか四時を少し過ぎた時間だということだった」

「それに間違いないか。二人が三時四〇分前後にどこで何をしていたか、確定できないか」

「その時間がどうかしたのか」と、黒田が訊いた。

「私の事務所に、自分は地下駐車場の狙撃犯だという男から電話があった。公衆電話からだったが」

「いたずら電話のたぐいじゃあるまいな」

「少なくとも、狙撃犯がマスクと目出し帽の二人組であること、青梅街道を逃走して私の車に追跡されたこと、それに別所文男が自首したことも知っていた」

筒見と黒田は顔を見合わせた。筒見が少し考えてから、黒田に命じた。「二人を連行してきた刑事たちに会って、三時四〇分前後の行動がわかるかどうか、調べてくれ」

黒田警部は立ち上がって、ドアのほうへ向かった。

「ちょっと待て」と、私は黒田を呼びとめた。「その男が、どうして私に電話をかけることができたのか、それを訊きたくないか」

黒田は立ち止まって、ふりかえった。筒見も私のほうを見ていた。

「青梅街道を追跡してきたブルーバードの様子を見て、どうもデカらしくないので、ブルーバードのナンバーを控えたと言うんだ」

「なるほど」と、筒見が言った。「それがもし本当であれば、今年に入って、たぶん都内か神奈川県内の陸運事務所に、あんたのブルーバードのナンバーを問い合わせた者の記録が残っているはずだ」

「しかし、課長。その問い合わせをしたやつが、まともに本名を使っているとは思えませんがね。手間がかかるわりには、役に立つ手掛りかどうか……」

「偽名にしろ、誰かにやらせたにしろ、なんらかの手掛りは入手できるだろう」

「もしも」と、私は言った。「陸運事務所にブルーバードのナンバーを問い合わせた記録がないとすると、それはもっとおもしろい手掛りだということにならないか」

筒見と黒田がまた顔を見合わせた。よくよく顔を見合わせるのが好きな刑事たちだった。こんどは少し顔色が変わっていて、黒田がとがった声で言った。「それはどういう意味ていることになる。あの狙撃事件に私が関わりがあることを、警察は公表していないのにだ」

「狙撃犯たちは、ブルーバードのナンバーなど調べるまでもなく、私が何者であるかを知っだ?」

筒見と黒田は一応それが何を意味するかを考えるふりをした。結論は最初から出ているのだ。

「バカな!」と、黒田が大きい声を出した。「記録はかならずあるにちがいない。課長、すぐに二件とも調べます。津村君も来てくれ」

二人は取調べ室をあとにした。

筒見課長は上衣から出したタバコを私にさしだしながら、かなり疲れた口調で言った。

「あんたの調書にあった、例の狙撃犯の携帯電話への直前の指示のことだが、あのとき三階にいた者を調査すると言っても、漠然としすぎているので、きょうまであまりはかどっていないんだよ」

私は自分のタバコを出して、火をつけた。「そうだろうな。しかし、どこの陸運事務所にも、ブルーバードのナンバーを調べた記録がなかったら?」

「もちろん、そのときは、狙撃事件にあんたが関与したことを知っているごく少数の人間は、きびしく取り調べられることになる」

私はうなずいた。「拘束された鏑木組の二人の携帯電話は?」

「調べた」

「あの時間に、誰かから電話がかかっていたか」

筒見もタバコに火をつけてから答えた。「鴨志田の携帯電話にな。年長のほうだ」

「かけた相手は特定できるのか」

「だめだ。こっちも公衆電話だったよ。公衆電話というのは近頃では犯罪者の専用回線か」

「三階に公衆電話はあるのか」

「各階にあるよ。言っておくが、鴨志田本人にはまだその電話の内容を訊きただしてはいない。訊いても返事はわかっているがね。シロであるにせよ、クロであるにせよ、必要なのはもっとはっきりした確証だ」

私はタバコの煙りを吐きだしながら、同意した。

「ところで、あんたの事務所に電話をかけてきた男は、いったい何が目的であんたに電話をかけてきたんだ？」

「真意は私にもわからない」

「脅しか」

「そういう言葉もないではなかった。伊吹哲哉を殺せなかったのが不満のような口ぶりだった。それより気になるのは、一時間後にはシンガポールへ高飛びしようという男たちが、どうして私などにわざわざ電話をかける必要があるのか、ということだ」

「……そうだな」

「面通しに期待していたところをみると、あの二人は容疑を認めてはいないということだな？　病院から抜け出したあとのことを、どう説明しているのだ」

「鴨志田のほうは、容疑を否認しただけで、黙秘をつづけていた。もう一人の力石が、少しずつしゃべりはじめている。伊勢佐木署の調べでは、こいつは鏑木組に入ったのは比較的最近のことらしくて、銃器に詳しいことで特別にいまの待遇を受けているらしいが、それだけ組に対する義理も薄いのだろう。力石の供述によると、病院を抜け出したのは、横浜の縄張りを鏑木組と二分している〈神龍会《じんりゅうかい》〉の幹部の荻須《おぎす》という男に呼び出されたからだと言うんだ」

「ほう」

「鏑木組というのは組長の鏑木のほとんどワンマンで成り立っている暴力団なんだ。組長が別所文男に撃たれて、生死の境をさまよっていたあの時点では、組員たちのほとんどが、組長が死ねば、縄張りの大半は神龍会にいいようにされるだろうという、切羽《せっぱ》詰まった状況だったと言うんだ。そこへ神龍会の大幹部から内密に会いたいという誘いがあれば、いやとは言いにくい。そこで、二人が指定の場所に出かけてみると、黒っぽい大型の外車が待ちかまえていて、あっという間に目隠しの監禁状態におかれてしまった。そして、解放されたのは元旦の真夜中だったと言うんだ」

「私の正月休みよりは少しばかり優雅だな」

筒見は話をつづけた。「解放されたあと、鴨志田はすぐ鏑木組の事務所に戻ろうとしたらしい。だが、力石のほうがこんな目に遭《あ》ったからには、なにかいわくがあるはずだと鴨志田を引きとめ、子飼《こが》いのチンピラたちを呼び出して調べさせてみたんだ。すると、自分たちのいないあいだに、新宿署の地下駐車場の狙撃事件が起こっていることがわかり、これはてっきり自分たちを組長襲撃の報復をした犯人に仕立てようとする罠にちがいないと確信したと言うんだ。一時は警察に出頭してすべてを話そうかという気にもなったが、狙撃者たちが撃ったのが組長を襲った本ボシではなくて、ただの身代わりの男で、しかも警官殺害の罪まで背負わされてはたいへんだと、すぐに海外へ高飛びする決心をしたと言っている」

「信用できるのか、その供述は」

筒見は首を横にふった。「たしかに神龍会に荻須という幹部はいた。しかし、力石は大型の外車の男たちが神龍会の者だったかどうかも証言できないし、監禁された場所についてもはっきりした手掛りは提供できないのだ。鴨志田のほうも、力石とほぼ同じような内容の供述をしはじめている。だが、二人で示し合わせて、でたらめな話をデッチあげる時間はいくらでもあったんだからな」

「しかし、彼らの供述が嘘だという確証もない？」

「そうだな」

「敵対する神龍会が、鏑木組つぶしのために、別所文男の組長の銃撃事件に便乗して、身代わりで自首した伊吹哲哉を狙撃したり、その狙撃を鏑木組の二人の仕業《しわざ》に見せかけたりしたということか……暴力団らしくない手の込んだやり方だが」

「ありえないことではない。正直なところを言えば、あの鏑木組の二人が狙撃犯である可能性は六〇パーセントか、それ以下だろう」

「となると、私に電話をかけてきた男たちが野放しになっている可能性は四〇パーセントか、それ以上ということだ」

私たちは同時にタバコの火を消し、同時に立ち上がった。

「充分気をつけてくれ」と、筒見が言った。

私はうなずいて、取調べ室のドアのほうへ向かった。

「これからどうするんだ?」と、筒見が訊いた。

「あしたから探偵の仕事に戻る」

筒見課長の半信半疑の顔を背に、私は取調べ室をあとにした。

13

　私はエレベーターで新宿署の地下駐車場に向かった。二階から乗りこんできて、一階ですぐに降りた二人の制服警官の話題は、どうやら殉職手当の金額のようだった。地階でエレベーターを降りると、私は無意識のうちに周囲に目を配っていた。停めていたブルーバードに近づくと、助手席に人影が見えた。喫っているタバコの煙りで顔はよくわからなかった。運転席のドアを開けてのぞきこむと、見憶えのある男だった。私は運転席に乗りこんだ。

「鍵がかかっていなかったので、中に入って待っていたが、不用心だな」

　懐かしいしわがれ声だった。

「捜査一課の、たしか……田島《たじま》主任だった」

「憶えていてくれたか。いまはもう主任ではないがね」

　はるか昔の話だが、〝都知事狙撃事件〟の渦中で出会った刑事で、その後もなんどか会っていた。

「まだ新宿署勤務か。もうとうに退職しているころかと思っていた」

「おれは老《ふ》け顔だからな……それでも、いよいよ今年の秋には定年だ。三十年かかってやっと警部補になったと思ったら、あっと言う間に退職が眼の前だ」

私はタバコに火をつけてから、訊いた。「まだ一課にいるのか」

「いや、いまは総務課の情報管理だ。暮れから正月と、あんたは相変わらず四課や蒲田署を騒がせているようだな」

「大晦日の狙撃犯の車の登録ナンバーの特定の件だが、誰かが必要以上に時間をかけた形跡はないのか。もっと早く手配ができていれば、犯人たちが盗んだ車をもとに戻すまえに、所有者のところに急行できていたかもしれない」

田島警部補は苦笑した。「あんたたちは眼の付けどころが同じだな。かならずそのことを訊かれるから、答に窮《きゅう》しないようにしろと言われたよ」

「答に窮するような、なにか遅延の理由があったのか」

「そんなことはない。あんたが憶えていた不完全なナンバーから、本部の〝綜合照会〟が該当する車輛をリスト・アップするのに要する時間はだいたいあんなものだ。そのリストから、四課の刑事たちが、該当しない車輛をはずしてしぼりこんでいく作業に要する時間もだいたいあんなものだ」

「そうか……あんたがそう言うのであれば、信用しよう」

田島はダッシュ・ボードの灰皿でタバコの火を消してから、言った。「これは老婆心までに言うのだが、おれには、あんたたちがおたがいに嫌い合う理由がわかるような気がするよ。あんたたちは、仕事に対する考え方が、まるで一卵性双生児みたいに似ている。だから、会えば自分のいちばんいやなところを見せられるような気がするんだ」

「ずいぶんと歳の離れた双子の兄はどうして面《ツラ》を見せないんだ。長期休暇なのか、転勤になったのか、退職したのか、馘になったのか、それとも死んだのか」

「錦織警部はパリだ」

「なんだって⁉　パリとは、ロンドン・パリの、あのパリか」

「そのパリだ。いま開催中の〈インターポール〉の国際会議に出席している」

私は笑いかけてタバコの煙りにむせた。「あの一張羅《いっちょうら》の紺の背広に、一本しか持っていないネクタイをぶらさげてか」

「たぶん、そうだろう」

「日本の警察が世界中で嫌われるのには、大いに貢献しそうだな」

「錦織警部が優秀な刑事であることは、あんたもよく知っている」

「そんな追従《ついしょう》を言わせるために、あいつはあんたをここへよこしたのか」

「……いや、実は警部からの伝言がある」と、田島は言って溜息をついた。

「聞かなくてもわかっているが、聞いておこう」

田島の声は少し小さくなった。「〝図に乗るなよ、探偵〟」

「〝メグレ警視の薫陶《くんとう》をうけて、少しは品性を磨いてこい〟と伝えてくれ」

田島は助手席のドアの把手に手を伸ばした。

「そうだ。ちょっと、待ってくれ」私はタバコの火を灰皿で消して、上衣のポケットからメモを取りだした。三時間前に事務所で受けとった名刺から、名前と肩書きを書き写したものだった。

「この男のことが知りたいのだ」

田島警部補は黙ってメモを受けとると、ブルーバードを出て、エレベーターのほうへ歩き去った。

私はブルーバードをスタートさせ、地下駐車場を出て、新宿署の正面にまわった。錦織警部のいない新宿署はすでに夜の闇に包まれていた。

14

翌朝、私は事務所で〝探偵の心得三か条〟を復唱しながら時間をつぶした。《強い敵との交戦は避ける》《攻めやすいところから攻めよ》《利用できるものは何でも利用する》三か条は、大竹英雄《おおたけひでお》九段の新刊『大竹兵法の極意』の序章に書かれた〝碁の心得十か条〟からの剽窃《ひょうせつ》なのだった。

九時半になるのを待って、私は駐車場に降り、ブルーバードをスタートさせた。西新宿の事務所の周囲をコースとスピードを変えながら、三度周回した。とくに怪しげな車や人影は見当たらなかった。それから千代田区一番町に向かった。一月六日に探偵の仕事を始めるのはけっして遅くはなかったが、仕事でもないのにあれほど動きまわった正月休みはかつてなかった。きのうの予報どおり、ぐっと気温が下がって、市街も街行く人も舞い戻ってきたきびしい冬にいちようにうつむき加減だった。靖国通りを市ヶ谷まで走って市ヶ谷橋を渡り、〈日本テレビ〉の先を左折して三〇〇メートルほど徐行していると、右側に目指す〈根来レジデンス〉のマンション・ビルが見えてきた。十階建のくすんだオリーヴ色の外装の建物だった。私は正面の車寄せの脇にある地下駐車場への入口は回避して、設楽老人の養女に教えられた、建物の裏側にあるもう一つの地下駐車場への入口から進入した。入口の脇には〝契約車以外は駐車できません〟という看板が立っていた。

スロープを下って左折すると、七、八台ぐらいの駐車スペースがあり、その半分ぐらいは黒っぽい高級大型車でふさがっていた。いつものことだが、ブルーバードのエンジン音が劣等感のまじった怪しげな響きに変わった。ちょうど一台の濃紺色のクラウン〝マジェスタ〟が出口のほうへ移動するところだったが、運転者の顔は見えなかった。適当な空きスペースにブルーバードを駐車すると、私は駐車場の隅にあるエレベーターに向かった。駐車場の建物正面側の壁面は、三枚の大型のシャッターをおろした状態になっていた。おそらくはそのシャッターの向こうに、正面から入る一般用の地下駐車場が位置しているはずだった。

エレベーターのドアに〝十階専用〟という表示があり、脇の壁にインターフォンというより壁掛けの電話に近いものが設置されていた。〝来訪者は受話器を取って、右下の青色のボタンを押してください〟腕時計で時間を確かめると、十時五分前だった。私は受話器を取って、右下の青色のボタンを押した。

「はい、設楽です」男の声だったが、九十代の年配の声のようには聞こえなかった。

「渡辺探偵事務所の、沢崎です」

「お待ちしておりました。エレベーターにお乗りになって、十階までお越しください」

受話器を戻していると、エレベーターのドアが開いた。私はなかに入って、十階のボタンを押した。制御盤には各階のボタンがあるから、降りようと思えばどの階にも停止できるのだろう。建物もエレベーターも新しくはなかったが、金をかけたしっかりした造りのように見えた。エレベーターは静かでゆっくりとした安定走行で上昇していった。十階に着くとドアが開いて、オフィス・ビルの小さなロビーのようなところに出た。正面にあまり商売気のなさそうな〈根来不動産〉の看板をかけたドアがあって、そのドアに眼があるようにタイミングよく開いた。四十代半ばの地味な紺色のスーツに同色の蝶ネクタイをした男が出てきた。陽灼《ひや》けした浅黒い顔と整髪料をたっぷり使った髪形のせいか、あるいは蝶ネクタイのせいか、流暢《りゅうちょう》な英語をしゃべれば、東南アジアの高級リゾート・ホテルの支配人に見えるような感じの男だった。

「沢崎さんですか」と、彼は日本語で訊いた。

私はそうだと答えた。

「ご案内します。私は〈根来不動産〉の徳山《とくやま》と申します」

徳山と名乗った男は左手にのびている廊下を先に立って歩いた。廊下の左側に並ぶガラス窓からは、一番町や麴町《こうじまち》の景色が一望できたが、空中になにか小さな白いものがちらついていた。

「どうやら降ってきたようですね」と、徳山が言った。

雪だったが、この様子では地上まで降りきれるかどうか疑わしかった。廊下の角を右に曲がるとすぐに、重厚なワイン色のオーク材の両開きの扉があって、その片方がすでに開いていた。なかに入ると建物の雰囲気が一変した。鉄筋のビルの中で、突然木造建築に迷いこんだような感じだった。床には灰色の絨毯《じゅうたん》が敷いてあった。しかし、そこもまだ廊下で、一〇メートルほど先に玄関のような構えが造られていた。さっきのオーク材と同じだが、こっちは一枚扉で、脇の柱に〝設楽〟という表札がかけられていた。徳山が扉を開けて、私を招じ入れた。どこかでかすかにチャイムのような音が鳴った。

そこは玄関の間というよりは、三十畳ほどもあるホテルのロビーのような広々としたスペースだった。中央に、十人ぐらいの小さな会議なら楽に開けそうな特大の応接セットがあり、三人の男がそれぞれソファの離れた場所に腰をおろしていた。徳山はその三人に軽く会釈《えしゃく》しながら、ロビーをまっすぐに縦断していった。三人は、徳山のうしろを歩いている私にじっと視線を注いでいた。三人とも黒っぽいスーツに身を包み、膝の上に大事そうにアタッシュ・ケースを抱えていた。警視庁の公安官だという税所《さいしょ》義郎のほら話を思い出さずにはいられなかった。三人の顔には、最初のうちは自分たちをさしおいて先に案内されているのはどこの何者だという不服そうな表情が浮かんでいたが、やがてそれがデパートの歳暮セールの請求書を持ってきた営業マンか、台所の配管修理の見積書を持ってきた業者でも見るような眼つきに変わり、それから興味をなくした。徳山と私は、ロビーの奥にあるその日三つめのオーク材のドアを開けて、なかに入った。

ようやく普通の家の玄関らしいところ——ただしキング・サイズで、ちょっとした旅館の玄関ぐらいはあった——にたどり着いて、私は内心ほっとした。徳山は靴を脱いで式台の上にあがり、並べてあるスリッパを履いて、私がそれにしたがうのを待った。それからまた磨かれた板敷きの廊下をしばらく進むと、徳山は最初に出くわしたドアをノックした。

「どうぞ」と言う女の声が室内から聞こえた。徳山がドアを開けると、応接間のような室内で女と男が向かいあって坐っているのが垣間《かいま》見えた。女はこちらに背を向けているので、ソファの上から頭髪と横顔の一部が見えるだけだったが、向かいに坐っている男はさっきロビーで見かけた三人の男たちの同類であることがすぐにわかった。

「おみえになったのね？」と、女が訊いた。

「はい」と、徳山が答えた。

「では、書斎のほうで父が待っておりますから、そちらのほうへご案内してちょうだい。わたくしもすぐにあとからまいります」

「かしこまりました」と、徳山は言って、ドアを閉めた。

それからまた廊下を先へ進んだ。途中の二、三のドアを素通りして、廊下の突きあたりまで進むと、徳山はさっきの応接室とは反対側にあるドアをノックした。ドアの向こうから、くぐもった男の声がかすかに聞こえた。徳山はドアを開け、室内に向かって「沢崎さんをお連れしました」と言い、私に「お入りください」と言った。私がなかに入ると、背後でドアが閉まった。

絵に描いたように典型的な書斎だった。最近どこかの安食堂のテレビに映っていた外国映画で、クラーク・ゲイブルのギャングがスペンサー・トレイシーの市長を訪ねるシーンに登場したのとそっくり同じような書斎だった。俳優の名前は違っているかもしれないが、書斎の様子はこのとおりだった。もっとも、映画の書斎には色がついていなかった。映画のセットと同じように、この書斎も実際にはあまり使われていないようで、宏壮《こうそう》で威厳のある体裁を最優先にした趣きがあった。部屋の奥のほうにある大型のデスクの向こうに、設楽盈彦が坐っていた。

設楽盈彦は椅子から立ち上がると、デスクを迂回して、部屋の真ん中にある応接セットのほうへ出てきた。パジャマの上に厚地の冬物のガウンを着こんでいた。

「沢崎さんですね。さあ、どうぞ、こちらへ」

私も応接セットのそばまで近づいた。

「こないだは本当にありがとう。おかげでこのとおり、無事にもとの安穏な暮らしに戻ることができた。あなたには、いくらお礼を言っても言い足りないぐらい感謝しておりますよ。さ、どうぞ、お坐りになって」

私たちはテーブルを挟んでソファに腰をおろした。設楽盈彦は西蒲田の元鉄工所の二階のベッドでお眼にかかったときに較べると、見違えるように顔色もよく、矍鑠《かくしゃく》としていた。これで九十二歳とは思えないほどの恢復《かいふく》ぶりだった。背後の私が入ってきたドアが開いて、さっき応接室で見かけた女が入ってきた。三十代前半の美しい女だった。染めているのかどうかわからないくらいの明るい豊かな髪に包まれた色白の顔は、むしろ自分の美しさをないがしろにしようとしているような生気と自信があらわれていた。どちらかと言えば、さっきのゲイブルやトレイシーの腕につかまっていそうなタイプが趣味だという男たちに効きめのありそうな美人だった。ブランドものらしい金茶色のビジネス・スーツを着ていたが、これで算盤《ソロバン》を弾いても、集計の正否が問われるような服装には見えなかった。誰かに算盤を入れさせるためのビジネス・スーツもあるということだ。彼女はコーヒーのセットをのせたトレーを運んできて、それをテーブルの上においてから挨拶した。

「きのうは電話でたいへん失礼しました。娘の佑実子《ゆみこ》です。父はもう先日のお礼を申しあげたでしょうか」

設楽佑実子はコーヒー・カップを私と父親の前に並べ、ポットからコーヒーを注いだ。そのあいだも、父と交互に私への礼の言葉がつづけられた。

「お父様、あれは？」と、彼女が訊いた。

「まだ、これからだよ。机の上に用意してあるから、取っておくれ」設楽老人が自分の背後のほうを指さすと、娘はデスクのほうへ近づいた。

「きのう訪ねてきた蒲田署の刑事から聞いて、知ったんだが、沢崎さんは、娘たちが警察のほうに委託しておいた報奨金は受けとっておられんそうだな」

「報奨金を受けとるべき者はほかにいるからです」

娘は分厚くふくらんだ封筒を手に戻ってきて、老人の隣りのソファに坐った。

「しかし、蒲田署の刑事の話では、情報の提供はともかく、実質的な救出者はあなただということだった。それなのに、報奨金の半分は、ピストルで人を撃ったようなやつが受けとるかもしれんと言うではないですか。それでは、あなたへの気持があいすまんのだ。それで――

――」老人は娘から封筒を受けとると、テーブルの上において、私のコーヒー・カップのそばへさしだした。「これはほんの些少《さしょう》だが、報奨金などとは関係なく、われわれの深い感謝の気持として受けとっていただきたい」

　私はコーヒーを一口飲んだ。舌がこわばってもつれたりしないための用心にだ。

「それはいただけません。お嬢さんからのきのうの電話にお答えしたように、きょうは探偵の私に仕事の依頼があるとおっしゃるので、こちらにうかがったのです」私は分厚い封筒を老人のコーヒー・カップのそばまで押し戻した。

「いや、しかし、これは――」

「お父様」と、娘が口を出した。「無理をおっしゃってはいけませんわ。お父様の流儀がどなたにも通用するとはかぎらないのですよ」

「……そうか」設楽老人は残念そうに眉をくもらせた。

「それより、沢崎さんにお願いすることをお話にならなくちゃ。それを引きうけていただけるかどうかが、もっと大事なことでしょう」

「そうだ」老人は愁眉《しゅうび》を開いて、テーブルの封筒をまた押し返した。「彼にあの仕事を頼んで、その報酬ということで、これを受けとってもらえば……」

　私は苦笑しながら首を横にふった。わからない年寄りだ。

「それもだめか」老人はがっかりしたような表情で、コーヒーを口に運んだ。

　設楽佑実子はテーブルの封筒を取って立ち上がると、デスクのもとの場所に返して、戻ってきた。

「沢崎さんへのお願いは、お父様からお話になりますか。それともわたくしが？」

「おまえ、頼むよ」

彼女はうなずいて、私のほうに向きを変えた。

「あすの午後五時ぐらいから、おからだはあいていらっしゃいますか。また、こちらへお越しいただかねばなりませんが」

私はあいていると答えた。

「あすの八時以降に、父宛てにある電話が入ることになっています。その電話の指示にしたがって、ある物を電話の相手に無事に届けなければなりません。それはわたくしが届けることになるのですが、そのときに、あなたに車の運転と、届ける物の警備をお願いしたいのです」

「なるほど」

「少し早いのですが、なにかと準備もあるでしょうから、余裕をもって五時ぐらいには、こちらへおいで願いたいのです」

予想しなかった仕事の内容ではなかった。ふたたび税所義郎のほら話を思い出さずにはいられなかった。

「届けるある物とはなんですか」

設楽佑実子は父のほうを見た。設楽盈彦は両眼を閉じたまま、眉間にしわをよせて、低くうなっていた。

「それはお訊ねにならないほうがよいかと思います」と、娘は答えた。「あのような分厚い封筒をいただけないと言ったのは、こういう場合があるからです。出口はどちらですか。蝶ネクタイ氏に廊下また廊下と連れてこられたので、帰り道がこころもとない。そこにはお入りにならないほうがよいかと思います、と叱られそうな場所に迷いこんだりしては迷惑でしょうから」私は立ち上がりかけた。

「お待ちになってください」と、娘が止めた。「どうしてもお訊きになりたいとおっしゃるのでしたら、申しあげましょう。たぶん……七億円ほどの現金を運ぶことになります。あしたにならなければ正確な金額がわからないのです。もう少し増えるかもしれません」

大きなうなり声が聞こえたが、それはたぶん私ではなく、設楽老人が発したものだったろう。彼は腕組みをしたまま、眉間のしわをいっそう深くしていたが、何も言わなかった。

「それは父上が誘拐された事件に関わりのあることですね？」

「そうです」

「父上は監禁されていた六日間のあいだに、一種の自白剤のようなものを大量に投与された形跡がありますが……そこで父上が誘拐犯にしゃべらされたことが、大金を支払う理由ですか」

「そうです」

「あす電話をかけてくるのは、スズキ・イチローと名乗っている男ですか」

「そうです」

「その大金を支払わなければ、どうなるのです?」

設楽佑実子は立ち上がってデスクのところへ行き、新聞を取って戻ってきた。

「きのうの朝刊ですけど、父が赤鉛筆で囲っている記事をごらんになってください」

いわゆる三面記事のページをひろげると、私のほうへさしだした。

その記事の内容は、きのう事務所で他紙の記事を眼にしていたので、私はおおよそのところは知っていた。大臣の経験もある与党のある派閥の実力者議員の〝学歴詐称《さしょう》〟問題が暴露されていた。近年よく耳にする、外国の聞いたこともないような怪しげな大学を出たというのではなかった。その議員の最終学歴は、れっきとした日本の有名私立大学を三十五年前に卒業したことになっているが、実は二十五年前の初当選の直前に、その大学の理事の一人に大金を支払って購入した学歴だというのだった。本人は卒業証書も修得単位も卒業名簿への記載もすべてきちんとそろっているから、〝詐称〟と呼ぶには当たらないと反論しているそうだが、それらは学生の本分である勉学によって獲得したものではなく、一枚の小切手と交換で買い取ったものであり、従来の学歴詐称事件よりはるかに悪質で、重大犯罪だというのが、暴露記事の主な内容だった。

大学側の担当者は、問題の理事はすでに故人であり、その議員の名前を冠した記念教室も現存していることであるから、当時その理事が受領したものは大学への〝寄付金〟だったのではなかろうかとコメントしていた。問題の議員の卒業資格の正否については、なにぶんにも担当者が大学に奉職するはるか以前のことであるので、にわかに判定することはできないが、もしも正式の訴えがあって司直の要求があるならば、全力をあげて究明するつもりであると付け加えていた。

関連記事として、野党の某議員――その有名私立大学の後輩だそうだ――が、さっそく問題の与党議員に対して学歴詐称の訴えを起こしたとあるのも、私の読んだ記事とほぼ同じだった。

しかし、この学歴詐称容疑の議員が、肝腎の大臣の任期中に政治家としていかに国民を詐《いつわ》り欺《あざむ》いたかについては、誰もほとんど興味がなさそうだから、この国は……。いや、この国が天下泰平だというのは、警視庁公安官の税所義郎の意見で、私の意見ではなかった。

15

「おとといの夜のことです」と、設楽佑実子は言った。「スズキ・イチローと名乗るひとから電話がかかってきました。あしたの朝刊を見るようにとだけ言って、電話は切れました。父が助けていただいた日の夜でした。そして、きのうの各紙の朝刊にその記事がいっせいに出たのです」

彼女は私が手にしている新聞を指さした。

「二回目の電話はきのうの昼すぎでした。あすの夜八時を期限として、そのスズキというひとの言うには、つまり、〝保険料〟を――」

「要するに、口止め料のことですね」

「ええ、それを届ける場所を連絡すると言ってきました」

「その男が、あんな途方もない大金を要求してきたのですか」

「いいえ、向こうは金額のことなど一言《ひとこと》も申しません」

「ほう……すると、あなたがたのほうで、つまり……その保険の加入者たちに、ああいう多額の保険料を払うように通知されたわけですか」

「いいえ、そんなことはいたしません。去年の十二月二十九日に父が行方不明になったことが公表されて以来、皆さん〝お見舞い〟と称して多額の、つまり保険料をお届けになっています。しかも、父が解放されたという報道があると、それにいっそう拍車がかかって、この学歴詐称の暴露記事が出てからは、ほとんどパニック状態に近いありさまです。そのうちの何人かのお使いの方には、さきほどロビーのほうでお会いになられたでしょう」

設楽盈彦はいつの間にか、鼾《いびき》をかいていた。たぶん、娘の話の最初のうちから眠っていたのだろう。設楽佑実子が父の肩に手をかけて起こそうとしたので、私は手をあげて制した。依頼の件に関しては、これまでのところ娘の応対だけでなんの支障もなさそうだったからだ。父親の必要があれば、そのときに起こせばよかった。

「新聞記事の学歴詐称議員は、保険料の支払いというか、お見舞いには来ていなかったのですか」

「そうです。いらしてなくてよろしゅうございましたわ。保険料を払ったうえに、〝根来メモ〟の秘密を暴露されてしまったのでは、こちらにもなにかごたごたがあるようなことになったかもしれませんから。学歴のことはずいぶんと古い話ですから、あちらではたかをくくっていらっしゃったのでしょう」

「あれは〝根来メモ〟と呼ばれているわけですか」私の頭も少しずつ税所義郎のほら話に感化されているのかもしれなかった。

「うちでは昔からそう呼んでいるようです。そう言えば、ここだけの話ですが、こちらでは

〝根来メモ〟としてなんの秘密も関知していない方なのに、どういうわけか保険料をお届けになる方が結構いらっしゃるのですよ。こちらは関知していなくても、本当はなにか秘密をお持ちなのかもしれないし、あるいは秘密はなにもなくても、万一濡《ぬ》れ衣《ぎぬ》や誤解にもとづく記事が発表されるようなことがあってもつまりませんから、保険料さえ払っておけば無事だというお考えなのかもしれませんね」

「そういう保険料も、あしたスズキに引き渡すのですか」

「いいえ、そんな無駄なことはいたしません。その分をこんどの一連の厄介事にかかったもろもろの経費に当てさせていただくつもりです。父の入院の費用や、例の報奨金や、いま現在で七億円を超えている現金の警備をしていただいている警備会社に支払う費用や――」

「私に支払う依頼料」

設楽佑実子は微笑した。「それも、そうさせていただくことになると思います」

「あしたの車の運転と警備は、私ではなく、その警備会社に担当させるべきではありませんか。私は、保険料運搬の途中で、あなたをむりやり車からおろして、お金といっしょに逃亡するかもしれませんよ。七億円もの〝出所不明金〟と一つ屋根の下の車に乗ったとなると、なんだかそうするのが正しいことのような気がしてくる」

彼女は少し考えてから言った。「それは警備会社の方でも同じではないでしょうか。あの方たちはまだいまのところは警備しているものの金額まではごぞんじではありません。でも、あの方たちをあわてて雇うことになった経緯《いきさつ》や、ここでのものものしい警備ぶりや、あした運搬することになる物の重量や状態などを見れば、おおよその推測はつくのではないでしょうか……同じことなら、父を助けていただいた恩人であるあなたに億万長者になっていただくほうがましだと思うのです」

「そうなったときは、どうするのです？」

「わたくしどもは、べつにどうもいたしませんわ。ただ、これこれこういう方が七億円のお金を持ち去ったと、警察に届け出ることにはなるでしょうが」

「犯人たちはそれで承知しますか」

「さあ、どうでしょう。腹を立てて、手に入れた秘密をすべて暴露してしまうでしょうか。わたくしどもは、そうなってもべつに困るわけではありません。でも、そんなことをしても、なんの得にもならないのではないでしょうか。それよりは、あなたか警備会社の方が捕まって、お金が戻ってから再交渉するか、あるいは、わたくしどものほうにもう一度然《しか》るべき保険料がプールされるのを待って、再交渉するか……わたくしなら、どちらにしても待つほうを選びますけど」

「しかし、連中だって、そうそう保険料を払ってはいられないでしょう？」

彼女は首を横にふった。「賭けてもよろしゅうございます。もしも、七億円のお金が誰かに横取りされたということが報道されることになれば、その二十四時間後には、間違いなく一億円以上の新たな保険料が届いているでしょう。最終的には、七億円には届かないかもしれませんが、少なく見積もっても三億円か、四億円は大丈夫だと思います」

「あきれた話だな……つまり、それだけ日本の政治屋たちは腐敗堕落しているということになる」

「あら、いまおっしゃったのは、沢崎さんの言葉でしょうか。それとも純真な中学生かなにかの口まねだったんでしょうか」

私は苦笑したが、すぐにべつの疑問がわいた。「誘拐犯たちは、自白剤で父上に〃根来メモ〃の秘密をしゃべらせて、それを聞き取っただけで、いわゆる物的証拠は何一つ入手していない。たしか、そうでしたね？」

「ええ、そういうものはすべて銀行の貸し金庫に安全に保管されております」

「それでも、こんな脅迫が成立するのだろうか」

「誰もお金を支払うようにという要求を伝えていないのに、向こうからすすんで七億円ものお金を届けてこられる状態を、脅迫と呼べるのでしたら、まさしく脅迫は成立しているのですわ……ただし、実際に脅迫をうけた方は、わたくしどもをふくめても、どこにもいらっしゃいません」

「もしも、七億円を引き渡して、一月《ひとつき》後か、一年後に、ふたたび犯人からの電話がかかってきたらどうするのです」

「そうですね……とりあえずは、その要求に耳を傾けることになるでしょう……沢崎さん、たいへん失礼なことをお訊ねしますが、あなたは一億円以上のお金を自分の物として所有したことがおありになるでしょうか」

「いや」と、私は答えた。

数年前に、死んだ渡辺の遺品である一億四千万円入りの預金通帳と印鑑を、数日間だけ石油ストーブの給油タンクの内壁に隠していたことがあったが、その金が自分の物だという意識は瞬時もわいてこなかった。

「電話をかけてきたスズキという人たちが、七億円をいったい何人で分けるのかはぞんじませんが、少なくとも億万長者になることは間違いないでしょう。しかも、大金を支払った方たちも、わたくしどもも、彼らが警察に捕まえられることなどすこしも望んでおりません。おかしな話ですが、この場合は、彼らが警察に捕まえられることになったら、事件解決ではなくて、それこそ大事件になってしまうかもしれないのですから。ということは、彼らは警察に追われる心配のない億万長者になれるわけですわ。そんな結構な身分になった彼らが、どうしてまた危険な犯罪に関わる必要があるのでしょうか」

「なるほど……だが、金はあればあるほど欲しくなるものだと聞いているが」

「そうかもしれません。でも、この場合はちょっとピントのずれた表現かもしれませんが、金持喧嘩せず、ということにならないでしょうか」

私はコーヒーを飲み終えると、テーブルの上に灰皿があったのでタバコを喫う許可を得て、タバコに火をつけた。

「依頼を引きうけるまえに、もう少し訊きたいことがあります」

「なんでもどうぞ」

「父上を銀行から拉致したのは、スズキ・イチローと呼ばれている男と、もう一人、蒲田署にすでに捕まっている体格のいい男でしたね」

「ええ、そうです。父は、そのひとはダイマジンと呼ばれていたと申しておりますが……」

「犯人たちには、もう一人、三人目の男がいたことはごぞんじですか」

「父もそう申しておりました。拉致されたその夜から、毎晩九時近くになると、スズキというひとが父に例の注射を打つのだそうです。そして、しばらくして薬の効きめがあらわれるころになると、その三人目の男が現われるのだそうです」

「父上はその男の人相を憶えていらっしゃいますか」

「それが──」設楽佑実子はソファから立ち上がると、デスクに近づき、こんどは大判のファイルのようなものを取って戻ってきた。ファイルから一枚の画用紙を取りだして、私に渡した。「父が描いたもので、これがその三人目の男だと言うのですが……」

そこにはハンチングにサングラスにマスクという、素顔を隠すための〝三種の神器〟をつけて、コートの襟を立てた男のスケッチが描かれていた。素人にしてはなかなかの筆力のようだが、人相を特定するためのものがすべて隠れていてはなんの役にも立ちそうになかった。

「こちらがスズキというひとだそうです」と、彼女は言って、もう一枚のスケッチを渡した。

野球帽と革ジャンパーのあいだに、三十代の半ばぐらいに見える、図太そうな男の顔が描かれていた。図太い印象は、濃くて脇へいくほど太くなった眉、小さいが鋭い眼つき、小鼻の張った大きな鼻、分厚いが横に強く結んだ唇などからきていた。俗に言う押しの強い顔立ちで、ダイマジンが顎で使われていたのもうなずけるような人相だった。この男が西蒲田の柏田鉄工所を車で出ていくときに、私は向かいの田坂邸の二階にいたのだが、私自身は男の顔を見ていなかった。

「父上は、こんどの電話をかけてきたスズキが、このスケッチの男だと確認されましたか」

「いいえ、電話の応対はわたくしがいたしました。かかりつけの医師から、父の年齢を考えると、興奮したりショックを受けるようなことは極力避けるようにと申しつけられておりますから」

「電話の録音は？」

「急でしたので、その準備ができておりませんでした。でも、あしたの電話は録音できるようにすでに手配してあります」

「最後に一つ」私はタバコの灰を灰皿に落としてから訊いた。「あしたのことは、警察へは通報しないつもりですか」

「いたしません」

「それは父上の考えですか」

「父とわたくしの考えです」

「私が警察に通報したら、どうしますか」

「べつに、どうしようもありませんわ。ただ、父の誘拐に始まった去年の暮れからの一連のごたごたが、あしたの夜でようやく平穏に戻るのではないかという望みが、また遠のいてしまうのが残念ですわ。そのおつもりでしたら、お願いですから、事前におっしゃってくださいませんか。その場合は、父をここでもなく、鎌倉でもなく、どこか適当な病院に入院させて隔離しないと、とてもそんな騒ぎには耐えられないでしょうから」

「わかりました。あしたのことはお引きうけしましょう。きょうこちらへうかがうにあたっては、万一の場合を考えて、誰かに尾行されることがないように計らったつもりです。いまのところ、私と設楽家との関係は、西蒲田での父上との接触以外に何かあると気づいている者は、この世に一人もいないはずです。しかし、私の見落としということもあるし、これからあしたの夜までには何が起こるかわからない」私はタバコの火を灰皿で消して、さらに言葉をつづけた。「探偵という職業柄、警察には私を知っている人間が少なくないし、また犯罪者にも私のことを知っている人間が少なくない。それが、つまり、あしたのご依頼の件の支障にならないとは、断言できませんよ」

彼女は私の言ったことをよく考えてから言った。「あなたはフェアな方ですわね。でも、さっきも申しましたとおり、そういうことはこの件をどなたにお願いしたとしても起こりうることではないでしょうか……そして、父の恩人であるあなたなら、わたくしどもも諦めがつくということですわ」

「念のためにうかがいますが、身内の方はどなたかいらっしゃいますか」

「係累ということでしたら、父にはもう誰もおりません。わたくしには外国で結婚している姉と、ほかに山陰に叔父の親類がありますが、設楽の父の養女になるずっと以前から親戚づきあいは途絶えております。ですから、近くには、父の親類はもちろん、わたくしの親類も誰もおりません」

「私をここへ案内した、蝶ネクタイの、徳山という人は？」

「〈根来不動産〉の専務で、このうちのことはもちろんですが、この建物のこともすべて彼にまかせております」

「根来不動産の社長はあなたでしたね」

「そうです」

「ほかには？」

「男子社員が三名と、女子社員が一名おります」

「スズキからの電話や、あしたの一件を知っている者は？」

「専務の徳山だけです。警備会社とのことや、あしたの録音装置の手配なども、徳山がやってくれております」

「徳山専務は、あしたの運転と警備の役を買って出ませんでしたか」

「なんでも、お見通しですわね。でも、徳山には、わたくしが出かけているあいだ、ここに残って、父のそばにいてもらわなければなりません」

「わかりました」と、私は言って、ソファから立ち上がった。「あしたは五時までにまいります。父上はそのまま寝かせておいてください。見送りも結構。帰り道がわからなくなったら、また戻ってきます」

私は書斎を出て、出口に向かった。正直に言えば、九十二歳の三日男爵ジュニアやその美しい養女から遠ざかっているというより、七億円の現金《げんなま》から引き離されているような気分だった。しかも、これまでにこんなにみすぼらしくて値打ちのない七億円もの現金の話など聞いたことがなかった。

16

億万長者にはけっして味わえないような昼飯をすませて、私は一時過ぎに事務所に戻った。とくにこれといって異常はなかった。〈根来レジデンス〉の地下駐車場をあとにするときも、できるかぎりの注意を払っていたが、とくにこれといって異常はなかった。なにが異常でなにが異常でないか、私にその見分けがつくかどうかが問題だった。

デスクの上の電話が鳴った。私はストーブに火をつけるのを途中でやめて、受話器を取った。

「新宿署の筒見だが」

「沢崎だ」

「残念だが、鴨志田と力石の二人を釈放しなければならなくなった」

「そうか。いつだ?」

「すでに一時間ほど前に署を出ている」

「黒田警部が調べていた例の二つの件の結果も、それで想像はつくが、一応聞いておこう」

「鴨志田たちが、きのうの午後三時四〇分前後に、公衆電話から誰かに電話をかけたかどうかは特定できなかった。それから、おとといの午後、横浜市都筑《つづき》区の神奈川陸運事務所で、あんたのブルーバードのナンバーから所有者の住所氏名を調べ出した者がいた」

「書類の名前は偽名か」

「申請者の欄に書きこまれていた名前は、伊吹哲哉だった。ただし、哲哉の哉の字が弓矢の矢になっているし、住所は東京都新宿区のあとに実在しない町名とでたらめな数字が並んでいた」

「冗談のつもりか」

「かもしれん。いずれにしても、くれぐれも気をつけてもらいたい」

「そうしよう」私は電話を切ると、そのまま受話器を戻さずに、〈電話応答サービス〉にかけた。

「もしもし、こちらは電話サービスの〈T・A・S〉でございます」

数人いるオペレーター嬢のなかで、一人だけ声の区別がつくハスキーな声の持ち主だった。もっとも〝嬢〟と呼ぶのもはばかられるぐらいの長いつきあいだが、会ったことがないので名前も年齢も知らなかった。

「渡辺探偵事務所の沢崎だが、謹賀新年」

「明けましておめでとうございます。本年もどうぞよろしく」

「こちらこそ。なにか連絡は？」

「十時四十五分に新宿署のツツミ様から、十一時〇五分にイブキケイコ様から、十一時四〇分に新宿署のタジマ様からそれぞれ入っていますが、午後一時には事務所に戻る予定とお伝えすると、いずれも〝一時過ぎにまた連絡する〟というお返事でした。以上です」

「新宿署の筒見からはすでに電話があった。どうも、ありがとう。新しいご亭主とはうまくいっているか」

「そう……少なくとも、探偵さんには用がないようです」

「それはなにより」私は電話を切った。

地上に降りてからは雪は見かけなかったが、老朽ビルの冷えこみはきびしく、私は急いでストーブに火をつけた。事務所の中が少し温まったころ、またデスクの電話が鳴った。

「もしもし、渡辺探偵事務所ですか」独特のしわがれ声で相手はすぐにわかった。

「田島警部補か。沢崎だ。電話をもらったようだが、さっき戻ったところだ」

「要点を言おう。警視庁の公安に税所義郎などという男はいない」

「そうか。やはりな」

「警視庁の公安に関連のありそうなどの部署にも、この名前はなかった。さらには、全国の公安課にもこれに該当しそうな人間はいなかった」

「わかった。ありがとう」

「ちょっと待ってくれ。これで電話を切られちゃ困るんだ。超過勤務までして調べた結果からすると、あんたは偽警官に関する情報を持っているということだ」

「そうなるか」

「〝警官詐称〟は重大な犯罪だ。とくにわれわれとしてはほうってはおけない問題だよ」

「税所義郎の名前でなにか前歴があるのか」

「いや、私の調べたかぎりではそれはない。しかし、前歴ができるようになってからでは遅いんだ。われわれの任務の第一は犯罪の防止であって、犯罪の捜査や摘発はあくまでそれに次ぐものだからね。あんたが税所義郎に関して知っていることは、すべて聴取しておかなきゃならん。協力しないというのなら、あんたを召喚してでも」

「と、錦織が言ってるんだな」

「……警部は関係ない。すべての警官が犯罪防止のために取るべき初歩的な活動だ」

「わかった。借りは、近々出頭して、返す。ついでにもう一つ教えてくれ。これには超過勤務の必要はないはずだ。東海林刑事の弔問《ちょうもん》にはどこへ行けばいい」

「えッ？　本気で言っているのか、あんた」

「そうだ」

「そんなことをしても誰も喜ばんぞ」

「なぜだ？」

「東海林刑事を殺したのは誰でもない、もちろんあの狙撃者だ。しかし詳しい事情を知る立場にいる人間は、あそこへあんたが登場しなければ、彼は死なずにすんだのではないかと思っている。当然のことだが、遺族もそのへんの事情を知る権利がある」

「だから弔問するのだ」

「よそながら手を合わせておいたらどうだ」

通話料が上がるのが聞こえるような沈黙が流れた。やがて、田島の深い溜息が聞こえた。

「たしか……今夜が通夜で、葬儀はあしたと聞いたが、どこかに斎場の案内が――」

「いや、葬儀がすんで、自宅を弔問しよう」

「そうか……そうだな。ちょっと待ってくれ」

三〇秒ほど待っていると、田島が電話に戻った。彼が練馬区豊玉北《とよたまきた》の住所を読みあげ、私はメモをとった。

「出頭するのを待っている」と、田島警部補が念を押して、私たちは電話を切った。

私は上衣のポケットからタバコを出して、火をつけた。そして、デスクの椅子の背にからだをあずけると、深々と煙りを喫って、午前中の今年の初仕事に思いをこらした。

政界の裏面史などに何が書かれていようと不思議ではなかった。そもそも政治の世界に表があると考えることがすでに甘いのだった。身代金のない誘拐、三日男爵の後継者、脳に保管された根来メモ、そして七億円の保険料……。ありそうもない話だから、ありうると言う者もいるにちがいない。ありそうな話だが、絶対にありえないと言う者もいるにちがいない。わきあがってくる不信感をかろうじて抑えていたのは、ほら話も二つ重なればいくらか真実味を帯びてくるのではないかという、いささか薄弱な根拠にすぎなかった。そのうちの一つが、田島警部補の電話でいとも簡単にくずれてしまった。もっとも、警視庁の〝公安〟などという肩書きがなにかを保証するものだと思っていたわけではなかった。午後のよどんだ空気の中に、私がタバコの煙りといっしょに吐きだしたのは、わが内なる愚か者への悪態だった。

17

事務所の窓下の駐車場で、エンジンの音にまじって人の話し声がした。私は柄《がら》にもない思索から現実に引きもどされた。タバコの火を消して、椅子を立ち、窓のそばへ行って、駐車場をのぞいた。駐車スペースをはみ出して停まっている濃青色のベンツは漆原弁護士の車だった。伊吹啓子が左の後部座席のドアから降りると、前部のドアを開けて、白髪《しらが》まじりの短い髪の男が降りるのを手伝っていた。運転席から降りた漆原は、右の後部座席のドア越しに車中にいる誰かと話しているようだった。やがて、伊吹啓子と短髪の男と漆原の三人がこのビルの入口のほうへ向かった。私はデスクに戻って、椅子に坐り、彼らを待った。

階段に足音が聞こえ、それが二階の廊下に移動し、間もなく事務所のドアをノックする音が聞こえた。

「どうぞ」と、私は応えた。

ドアが開いて、伊吹啓子が顔を出した。「父が釈放になって、きょう警察病院を退院したので、連れてきました。そういうお約束だったから」

伊吹啓子につづいて、私と同年配の長身の男が事務所の中に入ってきた。さらに漆原弁護士がつづいて、ドアを閉めようとした。

「ドアは閉めないでくれ」と、私は言った。

「そう言えば空気が悪いようだ」と、漆原が言った。「でも、きょうは冷えこんでいるから、ここは少し寒いですね」

「換気のためではない。啓子さんとあんたに出ていってもらうためだ」

三人は驚いた表情で私の顔を見つめた。あいにく私の顔に答は書かれていなかった。

「伊吹さんと二人だけで話をしたい」

伊吹哲哉は、羽織っている茶のツイードのコートの下の右腕を、白い肘当てとベルトででてきた新式の医療用具で肩から吊っていた。彼はその肩を揺するように動かした。病み上がりの徴候を消せるものなら消そうとしているように見えた。

「私は伊吹氏の弁護士です。彼はまだ書類送検されることもありうる身だから、私はいかなる場合でも同席しておきたい」

「彼の同意があれば、だろう？」

漆原は伊吹哲哉のほうを見た。伊吹はその必要はないと言うように首を横にふった。

「父は退院したといっても、まだ本当のからだじゃないから、わたしたちで連れて帰らなきゃならないんです」

「では、日をあらためてもいいし、私がお父さんを送ってもいい」

伊吹啓子は父親に言った。「じゃあ、きょうは挨拶とお礼だけで、日をあらためてもらいましょうよ。車で待っているお母さんもあまり体調がよくないみたいだから」彼女は私に向き直った。「母もいっしょにうかがってるんですけど、車で少し気持が悪くなって、失礼しているんです」

伊吹哲哉が一歩前に出て、きっぱりとした口調で言った。「二人は帰ってくれ。私は残る……啓子、おまえの財布を貸してくれ。私は金を持っていないんだ」

伊吹啓子はいつもの肩にかけた黒いバッグから財布を取りだして、父に渡した。

「言いだしたら、父はなにを言っても聞かないし、沢崎さんはそれに負けず劣らずなんだから、わたしたちはさきに帰りましょう」

彼女は事務所のドア口へ行って、漆原弁護士を待っていた。

「じゃ、私はお二人を初台のお宅まで送りますから」

漆原と伊吹啓子が事務所を出て、ドアが閉まった。私が来客用の椅子を指さすと、伊吹哲哉はコートを脱いでそこに腰をおろし、ゆっくりと事務所の中を見まわした。

「二十年ぶりの懐旧の情にひたるまえに、言っておくことがあるのだ」

伊吹はうなずいた。事務所へ入ってきたときとは顔つきが変わっていたが、それは単に愛娘《まなむすめ》がそばにいるかいないかの違いかもしれなかった。

「きのうの午後のことだが、自分が新宿署の地下駐車場での狙撃犯であることを匂わせる男から電話があった。そいつはあんたを撃ち殺せなかったことに不満があるようだったし、その邪魔をした私にも同じく不満があるようだった。そして、拳銃にはまだ弾が残っていると言った」

伊吹の眼が鋭くなった。「おれは弾を食らってから、頭まですっかりヤワになっていたらしい。弁護士の漆原が、きのう鏑木組の若い者が二人、狙撃事件の容疑者として検挙されたと言っていたんだが――」

「きょう釈放された。私も面通しさせられたが、狙撃の犯人だという確証は何もなかった」

「それじゃ、警察病院から弁護士の車に乗って、家内や娘同伴で、ここへぞろぞろやってくるなんて、狂気の沙汰だったな」

「奥さんや娘さんの安全を考えるなら、当分はあんたや私に近づくことは避けさせるべきだ」

「すまん、考えが足りなかった……家内をそういう目に遭《あ》わせたのは、実はこれがはじめてじゃないんだ。おれがまだ〈安積組《あさかぐみ》〉にいたころのことだが、先代の組長が世間には隠していた愛人とのあいだにできた娘を、高校卒業のお祝いの買物に連れ出したとき、当時敵対していた組織の〝鉄砲玉〟に拳銃で襲撃されたんだ。護衛のおれは、反射的に組長をかばって押し倒したんだが、その弾はおれたちのすぐうしろにいた娘の膝を撃ちぬいてしまった。いまだから言うが、おれは本当は組長なんかほっといて、娘のほうを守りたかったんだ。護衛失格、組員としてはあるまじきことだな。おれはそのとき組を抜ける決心をしたんだ。渡辺さんのきつい叱責はいつもおれの頭から離れたことはなかった。おれは組長に頭を下げて、娘との結婚といっしょに、堅気《かたぎ》に戻してもらうことを懇願した。組長は、おれのためというよりは娘のために、すぐにその気になってくれたが、肝腎の絹絵が承知するまでに一年もかかったよ。膝の手術を二回と、つらいリハビリを経て、自分の足で歩けるようになるまでは、おれの申し込みにうんと言わなかったんだ」

窓下のベンツのエンジン音が伊吹の回想を中断させた。伊吹哲哉はすばやく立ち上がった。私は彼に、窓の右奥から近づくように指さし、私は左の端へ向かった。私たちは窓の両端に立って、なるべく外からの視界に入らないように気をつけて、駐車場を見おろした。漆原のベンツがバックで車道に出るところだった。私たちは道路の左右や道路の向かい側の建物の周辺に眼を走らせた。どこにも、とくに異常なものは見当たらなかった。ベンツはギアを前進に切り換えると、青梅街道のほうへゆっくりと走り去った。伊吹哲哉がほっとした表情で私のほうを見た。

私たちはそれぞれの椅子に戻った。

「まず大晦日の礼を言わせてほしい」と、伊吹哲哉は言った。「あんたにはもちろんだが、亡くなった渡辺さんにもお礼が言いたい」

私はデスクのタバコを取って、伊吹にすすめた。伊吹は一本抜き取った。

「病院では喫えなくて、娘にこの際禁煙したらと言われたので、その気になりかけたが、当分延期だ。フィルターなしの〝ピース〟とは懐かしい。まだこんなタバコが残っていたんだ」

私は自分のタバコに火をつけ、身を乗り出して伊吹のタバコにも火をつけた。そしてＷ型の灰皿を二人の中間の位置に移動させた。

「渡辺の死を知っていたのか」

「そう……二十年前にこの事務所を訪ねて、足を洗ったことを報告して以来、彼のことは風の噂程度には聞いていた。だが、絹絵といっしょに小さな小料理屋からスタートして、堅気になることのあらゆる辛酸《しんさん》をなめつくしていたおれたちには、とてもひとのことを気にかけられるような状況じゃなかったんだ」

「奥さんには、渡辺が頼りにできるような人間ではなくなったことは話さなかったのか」

「話せなかった。おれたち二人にとっては、渡辺さんは言わば二重に縁結びの神様だったんだ。堅気になって絹絵といっしょになる決心がついたのはもちろん彼のおかげだが、そもそもおれが安積組に入って絹絵にめぐりあうことができたのも彼のおかげだったんだから……おれに万一のことがあったら、渡辺さんに相談しろと言って、彼が書いてくれた連絡先のメモを渡すと、絹絵はそれをお守りのように、わが家の神棚の下の引き出しにしまいこんだんだ」

伊吹の顔がいま渡辺の悪い風評を耳にしたようにゆがんだ。「それなのに、どうして本当のことが言えるんだ。彼はいまではアル中同然の生活をしているとか、暴力団がらみの強奪事件を起こして警察に追われる身の上になっているとか――いや、事件は公表されていなかったが、足を洗ったとはいえ、そのくらいの噂はおれにだって入るんだ。ましてや、逃亡の果てに彼が病死してしまったなんて……おれはみんな自分の胸におさめて、絹絵には何も知らせないことにしたんだ」

「そういうことか」私はタバコの灰を灰皿に落とした。

「ところがどうだ。それが怪我の功名というのか、おれさえ忘れてしまっていた神棚のお守りが、ちゃんとその役目を果たしてくれたんだからな。いや、おれはこれを単なる幸運とは思ってはいないんだ。渡辺さんを信頼していたおれの眼に狂いはなかったし、渡辺さんがあんたを仕事の相棒に選んだ眼にも狂いがなかったということなんだ。だからこそ、おれはこうして生きていられる。あらためてあんたに礼が言いたいんだ」

「それにはおよばない。私がもっと頭のまわる機敏な人間だったら、誰も撃たれたりせずにすんでいただろう」

伊吹哲哉がはじめて笑顔を見せた。「あんたは憶えているか。二十年前にここを訪ねたとき、渡辺さんとおれは祝杯を――おれがヤクザの足を洗って、結婚して、まもなく父親になるという祝杯をあげるために、二人ですぐにここをあとにしたんだ。ビルを出てから、おれは彼に、事務所にいたあの若いのはどういう男だと訊いたんだ。彼の答はいまでもはっきりと憶えているよ。あれはおまえよりもっと厄介な男だと言ったんだ。そのときは、てっきりおれと同様に前歴になにかあるという意味だろうと思って、それ以上は詮索しなかった。だが、いまようやく渡辺さんの言おうとしたことが腑《ふ》に落ちたよ」

「二十年前の想い出も去年の狙撃事件もすんだことだ。重要なのは、いま現在のことだ。大晦日にあんたを狙撃しようとした犯人たちの意図は、あんたの義弟の別所文男が自首して鏑木組の組長銃撃の真犯人であることがわかったにもかかわらず、はたして解消されたのかどうか、よくわからないということだ」

「文男のことでもあんたの世話になったんだったな。あのバカ者のせいでみんなが迷惑する。しかし、こんどの一件は、警察病院で横になっているあいだも考えていたんだが、おれにはそれ以上のこととは思えない。あんな乱暴なやりくちは、暴力団の報復以外になにがあると言うんだ」

私はタバコの火を灰皿で消した。「いちばん答えにくいことを訊く。あんたに別所文男の身代わりで出頭するように頼んだのは誰だ？」

「いや、誰からもそんなことは頼まれていない」伊吹は顔色一つ変えずに答えた。それが事実なら、私の問いに顔色一つ変えないのはむしろ不自然だった。

「警察でもそれを訊かれたはずだ」

「警察でもそう答えた」

「警察はなぜそんなことをあんたに訊くのだ？」

「それは……」と、伊吹は言いよどみ、タバコを消してから、つづけた。「おれは、もうあの世界とはとうの昔に縁の切れている人間だし、初台の料亭はこの十年で少しは世間に知られるような店になった。初台と言っても、初台の駅に近いだけで、新宿区の西新宿なんだが。ちょうど一年前に麻布《あざぶ》に出した大型の支店もすこぶる順調にいっている。惚《ほ》れた女房と、かわいい娘と、腕のいい従業員たちに囲まれて、おれはなに不自由なく幸せな毎日を送っているんだ。そんなおれが、銃撃事件の殺人未遂犯の身代わりになるというのはどう考えても不自然だから、それにはきっと無理にそうさせられたわけがあるにちがいないという、警察らしい勘ぐりだ」

「警察でなくても、誰が聞いてもあんたのとった行動は不自然だ」

「あんたはわかってくれていると思ったが、そう言うなら、わかるように順を追って話そう……去年の十二月三十日の朝、安積組の二代目から絹絵に電話が入った。二代目が直接電話をかけてくるなどということは、おれたちが結婚して以来はじめてのことで、義弟の文男がそっちに行っていないかという電話だった。おれが代わって事情を聞いた。二代目は、神奈川銀行の銃撃事件は十中八九文男の仕業《しわざ》に間違いないと言うんだ。おかしいのは、どうしてあのバカが、いつものように粋《イキ》がって、まっすぐに警察に出頭しないのかということだった。まさか、あんなべつの事件にまきこまれているなんて、誰も想像もしないからな。事件を起こしたあとで、急に怖気《おじけ》づいて、こそこそと逃げまわっているにちがいないと、誰もが考えたんだ。そして、二代目がもっともおそれていたのは、逃げまわっている文男が鏑木組のやつらにさきに見つけられることだった。そうなったら文男は、もう死んだも同然だ。だから、きょう一日捜して文男が見つけられないときは、組の誰かを身代わりに出頭させるしかないと、二代目は言うんだ……ここまではわかるな」

「なぜそうしなかったんだ？」

「おれが、それは絶対にだめだと、二代目にはっきり釘を刺したんだ。あんたたちにこの理窟が理解してもらえるかどうかわからないが、いいか、その身代わりは、おれの身代わりとはまったく違う身代わりで、文男の代わりにしっかり刑務所勤めをしてくる身代わりだということだ」

「早口言葉みたいだが、言おうとしていることはわかる」

「その道を選んだら、文男は一生ヤクザの世界で生きていくことになる。そして、その生き方を二代目もおれたちも、みんなが認めてしまうことになるんだ。この理窟がわかるか」

「半分はわかる。しかし、神奈川銀行で二人の男に発砲した別所文男がまだヤクザでないという理窟はわからん」

「それを言われるとつらい。しかし、まだ文男は引き返せるんだ。その道を途中から引き返してきたおれにはわかる。警察に出頭し、罪を償って帰ってくれば、文男はもう一度やりなおすチャンスがあるんだ。おれたちは——二代目とおれは、文男はけっしてヤクザにはしないと、先代が死んでいく枕許《まくらもと》で固く誓ったんだ。それがおれにとっては、おれと絹絵をいっしょにしてくれて、足を洗わせてくれた先代への、たった一つの恩返しなんだ」

伊吹はふいに私の視線を避けるように顔をそむけた。「……いや、本当はそれだけじゃない。おれはもうすっかり堅気の人間の考え方をしているな。文男をヤクザにしたくない本当の理由は、絹絵のたった一人の弟にヤクザになってもらいたくないんだ。そしてそれ以上に、啓子の二人のおじが、二人ともヤクザだなどという最低最悪の事態はなんとしても避けたいんだよ。ヤクザは二代目だけでたくさんだ」

「それで、あんたが身代わりに立つことになったのか」

「誰に頼まれたわけでもない、おれ自身の考えで、だ。このおれが身代わりで出頭したと知ったら、たとえ逃げまわっていたとしても、文男はかならず自首してくるという確信があったんだ」

「監禁されていたときの別所文男は、たしかに、そのことを気にしていた」別所文男は、義兄は余計なことをしてくれたと言っていたが、それは言わなかった。

「事情がわかって、文男が自首したことを聞いたときは、鉄砲玉は一発食らったが、身代わりに立った甲斐《かい》はあったと、少しは胸を撫でおろした」

「しかし、いまの話を冷静に考えてみると、あんたは誰にも頼まれずに身代わりに立ったと言うが、むしろ先代の幽霊や二代目や奥さんや娘さんに頼まれて——いや、誰も直接口には出さなかったとしても、むしろ口に出された以上のプレッシャーをうけて、身代わりに立たされたように見えるな」

「いやらしい言い方だが、あんたがそう思いたければ、おれの知ったことじゃない」

「彼らのほかに、あんたに身代わりに立つように頼んだ者、あるいはそうすすめた者は、本当にいないんだな？」

「くどいな。本当に誰もいない。なぜそんなことにこだわるんだ？」

「新宿署の地下駐車場で、あんたを撃った男たちを見たか」

「いや……悔しいが、記憶に残っているのはあの黒っぽい車だけだ」

「私は、あの狙撃者たちは、鏑木組の組長を撃ったという男を狙ったのではなく、最初から伊吹哲哉という男を殺そうとしていたのではないかと考えはじめている」

「なんだと⁉」伊吹は思わず椅子から立ち上がった。

「だから、あんたを鏑木組の組長を撃ったという男に仕立てて、あの場所においたやつがいるとしたら、ほうってはおけないのだ」

伊吹は右手をあげかけたが、肩の痛みに顔をしかめ、左手をあげて、私に人さし指をつきつけた。

「あんたはたしかに厄介な男だな。渡辺さんが言った以上に、厄介な男だ」

伊吹はくるりと背を向けると、まっすぐドアのほうへ向かった。

「送らなくていいのか」

伊吹はドアを開け、無言のまま大股で事務所を出ていった。

「拳銃に気をつけろ」と、私はどなった。だが、その声は廊下の薄汚れた壁に当たって、私自身にはねかえってきただけだった。

18

新宿駅の構内やホームには見苦しい制服から解放された子供たちの姿が目立ったが、冬休みもすぐに終わりだった。楽しい時間は長くつづかないということを知るのが人生の第一歩だが、苦しい時間も同じだということは人生の終わりが近づいても知るのがむずかしかった。私は総武《そうぶ》線で水道橋まで行き、地下鉄の都営三田線に乗り換えて、一つめの春日駅で降りた。南口を出て、寒風に吹かれながら三分ほど歩くと、〈矢島弁護士事務所〉は文京区本郷四丁目のオフィス・ビルの二階にあった。事務所を訪ねるのははじめてだった。

電話で約束した四時までに、まだ十五、六分あったので、私は一階の角にあるセルフ・サービスの喫茶店に入って、熱いコーヒーを注文した。都内の各所にある〈ブルー・ベル〉という名前のチェーン店だったが、入口や店内の様子がほかの店とは少し違っていた。〝バリア・フリー〟というものらしかった。二階の弁護士事務所に所属する車椅子の女性弁護士ひとりのために、こういう設備が施されたわけでもないだろうが、いまはすでにそんな時代なのかもしれなかった。もし、私が車椅子生活者になったとしたら、事務所のある西新宿のあの老朽ビルは、さしずめ難攻不落の要塞のようなものだった。コーヒーと灰皿を持って、ガラス張りの通りに面した席を物色していると、外で私に手をふっている年配の男がいた。矢島弁護士だった。彼はすぐに店内に入ってきた。

「二階から、きみの来るのが見えたんだ。ビルの正面入口ではなく、この店へ向かっているらしかったので、お出迎えに参じたわけなんだ」

「それはどうも」

「いやなに、私もコーヒーが飲みたくなってね。ちょっと待ってくれ」

矢島弁護士はコーヒーを注文に行き、間もなく戻ってきて、私の隣りの席に腰をおろした。すでに七十歳を過ぎているはずだが、相変わらず仕立てのいいダーク・ブルーの三つぞろいのスーツに身を包み、銀髪の下の金縁の眼鏡の奥から、色素の少ない眼がこちらをまっすぐに見ていた。眼の鋭さは、年齢とともにいくらかやわらいだようだった。

「うちの菊池君への用件のことだが、さっき電話で聞いたようなことで間違いないだろうね」

「そうですが」私はコーヒー・カップをテーブルに戻して訊いた。「なにか？」

「いや、あれは何年前だったかな。能の家元の〝大築《おおつき》事件〟のことだ。きみにはみごとにしてやられたのでね。どうしても警戒してしまうんだ」

「まさか。あのときは、そちらの依頼人が肝腎なことであなたがたに嘘をついていた。そうでなければ、私の追及ぐらいどうにでもかわして、彼らを守り通せたでしょう」

「それはまァ、そのとおりなんだが……私が警戒するのは、まさにきみのそういう冷静な判断なんだ。いや、冷静というのでもない、正確には平静な判断だな。きみも知っているとおり、われわれ弁護士はもっぱら興奮した状態にある人間を相手にしている。外見だけのことではなく、外からは見えない精神状態もふくめてのことだよ。われわれはそういう興奮した人間の扱いには充分精通しているんだ。そして、たまにはおそろしく冷静なやつが現われるが、冷静なのは言わば興奮の裏返しみたいなものでね。腕のいい弁護士なら、こいつもつきどころさえ間違えなければ、なんとか対処できる。困るのは、平静な人間だ、きみのようなな。つまるところ、平静な人間というのは何を考えているのかわからない。何を考えているのかわからないから、警戒せざるをえない」

「そんなことは無用ですよ。菊池弁護士に会って、去年の大晦日に新宿署で何をしていたか、いや、彼の弁護士としての仕事の内容に関わるようなことをうかがいたいわけではなく、新宿署にいたあいだに、周囲で起こったことで何か気づいたことがなかったか……そんなことを訊ねたいだけです」

「そうか。そう願いたいね」

「ところで、佐久間弁護士はお元気ですか」

「ああ、元気だが。そうか、大築事件は佐久間君の担当だったな。彼女は、あのときの負けがいい薬になって、あれからぐんと力をつけたよ。いまでは〝車椅子の〟という形容詞も〝女性の〟という形容詞も要らない立派な弁護士になってくれた」

私は上衣のポケットからタバコを取りだした。

「きみからの電話のあとで気づいたのだが、去年の大晦日の新宿署ということは、例の護送の容疑者と警官が狙撃された、あの事件に関することだろうな？」

私はうなずいてから、タバコに火をつけた。


菊池弁護士のオフィスは、二階の矢島弁護士事務所の五つあるオフィスの一つで、受付に近くて、表通りに面した側にあった。廊下をへだてた向かいのドアに、佐久間弁護士のネーム・プレートがあった。オフィスの中は明るく広々としていて、いかにも中堅のやり手の弁護士の仕事場という感じだった。デスク、ＯＡ機器をおいたサイド・デスク、法律書の並んだ本棚、資料棚、ロッカーなどのあらゆるところで、整頓と乱雑がせめぎあい、かろうじて整頓のほうが持ちこたえていた。私がコートを脱いで、来客用の椅子に坐ると、少し頭のてっぺんが薄くなりかけた四十代半ばの菊池弁護士は、デスクの上にひろげていた分厚い裁判関係の書類ファイルを閉じた。

「矢島所長から用件はうかがっています。全面的に協力してさしあげるようにという指示なので、私としても、できるだけご要望にお応えしましょう」菊池はそう言って、腕時計にちらりと眼を走らせた。

「あなたは、去年の大晦日に新宿署に行かれていますね」

「ええ」

「新宿署には、車で？」

「そうです」

「ご自分の車ですか」

「そうです」

「駐車されたのは、地下駐車場ですか」

「そうです」

「何時頃でしたか」

「たしか、あの日のいちばん最初の用件でしたから……九時半ちょうどくらいでしたか」

私が伊吹啓子を新宿署に送り届ける一時間も前のことだった。

「駐車場から、どちらへ？」

「エレベーターで、二階の捜査課へ」

「あの日の仕事は、二階の捜査課だけですか」

「ええ」

「二階以外の階へは行かれませんでしたか」

菊池は少し考えてから答えた。「ええ、行っておりませんね」

「弁護士会のことで、誰かほかの弁護士に会われませんでしたか」

「ああ、そうだった。同期の幹事をしている、磯村《いそむら》弁護士に会いました」

「それも、新宿署の二階ですか」

「そうです」

「磯村弁護士というのは、どちらの弁護士ですか」

「渋谷の松濤《しょうとう》で、自分の事務所を開業しています」

学生のような事務員かアルバイトがお茶を運んできた。菊池がすばやく腕時計に眼を走らせた。実際に時間が気になるというより、一種の癖のようだった。弁護士としてはあまり適切とはいえない癖で、所長の矢島が私との面談をことさら心配した理由もこのあたりにあるのかもしれなかった。

「携帯電話を使われていますか」

「もちろん」

「去年の大晦日の送信記録は残っていますか」

「さあ、ちょっと待ってください」菊池は上衣の内ポケットから携帯電話を取りだして、調べはじめた。「そうだ、正月休みは家族で家内の実家に出かけていたので、あんまり電話をかけなかったから、意外に件数が少ないな……十二月の三十一日は、と……ありました。え ー、十件ほどあるのだが」

「午前十時三〇分から、十一時のあいだにかけていますか」

「……二件ありますね。ちょうど磯村弁護士と話していた時間だが、一件は十時三十六分に、ここに、つまり矢島弁護士事務所に業務連絡でかけています。いつものことですから一分前後の通話でしょう」

「もう一件は?」

「えー、十時四十三分に……申し訳ないが、これは私の弁護の仕事に関わることなので、詳しくは申しあげられないのだが、その日接見した被疑者の実兄に、弁護の方針について説明しておいたほうがいいと思いついたので、磯村弁護士との話を中断して、かけましたね。しかし、これは本人が留守だったので、すぐに切ったはずです」

宗方毬子の話では、菊池弁護士が接見した被疑者とは、家宅侵入罪で捕まった〝ICA〟の探偵ということだった。それ以上の情報を、無理に菊池から聞き出す必要はなかった。

「この二件だけですが、ご自身でお確かめになりますか」菊池は電話を私のほうにさしだした。

「いや、結構です」私はデスクの上のお茶を取って飲んだ。オフィスのどこにも灰皿が見当たらないので、ここは禁煙であるに違いなかった。

「これでも、弁護士の端《はし》くれですからね。電話局の記録と照合されたら、まずいような嘘や操作はしておりませんから、どうぞご心配なく。それに、めずらしいこともあるものだが、矢島所長から、あなたとの面談では駆け引きは一切厳禁と命じられています」

私は苦笑するだけにして、質問をつづけた。「新宿署へはひとりで行かれましたか」

「ええ」

「帰りは?」

「ええ……いや、そうだ、忘れていた。向こうで助手の水原君と合流したんだった」

「その助手の方は事務所においでですか」

「いや、昼前に帰りましたよ。急なことらしいが、彼は事務所を辞めたいという希望らしい。ただ、仕事の引き継ぎなどの残務整理のために、数日間は午前中だけは事務所に出てくれることになっています。こんどの弁護も、準備の段階は水原君を当てにしていたのでたいへんなんですよ。適当な後任を早急に見つけてもらわないと、この事務所の弁護士はみんなパニック状態になってしまうんじゃないかな」

「彼はそんなに優秀なんですか」

「ええ、まァ、なかなか負けず嫌いの青年でしてね。しかし、助手は助手ですから」

「では、大晦日当日の水原さんのことを、あなたが憶えておられる範囲で結構ですから、教えてください……被疑者との接見のときは同席しておられたんですか」

「いや、接見は弁護士である私だけしかできません。水原君は、被疑者のほうの会社の担当の女性といっしょに、面会室の外で待っていました」

「なるほど。接見の時間はわかりますか」

「それは、はっきりしています」と、菊池は言って、さっき閉じた書類ファイルのページをめくった。「えー、三十一日の接見時間は、九時四〇分から十時一〇分までのだいたい三〇分間ですね。そして、接見が終わってから、外の廊下で、担当の女性を交えた三人で、十五分ぐらい打ち合わせをしています」菊池はファイルから顔を上げて、さらにつづけた。「そこへ磯村弁護士が現われたので、少し弁護士会のほうの用事があると告げると、水原君は担当の女性を送りがてら、もう少し事務的な打ち合わせをしておくと言うので、たしか……そうだ、十時四〇分までに戻ってくるように、彼に言ったんでした。私の車でいっしょに、ここへ帰ってくる予定になっていましたから」

「水原さんはその時間までに戻ってきましたか。さきほどの携帯電話の記録では、十時四十三分に、被疑者の実兄に電話をされたそうだが、つまり、そのまえに彼は戻ってきていたかどうかということですが」

「いや、そのときはまだ戻っていませんでしたよ。磯村弁護士との弁護士会に関する打ち合わせはもうすんでいて、彼が戻ってくるのが遅いなと思いながら、磯村君とゴルフの話など世間話をはじめていましたから……そうこうするうちに、例の駐車場での狙撃事件が発生したんですよ。署内が急に騒がしくなってきましたからね。水原君が戻ってきたのは、おそらく一〇分ぐらい遅れてからでしたよ。もっとも、彼も途中で事件のことを耳に挟んでいて、その話題で三人とも興奮していましたから、遅れた文句を言ったりするどころじゃありませんでしたがね」

「なるほど」

菊池は不満そうな口調で付け加えた。「問題はそのあとですよ。地下駐車場に停めていた車が足止めをくらってしまって、新宿署を出たのはもう十二時近いころでしたかね」

私はお茶を飲みほしてから、調査に協力してもらった礼を言った。

「詮索するわけではないですが、これはやはりあの狙撃事件に関することでしょうね。いや、こんなことは訊くべきじゃなかったかな」

「できれば」

「私も水原君も、狙撃事件の犯人でないことは明らかだから、そういう調査じゃないことはわかっているんだが……そのあたりのことも訊かないほうがいいんでしょうね」

「できれば」

「それから、あなたがおみえになって、いろいろ訊ねられたことは、水原君には伏せておいたほうがいいんでしょうね」

「できれば」

「わかりました。でも、あなたとの会談の内容は、矢島所長にだけは報告しなければなりませんよ」

「どうぞ」と、私は答えて、椅子を立った。


私は矢島所長のオフィスに顔を出して、挨拶をすませ、ついてきた菊池弁護士をそこに残して、矢島弁護士事務所をあとにした。車椅子でも楽に手の届く高さに制御盤のあるエレベーターは、ゆっくりと一階へ降りていった。私は気になっていたことを解消するつもりで、本郷くんだりまで出かけてきたのに、逆に気になることを増やしてしまっていた。水原というアルバイトの助手は、地下駐車場の宗方毬子の車を出たあと、菊池弁護士のいる二階に戻ってくるまでに、言わばアリバイのない空白の時間があり、まさにその時間に狙撃犯は携帯電話を受けて、狙撃を決行していることになるのだった。さらに、これはありそうにもないことだが、菊池弁護士が十時四十三分に被疑者の実兄にかけたという電話が、狙撃犯が携帯電話で受けた電話である可能性もゼロではなかった。

私はエレベーターを降りて、ビルの玄関に向かった。バリア・フリーの出入口から、車椅子の佐久間弁護士が入ってくるところだった。遠目にも、大築事件で出会ったころより、むしろ若々しくなった感じで、まだ四十歳にはなっていないように見えた。もともと小柄で色白の女性だった。当時は黒縁の眼鏡をかけていたような記憶があるから、コンタクト・レンズに替えたのかもしれなかった。服装も少し若やいでいたが、からだの脇においた大きくて実用的で武骨な感じのする茶色の書類鞄《かばん》だけは相変わらずだった。すれ違うときに、彼女は私の顔をまともに見上げていたが、私のことを憶えている様子はまったくなかった。私はビルを出て、寒風にコートの襟を立てると、地下鉄の駅へ向かった。

19

私は新宿駅の構内で舌を火傷《やけど》しそうに熱い立ち食いそばを胃袋に流しこんだ。それでも、新宿駅から事務所まで歩いただけで、からだの芯《しん》まで冷えるような寒さだった。薄暗くなった事務所の駐車場の向かい側の道路に、黒いプレジデントが停まっていた。助手席のウィンドーがするすると音もなく開いた。

「沢崎――」聞き憶えのある声だが、脳の不快中枢を刺激する声でもあった。

私は数歩近づいて、ウィンドーの内部に眼をこらした。〈清和会《せいわかい》〉の相良《さがら》だった。死んだ渡辺が起こした覚醒剤および現金強奪事件の一方の被害者である暴力団に所属している、パンチ・パーマの巨漢だった。被害者のもう一方は警察だった。

「おまえなどに用はない」私は向きを変えて、ビルの入口に向かった。

「待ちな。おまえに引き合わせたいおひとがあるんだ」

私は歩みを止めた。「誰だ？」

「〈安積組〉の榎木《えのき》というおひとだ」

「おひと？　笑わせるな。おまえたちのような社会道徳の欠如した劣等人種が、ヤクザ映画で憶えたような妙な日本語を使うな。安積組の榎木が私になんの用がある?」

「いいかげんにしろ、沢崎」

運転席の男が相良を制した。「うちの組長があんたに会いたいそうだ。つきあってくれ」

「組長というのは、安積武男のことか」

「そうだ」と、男は我慢強い口調で答えた。

「安積武男に伝えてくれ。私に会いたければ、自分のほうから会いにこいと」

「そうか……では、そう伝えよう」

私はビルの入口に向かいかけて、立ち止まった。「ちょっと待て。おれのほうが、安積武男という男に会いたくなった」私はプレジデントの後部ドアに近づいた。「案内しろ」

私はドアを開けて、車に乗りこんだ。車内は腹の立つように快適な暖かさだった。


プレジデントは青梅街道を西に向かって走った。中野坂上を通過するあたりで、相良は携帯電話をかけ、誰かに杉並の安積組の事務所へ迎えにくるように命じていた。

「清和会と安積組は同じ穴のムジナなのか」と、私は訊いた。

相良がのどの奥から出るようなうなり声で答えた。どちらかと言えば〝ノー〟というよりは〝イエス〟に聞こえるうなり声だった。そして、話題を変えるように、付け加えた。「橋《はし》爪《づめ》の兄貴は、去年から関西にでかけている。帰るのは、たぶん――」

「誰が橋爪のことなど訊いている?」私は少し考えてから、言葉をつづけた。「相良。おまえはひょっとしたら、この榎木というおひとに、おれが橋爪というおひとと知り合いだとほのめかして、態度の悪いおれのことをとりつくろおうとしているのか。無駄なことはやめろ。おれは橋爪のことを蛆虫《ウジムシ》だとしか思っていないし、橋爪はおれのことを機会さえあれば殺してしまいたいと思っている。おれたちはそういう間柄だ」

「おまえは兄貴のことを誤解しているよ」

「なんだと？　おれが何をどう誤解していると言うのだ。暴力団が何をどう理解してくれと言うのだ」

「いいかげんに黙れ、沢崎」相良の口調が少し変わった。

私は黙った。安積武男が私に会いたいという理由を考えなければならなかったからだ。道路は渋滞するほどではなかったが、夕方の交通ラッシュの時間帯と重なっていた。それも中野区を抜けるあたりから、少しずつ流れがスムーズになっていった。考える時間は充分あったのだが、収穫は何もなかった。

安積組の鉄筋三階建の組事務所は、杉並区上荻《かみおぎ》の四面道《しめんどう》の近くにあった。一階のロビーのようなところで、相良は「ここで待っている」と言って、歩みを止めた。榎木が奥にあるエレベーターで、私を二階に案内した。エレベーターを出ると、左の耳がほとんどない初老の男が待っていて、廊下を先に立って案内しはじめた。榎木はエレベーターから降りずに、ドアが閉まった。狭い廊下を二回曲がって、なんの変哲《へんてつ》もない部屋に入ると、屈強そうな男たちが四人ほど屯《たむろ》していた。案内の初老の男も四人の男たちも言葉は何も交わさなかったが、男たちの視線はぴたりと私に集中していた。もし、私が上衣の懐《ふところ》にいきなり右手を突っこんで、急に走り出したら、四人の男たちがどうするか試してみたい誘惑にかられたが、やめておいた。初老の男は私の先に立ってその部屋を縦断し、奥の衝立《ついたて》のかげにあるエレベーターに乗りこんだ。行く先は三階だった。どうやらこの建物には一階から三階へ直行できるエレベーターはないらしい。何を警戒しているのか想像はつくが、不便きわまりない建物だ。三階に着いて、エレベーターを降りると、また狭い廊下を歩かされた。こんどは曲がったのは一回だけで、目的のドアに着いた。左耳のない初老の男はそのドアをノックした。部屋の中から「入れ」という野太い声が聞こえた。案内の男はドアを開けて、私たちは部屋の中へ入った。

おそろしく装飾のない応接間だった。八畳ぐらいのスペースに、四つの黒い革張りのソファがテーブルを囲んでいるだけで、三方の剝《む》き出しの板壁には何の家具調度もなかった。正面の窓の部分には、板壁とほとんど同じ薄茶色のカーテンがかけられていた。カーテンを背にしたソファから、和服姿の男が立ち上がった。年齢は六十代の前半ぐらいだろう。体格は小柄で、痩せてはいないが中肉程度で、少し猫背だった。短く刈った頭髪は相当禿げあがっていて、やや度の強い丸型の古くさい眼鏡の奥に、どこを見ているのかわからないような茫《ぼう》洋《よう》とした眼が並んでいた。私は思わずほかに面会する安積武男がいるのではないかと部屋を見まわしたが、誰もいなかった。

「私が安積です」と、立ち上がった男が野太い声で名乗った。「こっちへどうぞ」と、安積は私をさし招き、左耳のない男に「あんたはいいでしょう」と言った。

男はちょっとためらったが、言葉を返すことはせずに、踵《きびす》を返して、部屋をあとにした。

私は安積の正面のソファに腰をおろした。

「あんまり暴力団の組長らしくない男で、驚いたでしょう」

「暴力団の組長に会うのははじめてなのでよくわからないが、あなたを見てすぐに思い出したのは、小学校のときの小使いさんだった」

安積は笑った。「うちの娘とおんなじことをおっしゃる。もっとも、うちの娘は用務員の小父さんと言いましたがね。最近は小使いのことをそう呼ぶらしいですな。古い昔の映画俳優で坂本武《さかもとたけし》というのを知っていますか」

「いや」

「娘の言うには、なんでも、小津《おづ》安二郎《やすじろう》という監督の映画によく出る俳優で、だいたい小使いとかそういう役どころが多いらしいんだが、私はその俳優によく似ているそうです。だから最近はふざけて、私のことを武男ではなくて、武父《たけし》さんと呼んだりしますよ」

「娘さんはおいくつですか」

「二十六になります」

「伊吹啓子さんとは、従姉妹《いとこ》になるわけだ」

「半分ね。私と絹絵は腹違いの兄妹ですから。かわいそうに、普通の親類なら、娘と啓子は仲良しの従姉妹にもなれただろうに……ふたりはまだ会ったこともないはずです」

「先代の組長の遺志ですか」

「それもありますが、われわれも結局そうするのがいちばん無難だろうと考えたんです。娘たちだけじゃない。女房と絹絵も会ったことはありません。だいたい私自身が、先代の死後は絹絵と会ってはいないのですから。同様に、腹違いの弟の文男にも会ってはいかんのですが、あのバカは親父の遺志に背くようなことばかりしでかすので、どうしても呼びつけて叱らないわけにはいかなくて――」

安積は急にソファから立ち上がって、ソファの脇に出ると、床に正座し、両手をついて頭を下げた。

「申し遅れましたが、沢崎さん、あなたには文男をたいへんな窮地から助けていただいた。本当にありがとうございました。それに伊吹の命を助けてもらったことを合わせると、あなたにはお礼の言いようがないくらいです」芝居がかったことをする男だ。というより、おそらくは、自分の貧相な外見を認識していて、世間の暴力団組長のように尊大な態度をとれば滑稽にしか見えないことを知っているのだろう。なかなか狡智《こうち》な男のようだった。

「大げさなことはやめてもらいたい。そんな恰好をあなたの組の誰かに見られたら、私は何をされるかわからない」

「あ、そんなことになってはいけませんな」安積は立ち上がって、ソファに戻った。「私は見てのとおり、外見は坂本武の小使いさんだが、これでも、関東でも一、二と言われるぐらいの札付きの暴力団の組長なんですよ。ここだけの話ですが、いまどきの暴力団がやっている犯罪行為で、うちがやっていないことは一つもありません。それは先代のときからの組織がたどってきた宿命のようなもので、二代目の私が急にどうこうできるようなものではないのです。だから、私にも人並みに親類づきあいをしたい気持がないわけじゃないが、絹絵にも、堅気になった伊吹にも、啓子にも、そして本当は文男にも、然るべき距離をおいて、会うべきじゃないんです」

　私は上衣のポケットからタバコを取りだして、火をつけた。

「伊吹さんに最後に会ったのはいつです？」

「いつになりますか……彼が先代との〝縁〟を切ってもらって、堅気になった日以来会っていないのですから、たぶん二十年ばかり前のことになるでしょう」

「ということは、去年の十二月二十九日の文男君の事件のときは、電話で伊吹さんに連絡を取ったということですね」

「そうです。神奈川銀行の銃撃事件が、どうやら文男のしでかしたことに間違いないとわかって、あれの行方を捜しているうちに、怖気づいた文男が――実際はそうじゃなかったことは、あなたもごぞんじだが――あいつが隠れそうなところは、もう伊吹のところ以外には思いつかなくなって、連絡を取るべきではないと思いながらも、連絡してしまったのです」

「あなたは、文男君が見つからない場合は、組員の誰かを自首させるつもりだったそうですね」

「そうせざるをえなかったでしょう。文男はバカなやつだが、鏑木興業の連中にさきに発見されることだけは避けたかったのです。身代わりを立てれば、彼らの注意をそちらに引きつけることもできるかもしれない。それに、組には身代わりを志願する者が多くて、ほうっておけば、抜け駆けで出頭するものが現われかねない状況にもなっていました。恰好をつけるわけではないのですが、組を預かる者の義弟《おとうと》の身代わりは、誰でもいいというわけにはまいらないのです。つまり……その男が出所したあかつきには、私も組もその男に一目《いちもく》おかなければならなくなりますから」

「たとえば、伊吹哲哉ぐらいの男でなければならない？」

安積は笑って、首を横にふった。「それは素人のあなたならではの言葉ですよ。こんな場合、堅気である伊吹を身代わりに立てたことが世間に知れたら――世間と言っても、われわれの狭い世間のことですが――安積組はまともにお天道様《てんとう》の下を歩けなくなります」

「では、彼の身代わりをどうして止めなかったのですか」

「止めるもなにも、あのときは彼が身代わりになるなど考えもおよばなかった」

「組の誰かを身代わりにすることを、伊吹さんは強硬に反対したそうですね」

「そうでした」

「そのとき、彼が身代わりに立つつもりだと思わなかったのですか」

「そう言われると、不明を恥じるしかないが、まさか、伊吹がそこまでの決心をしているとは想像しなかったのです。つまり、彼は安積組の存続などより、文男の将来や、絹絵、啓子、そして自分の生活のことを第一に考える、本物の堅気になっていたということです。いや、私は文句を言っているのではなく、彼をほめているのですよ。それに、伊吹が組から身代わりを出すことだけは絶対にだめだと言い、あすまで待ってくれと言ったとき、私は彼が文男を見つけ出せる何か有力な手掛りを持っているのだと思っていたのです。いや、たしかに彼は私がそう思ってしまうような言い方をしましたよ」

「では、伊吹さんの身代わりの出頭のことは、あなたはまったく知らなかったわけですか」

「もちろんです。知っていれば、絶対にそんなことはさせなかった。第一に、安積組の組長として。第二に、伊吹と絹絵の義兄《あに》として」

「そうですか」私はタバコの火を、テーブルの上の塵一つない大ぶりな南部鉄製の灰皿で消してから、言った。「伊吹さんからきょう要請がありましたね。私に会って、そのあたりの経緯を話すようにと」

「それは少し違います」と、安積は慎重な声で言った。「もともと、私は伊吹と文男の両方の件で、あなたに会ってお礼が言いたかった。人間として、会ってお礼を言うのが当然だからです。だが、絹絵と伊吹に止められていたのです。というより、そうすることを禁じられていたと言ったほうが正しい。当分のあいだは、彼らがお礼に参上したりしてあなたの周辺にいることになるから、そこで私たちが鉢合わせすることになれば、先代の死後ずっと守ってきた遺志をないがしろにすることになりはしないか、とね。いや、絹絵からは、もっときつい言葉で言われましたよ。私のような世界に住む人間は、普通の世界に住む人間の喜び、怒り、哀しみ、楽しみをいっしょになって味わう権利はない。他人の命を奪っても平気な世界に住んでいる人間が、身内の命を助けてもらったお礼を言ったところで、笑われるだけで誰も本心からのお礼だとは思わない、とね」

「それが、きょうの電話では違った？」

「こないだは伊吹も絹絵も少し言いすぎたようだし、私だって恩人に感謝したい気持は当然だろう、と言ってくれました。それから、伊吹が身代わりの自首をしたことを、まるで私の指示で自首させられたかのように、あなたに誤解されているようだから、とくにそのあたりの事情をよく話して、あなたの誤解をといてくれということでした」

「なるほど。くどいようだが、もう一度訊きます。あなたは伊吹さんに身代わりの自首をするように頼まなかったのですね」

「頼んでおりません、誓って」

「あなたでないとすれば、誰かそういうことを彼に頼んだ可能性のある人間、あるいは彼にそれを強制できるような人間に心当たりはありませんか」

「いやいや、そんな人間がいるはずがない。少なくとも私の知るかぎりでは……」

一瞬のことだったが、安積武男の茫洋なまなざしがどこかに照準を合わせたような気がした。

「安積組のなかに、誰かそんなことをしそうな者はいませんか。つまり、組長であり伊吹さんの義兄であるあなたが、彼に直接そういうことを頼むわけにはいかないことがわかっているので、あなたに代わって、身代わりの自首をするように彼にほのめかした者がいるとは考えられませんか」

「まさか、そんなことを……」安積の顔に明らかに動揺の色が浮かんだ。

「伊吹さんは、私に会って誤解をとくことをすすめる以外に、なにか――」

「ちょっと失礼」と、安積は言って、ソファから立ち上がり、急いで私の背後にある入口のドアへ向かった。ドアを開けると、廊下の左手のほうに「誰か、すぐに来てくれ」とどなった。

　さっきの左耳のない男がすぐに現われた。

「きょうの伊吹からの電話だが、私と話したあと、あんたに代わってくれと言ったので、電話を切り換えたが、伊吹と何を話した？」

「組に入るのが同期だった、羽根政《はねまさ》はいるか、と訊かれました」

「羽根政というのは、羽根田政雄《はねだまさお》のことだな」

「へぇ、そうで」

「いたのか」

「いえ、羽根田は正月休みのあと、カミさんの実家の法事に出たいと言って、暇をとっていますんで」

「カミさんの実家とはどこだ？」

「伊豆の伊東だと聞いてます」

「ちょっと待て」と、安積は言って、和服の袂《たもと》を探り、携帯電話を取りだした。急いで操作して、相手が出るのを待った。

「あ、もしもし、絹絵さんか。武男だが、伊吹を頼む……えッ？……ああ……そうか。いや、なんでもないから、起こす必要はないよ……ではあした、うちを出るまえに私に連絡するように伝えてもらいたい……いや、なにも心配することはないから。では」

安積は電話を切ると、左耳のない男に言った。「伊吹はあす早く伊東に出かける予定で、きょうはもう床に入ったと言っている。伊東には負傷の治療で湯治《とうじ》に行くと言っているらしい。いいか、すぐにできるだけの人数を集めろ。そして一分でも一秒でも早く羽根田の身柄を押さえて、私の前に連れてこい。いいな」

「その羽根田という男をどうするつもりです？」と、私は訊いた。

安積はふりかえって、そこに私がいることに驚いたような顔をした。「これは組内のことですから、どうかご遠慮願います」

「すでに組内のことではないでしょう。伊吹さんは殺されかけたのだ。羽根田という男をどうするつもりかと訊いているのです」

「出すぎたまねをしたのなら、そのけじめをつけさせます」

「そんなことをするまえに、しなければならないことがあると言っているのだ」

「なにをです？」

「身代わりの自首をするように伊吹さんをそそのかしたのが、もしその羽根田という男なら、彼にそう指示したのはいったい誰なのか、それを聞き出すことだ」

安積武男は私の言葉の意味するところを考え、理解し、やがてある結論に達したようだった。そして傍目《はため》にも、彼が迷わずにある決断をしたことは明らかだった。彼は私に背を向け、左耳のない男の肩に手をおくと、野太い声で言った。「清和会の使いの者に、沢崎さんをお送りするように言ってくれ。それから、さっきの指示どおりに迅速に動くんだ」

左耳のない男は足早に廊下を去った。私は暴力団の組長を相手にしていたことを思い出した。外見や言葉つきや態度はどうあろうとも、ヤクザは所詮ヤクザにすぎなかった。

20

私は〈清和会〉さしまわしのメルセデス・ベンツS500に乗せられて、青梅街道を逆コースで東へ向かった。タクシーで帰るからかまうなと言っても、誰も「どうぞ」と言ってくれる者はいなかった。私はベンツに乗りこむ直前にも、最後の抵抗を試みた。

「おまえのところの運転手は、またいつかのようにやたらと拳銃を見せびらかすバカ者ではないだろうな。そういう車に同乗するのはごめんだ」

相良は無言で私の背中を押し、私のあとから後部座席に乗りこんできた。運転席には、いつかのような若い組員ではなく、五十に手の届きそうな精気のない男が坐っていた。

杉並区を出て、中野区を抜け、新宿区に入るまではなんとか自分を抑えていたが、副都心の高層ビルの明かりが眼に入ると、私の忍耐も限界に達した。

「相良。車を停めて、おれを降ろすか、おまえの携帯電話を貸すか、どっちかを選べ」

「……だめだ。おまえから眼を離すなと言われている」

「それだけか」

「そうだ」

「では、携帯電話を貸せ。そしておれから眼を離さなければいい」

「そんなごまかしが通るか」

私は相良の上衣の襟を鷲づかみにしてねじりあげた。相良は身長一八五センチ以上、体重一〇〇キロ以上の大男だった。私の腕の力はどこかに吸収されてしまって、相良のからだは一センチも動かなかった。このままねじりつづけても、上衣の襟が型くずれするだけだろう。相良は哀しそうな溜息をついた。それから、上衣の襟をつかんでいる私の右手の手首を、少年用のグローブのような――といっても少しもかわいくない右手で鷲づかみにした。すぐに私の右手は感覚がなくなり、上衣の襟から離れた。

「携帯電話を貸せ。さもないと、おれは一生後悔しなければならないようなミスを犯すことになるかもしれないのだ。そうなれば、おまえも一生後悔することになる」

「おれを脅すつもりか」相良は苦笑して、私の手首を離した。手首にはその感覚はなかったが、離すのが見えたから、たぶん離したのだろう。

「それは無理だな」

「そうではない。おまえがいま守っている安積組の命令は、清和会のためにはならないだろうと言っているのだ」ただのはったりだった。

「……わかるように説明しろ」

「そんな時間はない」

相良は私から顔をそむけて、窓外の明かりをながめた。交渉は打ち切りかと思っていると、そうではなかった。

「沢崎、おまえはいままでおれに嘘をついたことはない」

驚いたことに相良が上衣のポケットから携帯電話を取りだした。私はしびれの残っている手で上衣のポケットから手帳を取りだすと、もたつきながらページをめくった。室内灯をつけろと相良が命じると、車内が明るくなった。目当ての番号を見つけて、読みあげると、相良がかけた。相良は操作を終わると、電話を自分の耳に近づけた。相手を確認するつもりらしかった。

「相手は新宿署の四課の刑事だ」と、私は言った。

相良は電話を切ろうかどうしようかと迷っていた。

「電話をよこせ。切れば、向こうの着信記録におまえのナンバーが残って、なにかと面倒なことになるだけだろう」

相良は意味不明なうなり声をあげながら、私の手に携帯電話を手荒く渡した。

「もしもし、黒田警部ですが……もしもし？」

「沢崎だ。緊急の頼みがある」

「なにごとだ？」

「〈安積組〉の組員に羽根田政雄という男がいる」

「……」

「聞いているか」

「ああ、それがどうした?」

「そいつはいま伊豆の伊東の女房の実家にいるらしい。そいつの身柄をできるだけ早く拘束してもらいたいのだ」

相良が私の脇腹をつついた。つついたつもりだろうが、息が止まるぐらいの痛みが走った。

「なぜだ?」と、黒田が訊いた。

「詳しく話している時間はないが、あるいはそいつの口から、地下駐車場での狙撃犯に結びつく手掛りが得られるかもしれないのだ」

「そいつはどうだかな。羽根田政雄はもう口のきける身の上じゃない」

「それはどういう意味だ?」

「きょうの午後五時頃、東京湾に浮いていた死体が、写真入りの羽根田政雄の〝組員証〟を持っていた」

「羽根田政雄が死んだというのか……死因はなんだ?」

黒田は私の質問を無視して言った。「昨夜、晴海《はるみ》の埠頭で車が転落するのを見たという情報があって、水上警察署が捜索していたんだ。酔っ払い運転の事故とみなされるところだが、羽根田の経歴から、さらに詳しく調べることになり、都内全署の四課にも通知があった。いいか、あんたには、羽根田がなぜ地下駐車場の狙撃犯に結びつく手掛りを持っていると思ったのか、出頭して説明してもらわなきゃならんな」

「そんなことより、羽根田の所持品と、落ちた車があるのなら、そいつも引き揚げて、私の言った線での手掛りを捜してくれ」

「指図は無用だ。もちろん手掛りは追う。あすはかならず出頭しろ。いいな」

電話が切れたので、私は携帯電話を相良に返した。ベンツは中野坂上の信号で停止した。

「羽根田という男は死んでいたのか」と、相良が訊いた。

「らしい」

「安積組の若い者たちは、総動員でそいつを捜し出すように指示されていたようだが」

「深夜に、すでに事故死している男の女房の実家などで騒ぎを起こしていたら、警察にあらぬ詮索のタネを提供するだけだ……どうする？　同じ穴のムジナは、知らせてやるのか」

ベンツが青信号で動き出した。相良は携帯電話を睨んで、考えこんでいた。

「もう、おれを監視する必要はなくなったはずだ。成子坂下を過ぎたら降ろしてくれ」

相良はまず清和会に電話をかけた。橋爪は関西にいるというから、誰かほかの幹部だろう。電話の相手の指示は聞こえなかった。だが、相良の顔つきと声がだんだん不機嫌になっていくのを見ているだけで、およその見当はついた。車はやがて成子坂下を過ぎた。

「停めろ」と、相良が運転手に命じた。

ベンツが停止すると、私はドアを開けて、車から降りた。暴力団が暴力団を相手に何を企もうと、私の知ったことではなかった。

21

九時過ぎに事務所のあるビルに戻ると、二階の事務所の窓に明かりの縞模様《しまもよう》が描かれていた。出かけるときに閉めたブラインドが開いていて、消した明かりがついているのだ。誰かがドアの鍵を開けて、なかに入ったということだった。狙撃犯であることを匂わせる男からのきのうの電話が頭をよぎった。しかし、拳銃に残っているという銃弾をここで発射するつもりなら、明かりを消して待つはずだった。私は窓を見上げて、五分間待った。

明かりは消えなかった。しかも、室内にいるらしい人間の動きが、ときおり窓のあちこちの明かりの濃淡を微妙に変化させた。待ち伏せをしている人間の動きのようには見えなかった。それに、戸外でこれ以上寒い思いをしても、こっちのからだが凍えてしまうだけだった。私はビルの入口を入り、階段を昇り、二階の廊下を通って、事務所の前に立った。暗闇が怖い殺人者がいてもおかしくないことに気づくと、心臓の動悸《どうき》が速くなり、明るいほうが獲物を確実に仕留めることができることに気づくと、動悸はさらに倍増した。

「どうぞ」と事務所の中から声がした。

私はドアを開けた。来客用の椅子に腰をおろして、背中を向けていた男がゆっくりとふりかえった。偽公安官の税所義郎だった。

「よお、お帰り」と、税所は言って、大きく伸びをした。

私はドアの鍵の部分を調べた。

「心配することはねえ。合鍵こそ使わなかったが、無キズのはずだぜ」

私は税所の背後を通り、デスクを迂回すると、コートを脱いで、椅子に坐った。ごていねいにストーブにも火がついていて、事務所の中は暖かかった。私はデスクの上の電話の受話器を取って、電話応答サービスにかけた。

「電話サービスのT・A・Sでございます」夜勤の若い学生アルバイトのような声だった。

「渡辺探偵事務所の沢崎だが、なにか連絡は？」

「えー、七時二〇分にイブキテツヤ様から〝あしたまた電話する〟、以上です」

「わかった。メモをとってくれ」

「どうぞ」

「いま、この事務所に不審な男がいる」アルバイトのオペレーターはそのまま復唱した。

税所義郎はおもしろがっているような顔つきでこちらを見ていた。

「一〇分後にここへ電話をかけて、誰も出なかったら、一一〇番に電話して、家宅侵入者を逮捕しに来るように通報してくれ」

「えッ？　本当にそうするんですか」

「そうだ」

「一〇分後に、ぼくがそちらに電話をかけるんですね?」

「そうだ」

「そして、誰も出なかったら、一一〇番に電話して、そちらに、えー、西新宿の事務所に、家宅侵入者を逮捕しに行くように通報するんですね?」

「そうだ。頼んだよ」私は受話器を戻して、腕時計を見た。

税所も腕時計を見た。「現在時刻は九時十三分。しかし、そんなことをする必要はねえと思うんだがな」彼は両手に白い手袋をはめていた。

「あんたは誰だ?」

「そうこなくちゃ」税所は上衣の内ポケットから名刺入れを取りだすと、手袋を脱いでから、一枚抜き取り、デスク越しに渡そうとした。

「そんな紙屑を何枚もらっても仕方がない」

「そうかい。しかし、〝リー・ガオ・ジー〟と名乗ったってピンとこねえだろう? おまいさん、中国語がわかるかい?」

私は首を横にふった。税所は腰を浮かして、名刺をデスクの私の前においた。私は名刺ではなく、本人を観察した。黒縁の眼鏡が鼈甲《べっこう》縁の眼鏡に変わっていた。頭髪に白髪が増え、私と同年配というよりは少し年長のような印象に変わっていた。地味だった紺系統のスーツが、少し派手なモス・グリーンのヘリンボンの上衣と、焦茶色のズボンに変わっていた。椅子にかけたコートも、日本人なら芸能人か暴力団員ぐらいしか着られないような明るいラクダ色のカシミアのコートに変わっていた。私はデスクの名刺を手に取った。

〈臺北駐日經濟文化代表處・囑託　李國基〉と印刷されていた。

「この臺北《たいほく》駐日なんとかというのはなんだ？」

「簡単に言えば、台湾の大使館さ。中国がなにかとうるさいので、そうは言えなくなった」

「よほど囑託が好きなようだな」

李國基と名前を変えた男は苦笑した。「信用がなくなったのも自業自得というところだが、これならちっとは信用してもらえるか」

李はコートのポケットを探って、緑色のパスポートと身分証明書のようなものを取りだすと、それを両方ともデスクの上にほうってよこした。

「中国人にしては、言葉がべらんめえだな」

「そんなことか。おれは本当は中国人じゃねえんだ。中国残留孤児というやつだが、生まれたばかりの赤ん坊のおれを、日本人の女から預かったおれの親父は——つまりは、育ての親だが、日本が降伏すると、家族や財産といっしょに大連《だいれん》に避難し、昭和二十二年には台湾の弟のところに渡ったんだ。だから正確に言えば、台湾残留孤児ってわけだが、そんなのはあるのかい？　日本人と仲のよかった親父は、大陸に残ったってどうせろくなこたあねえと踏んだんだろう。親父は満州にいるころは芸能関係の興行なんかを表看板にしていたんで、日本からきた慰問団のそういう連中とはかなり親交があった」

李は上衣の脇のポケットから、黄色と金色のけばけばしいデザインの台湾製らしいタバコを取りだした。

「志ん生《しょう》は知ってるかい？　もちろん、五代目の古今亭《ここんてい》志ん生のことだが」

「名前は聞いたことがある」

李はダンヒルの銀のライターでタバコに火をつけてから、話をつづけた。

「演芸慰問団で満州に来ていた志ん生と、大連までいっしょだったと親父は言っていた。戦後も連絡があったようで、とにかく台湾のわが家には、志ん生のレコードやカセットが山ほどあったんだよ。そいつがおれの日本語の先生だったってわけさ。こないだのように日本人に化けるときは、注意して普通の日本語をしゃべるように気をつけるんだが、地になるとつい志ん生になっちまうんだ。もっとも、おれが日本人に化けるというのもおかしな話だがな」

李は台湾製のタバコを私にすすめたが、私は遠慮することにした。

「そんな身の上の人間が、どうして〝三日男爵〟にまつわるこの国のほら話を知っているんだ」

「親父は満州で、表向きは芸能関係の興行師のようなことをやっていたが、実際は関東軍の特務機関と関係があったんだ。あるとき、華族出身の退役軍人が特命を帯びて日本からやってきたんだが、親父がその世話をすることになり、彼の任務への便宜もはかることになったんだ。その特命というのが、簡単に言えば、例の三日男爵のシステムを、いずれ満州の傀儡《かいらい》政権が安定することになって、満人の実力者や政治家が実務をとるようになったときには、ぜひとも導入しておくべきだと、まァ、政治教育とその下工作のつもりで、その退役軍人殿《どの》は親父を手足にして精力的に動きまわったわけだよ。親父はそのときに、日本のシステムの実態を詳しく聞かされたんだ。満州の裏稼業の中国人が相手なら、そんなことをぺらぺらしゃべったところで、べつに大過《たいか》なかろうと踏んでいたんだろうよ。もっとも、退役軍人の特命は役に立たなかったがね」

「日本が敗けたからか」

「とんでもねえ」と、李はタバコの灰を灰皿に落としながら言った。「その退役軍人殿と親父が、満州の実力者のトップに面談してみてわかったんだが、中国にもそれとよく似た制度が、千三百年以上も昔の隋唐の時代からちゃんとございますって言う返事だったのさ。なんだかむずかしい漢字二文字の、辞書にも載っていない言葉があるんだそうで、中国で政治学を極めた人間なら、そいつを知らない者はないというぐらいのれっきとした制度らしいのさ。お国のシステムはおそらくこちらの制度から学ばれたのではないでしょうか、ほかのあらゆる学問と同じように……と、まァ、その退役軍人殿はかるく一蹴されたって話なんだ」

「また、話がだんだん胡散くさくなってきたな。こんどは中華思想的ほら話だ」

「親父の自慢そうな話のオチは、ちっとは割り引くとしてもだ、このおれが三日男爵のシステムについて知っているわけは、これでわかってくれたろう」

李はタバコの火を消した灰皿を、私のほうへ押した。

「それで、残留孤児あがりの大使館の嘱託が、私にいったいなんの用があるんだ？　家宅侵入までしなければならないほどの用向きは、まだ聞いていない」

「しごく簡単なことだ。そろそろ千代田区一番町の〈根来レジデンス〉の一室には、億近い大金が……いや、ひょっとすると億以上の大金が集まってるころじゃねえかと思うんだ」

「ほら話が本当だとすればだな」

「そのほら話ってのはそろそろ勘弁してもらいてえな。このおれが、なんの得にもならねえガセネタなんかで、こんなところへ二度も無駄足を踏むような物好きに見えるかい」

私は上衣のポケットからタバコを出して、火をつけた。「それで？」

「そんな大金を黙ってほうっておく手はねえだろう。おれの話をちゃんと聞いていたのなら、その大金が出所のあいまいな怪しげな金で、そいつの行く先はそれ以上にあいまいで怪しげなところだってことはわかってるだろう。ということは、その大金がもしも誰かに盗まれたとしても、サツがしゃしゃり出てくることは金輪際ねえ金だってことさ」

「それで？」

「それでだって？　探偵なんかやっているわりには、勘が鈍いんだな。言ってみれば、あんたは設楽盈彦の命の恩人じゃねえか。そうだろう？　近くへきたついでに、ちょいと見舞いによったと言えば、まさか門前払いにするわけにはいかねえだろう」

「さあ、どうだかな。あの老人は歓迎するかもしれないが、億以下か億以上の大金が、私を門前払いにするだろう」

「そんなことは、試してみなけりゃわからねえ」李は事務所の中を見まわしてから、言った。「あんたはそんなふうだから、いつまでもこんな結構な事務所でくすぶったままなんだよ。

いいかい、おたがいにもういい歳なんだぜ。このへんでひとつ、将来の暮らしを安穏にできるような大ヤマ、いや、中ヤマぐらいかな、そいつをやっつけてみようぜ」

「かりに、門前払いされなかったとして、あんたはどうするんだ？」

「そうだな……友人の公安官、税所義郎として、あんたのお供をしてもいいし、なにかもっと適当な役柄があれば、そいつで同行してもいい。台湾国籍の李國基だけはちょっと困るがね。一度でも設楽邸の邸内が拝見できれば、あとは大船に乗ったつもりで、万事おれにまかせてくれ。二十四時間以内か、遅くとも三十六時間以内には、設楽邸にある現金は一枚残らずこっちへ頂戴してみせるぜ。あんたは、その時間は新宿署にでも出かけて、しっかりアリバイを作っておけばいい」

「二十四時間か三十六時間のあとは、おれたちは二度と会うことはない、という寸法か」

「どこまでも疑い深いんだな……よし、わかった」李はデスクの上のパスポートと身分証明書を指さして、言った。「決行のまえに、この二つをあんたに預けることにしよう。そうすりゃあ、おれは金輪際日本を出られねえし、代表處にも帰れねえ。大金は手にしても、陸《おか》に上がった河童《かっぱ》ってやつだ。この二つと引き換えに、手に入れた獲物の半分をあんたに渡す。これで、どうだ？」

私がデスクの上のパスポートと身分証明書に手を伸ばそうとしたとき、電話が鳴りだした。

「間もなく、九時二十二分になるところだ。せっかちな野郎だな」李が腕時計を見て言った。

私は短くなったタバコを灰皿で消しながら、すばやく電話機のナンバー・ディスプレイを見た。電話応答サービスの番号ではなく、さっき相良の携帯電話でかけたばかりの、新宿署の黒田警部の電話番号だった。電話のベルは五回目から六回目になった。

「……おい、出ないのか」李國基のさっきまでの自信家のポーズが少し怪しくなった。

ベルはさらに三回鳴りつづけた。

「受話器を取らなきゃ、切れちまうぜ」

「新宿署からここまでは直線で三〇〇メートルしかないが、あいだに青梅街道がある。一一〇番のパトカーが何分でかけつけるものか、後学のために知っておくのもいいだろう」

李は椅子を立ち、デスクの上のパスポートと身分証明書を取って、急いで上衣のポケットにしまいこんだ。さらに、李國基の名刺にも手を伸ばそうとしたので、私がさきに取って、デスクの引き出しにしまった。そのとき、電話のベルの音が切れた。

「一晩ゆっくり、おれの提案を考えてみてくれ」と、李は言った。「しかし、あんまり時間の余裕はねえはずだぜ。設楽邸がからっぽになって乗りこんだって、一文の得にもなりゃしねえ」

李は椅子のコートをつかんで、ドアのほうへ向かった。ドアを開けたところで、立ち止まって、耳をすました。どこか遠くでパトカーか救急車のサイレンの音が鳴っていた。この時間の西新宿界隈では、すこしもめずらしいことではなかった。

「あした、また同じ時間に会おう」李國基はドアを閉めて、急ぎ足に立ち去った。

また電話が鳴り、私は受話器を取った。

「あ、もしもし、電話サービスの者ですが」さっきの学生アルバイトのオペレーターだった。

私は一一〇番に電話する必要はないことを伝えて、電話を切った。つづけて、新宿署の黒田警部に電話をかけた。

「沢崎だ」

「なんだ、いま電話したばかりだぞ」

「知っている。電話に出られなかった」

「一つだけ教えておく。羽根田政雄の引き揚げられた車のダッシュ・ボードの中から、拳銃が発見された」

「ほう……」

「弾道検査の結果、東海林刑事を撃った拳銃と同一であることが判明した」

「伊吹哲哉を撃った拳銃でもある」

「まァ、そういうことだ。あしたは午前中に出頭してくれ」黒田はそう言って、電話を切った。

長い一日が終わり、私は事務所を引きあげることにした。自分で開けていないブラインドを閉め、自分でつけていないストーブを消し、自分でつけていない明かりを消し、自分で開けていないドアの鍵を閉めるのは、死んだ渡辺が失踪した日以来のことだろうか。いちじるしく違和感があった。

22

　翌朝、私は少し遅い朝飯をすませたあと、新宿中央公園へ腹ごなしの散策に出かけた。日課の運動など私には縁もゆかりもないので、事務所から一キロ足らずの距離にあるこの公園に足を踏み入れたのははじめてのことだった。午前十時の気温は相変わらず低めだったが、晴れていて風がなかったので、それほど寒さは感じなかった。

　公園北から入って、そんなものがそこにあるのに驚かされた〝熊野神社〟の側面を通りすぎ、歩道橋を渡って、〝十二社池の上〟のほうの池のある広場のまわりをぶらぶらしていると、代々木のほうから、伊吹哲哉が歩いてきた。きのうと同じ茶のツイードのコートを着ていたが、右腕を肩から吊っていた医療器具はなくなっていた。右腕は普通にコートの袖を通し、右手をコートのポケットに突っこんでいた。なんとなく上半身がぎごちないような感じだったが、顔色はきのうと較べて数段よくなっていた。もともと頑強な男のはずだった。

　私たちは自然におたがいの後方をうかがっていた。冬休みも終わりの平日の午前中なのに、公園には人の姿が多かった。それが安全を意味するのか危険を意味するのかよくわからないが、広々として見通しがきいているだけ、いくらか気休めにはなった。私たちはとりあえず肩を並べて、都庁の見える東のほうへ歩き出した。

「あんたと護送の刑事を撃った拳銃が、東京湾で死んでいた羽根田政雄の車のダッシュ・ボードで見つかった理由について、心当たりは何もないと言ったな」

「あるものか。おれはきのうあんたの事務所を飛び出したときも、そしていまも、あの地下駐車場の狙撃犯人が、鏑木興業の組長を襲撃した者でなくて、おれ自身を狙っていたなどというたわ言は信じられないんだ」

「なぜたわ言だと言いきれるんだ？」

「おれを殺して誰が得をするんだ？　おれを撃つことになんの意味があるんだ？　料理屋の親爺《おやじ》でしかないおれをだ」

「こっちがそれを訊いてる」

「訊かれたって、おれには答えられんよ」

「自棄《やけ》になっている場合ではないだろう。妻子ある料理屋の親爺なら、自分や家族の身の安全についてはもっと真剣に考えてみるべきじゃないのか。あんたのいまのふるまいは暴力団のチンピラと少しも変わらない」

伊吹はしばらく私の顔を睨んでいたが、やがて肩の力を抜いて苦笑した。「おれは考えるのはあんまり得意じゃないんだ。昔からな」

私たちは池のある広場の円周に植えられた雑木林のところまで行きついて、立ち止まった。しばらく周囲の様子をうかがったあと、雑木林にそって時計まわりに南のほうへ歩き出した。

「質問に答えてくれ」と、私は言った。

「それが考えることか」

「あれこれ想像して、カッカしているよりは、考えることに近くなる」

「……いいだろう」

「羽根田政雄に会ったのは、足を洗って以来のことか」

「そうだ」

「直接会ったのか」

伊吹はうなずいた。「二代目が文男のことで電話してきたのは、三十日の朝だった。午前中は、絹絵と手分けをして、文男が潜りこむ可能性のありそうなところを手当たり次第に調べてみた。おれたちのところへ来ないものが、ほかのどんなところへも隠れているような気はしなかったが、そんなことを言っている場合じゃなかった。あいつの学生時代の友達や、あまりうまくいっていなかった飲食店チェーンの関係先など思いつくかぎりは調べてみたんだ。そんなときに、初台の店の準備をしていた従業員から電話が入って、羽根田というお客さんが来ているということだった。店までは歩いて五分もかからない距離だ。名前を聞いただけではすぐには誰のことかわからなかったが、もちろん顔を見たとたんに思い出した」

「安積組であんたと同期だと言っていたが」

「そうだ、同じ年に組に入ったという意味だ。歳は、たしか、羽根政のほうが二つほど上だったが、おれのほうが二、三カ月早く入っていたので、あいつが弟分のようにしていた」

「羽根田のほうから、あんたが文男君の身代わりで自首することを口にしたのか」

「そうだ。だがな、そのときはすでにおれはその決心をしていたので、羽根政にすすめられたという意識はまったくなかったんだ。そのときも、きのうあんたにそのことを訊かれたときも、そしていまもだ」

私はうなずいた。「そのときの会話を、できるだけ詳しく思い出して、話してくれ」

「そうさな……おれはまず、それは二代目からの話かと訊いた。羽根政は違うと答えた。自分の一存だが、二代目は口に出さなくても、本当はそれをいちばん願っているはずだと言った」

「羽根田は自分の一存だと言ったのか」

「そうだ」

「二代目が願っているというのは、文男君の身代わりは、誰でもいいというわけにはいかないという組の事情のことか」

「それもあるが、羽根政の言うには、安積組にとってはもっと重大なことなのだ。こんなことは、二代目もあんたに話して聞かせるわけにはいかなかったはずだから、ここだけのことにして聞いてくれ。安積組はいま、先代からの従来どおりの方針を貫こうとする二代目の組長派と、そこからはずれて冷や飯を食っている反組長派とが、裏で激しく対立しているらしい。反組長派の連中は、関西の〈山口組〉と手を結ぶことを画策しているようで、一気に主導権を握って、まきかえそうという魂胆《こんたん》なのだ。組長派には、文男の身代わりに立てられるような幹部クラスで、刑務所で遊んでいられるような暇な者は一人もいない。これに対して反組長派には、身代わり大いに結構というやつらがごろごろしているが、連中の目的は組長に恩を売って、冷や飯食いを返上しようというさもしい考えしかないんだ。結局は、組長派から誰かを選ぶ以外に方法はないのだが、実はこれがとんでもない時限爆弾になりかねないと、羽根政は言うんだ。三月末には、二年に一度の〈関東連合〉の総会がある。そこで、この鏑木組組長襲撃事件はかならず問題になる。その犯人が、二代目の息のかかった組の幹部だったということになれば、それだけで組長の進退問題になりかねないのだ」

「あんたが身代わりに立って、それから別所文男が真犯人として出頭した場合は、組長の進退問題は起こらないとでもいうのか」

「けっして起こらない。関東連合の総会だろうと、どこの何会だろうと、彼らは〝堅気〟の人間がなにをしようと一切問題にしない」

「その堅気が、組長の腹違いの弟と妹婿でもか」

「それがあの世界だ。たとえ一卵性双生児でも、片方が堅気ならまったくの他人だ」

「信じられないようなことだな」

「そうだろう。しかし、それがあの世界の定法《じょうほう》だ」

「それが本当であれば、安積組の先代が、あんたの奥さんや文男君を安積組から隔離することに固執した気持が、少しは理解しやすくなる」

伊吹はうなずいた。「おれもその恩恵にあずかったんだ」

「ということは、別所文男は安積組に、とくに二代目に重大なジレンマをもたらしたわけだな」

「だから、あのバヵにはあきれるんだ」

「風通しの悪い状態よりはどんな風でも吹いたほうがましだというのも、ひとつの考え方だ。関わりのないわれわれから見れば、ヤクザ界の革命児、とまではいかなくても、全学連か太陽族ぐらいのことはありそうだな」

「よしてくれ。羽根政の説得はそういうことだったが、おれが決心したのはまったくべつの理由だ。きのうも話したとおり、安積組の将来はおれが考えることではない。おれが考えなきゃならないのは、絹絵のことと、啓子のことと、文男のことと、おれのことだけだ。そうだろう?」

「少し欲張りのようにも聞こえるが、そうだな……それを羽根田に言ったのか」

「いや、あいつには考えておくとだけ答えた。店で飲みたいだけ飲んでいくように言って、おれはうちに帰った」

私たちは、雑木林の円周ぞいに六時の位置まできて、立ち止まり、しばらく向かいあって話した。

「羽根田とはどういう男だ？　外見のことだが」

「とにかくでかい男だよ。田舎の農業高校では相撲部にいたというくらいだから、縦も横も大きい。ツラはまず暴力団以外に生きていける場所はないだろうというぐらい、恐ろしくて険悪な人相をしている。ところが、これがとんだ見かけ倒しで、組では〝大政、小政に、吹けば飛ぶよな羽根政〟と囃《はや》されるぐらい、臆病者の根性なしだった。相撲も弱かったらしいが、喧嘩はもっと弱い。いや、たぶん喧嘩なんか組に入ってから一度もしたことがないだろう。その筋の者から見れば、羽根田の臆病は一目《ひとめ》でわかるが、素人さんにはそれで充分以上に役に立つんだ。あの図体《ずうたい》とあのツラですごめば、たいがいの無理は通った。だが、それも五十歳になるぐらいまでの話だろう、二十年ぶりに会ってみたら、すっかり老《ふ》けこんでいたよ」

私たちは、こんどは六時の位置からまっすぐ十二時の方向に、北へ向かって歩き出した。雑木林の円周を、いつまでも同じようになぞって歩くのは避けたかったからだ。

「羽根田はそんな大男なのか」

「あんたは……車から例の拳銃が見つかったことで、あいつが狙撃犯人である可能性を考えているな。だとしたら、そいつはとんだお笑い草だ」

「なぜだ？」

「あいつは昔から、四、五メートル先の人間の顔も区別できないぐらいのド近眼のくせに、絶対に眼鏡をかけようとしないやつだった。眼鏡なんかかけたんじゃ、売り物のツラがだいなしになると思っていたんだ。だから、車の運転はできないし、拳銃などもってのほかだ」

「しかし、羽根田とのつきあいには二十年のブランクがある。二十年という時間があれば、どんな男でもたいがいのことはできるようになるだろう」

「羽根政の機械オンチはそんな次元の話じゃない。たとえ、二十年間毎日あいつが車と拳銃の練習を積んだとしてもだ。あいつの運転する車に乗って、誰かを狙撃しようというような酔狂《すいきょう》な人殺しは絶対にいない。あいつが実弾の入った拳銃を持ってうしろの座席に坐っているような車で、ハンドルを握ろうとするような奇特《きとく》な運転手は絶対にいない」

羽根田政雄が狙撃犯のうちの一人である可能性は、その体型からしてありえないことのようだった。

「結論としては」と、私は言った。「狙撃犯はあの拳銃を手放したことになるが、彼自身はまだピンピンして、そのへんを歩きまわっているということだな」

「そういうことになる」

「しかも、羽根田政雄の死体と同じ東京湾で引き揚げられた車は、そもそも彼の車ですらないということか」

「そのはずだ。だから、車の運転もできないやつが、もしも晴海の埠頭から転落して死んだのだとすれば、そいつは殺し以外には考えられない」

私たちはふたたび広場の中央にある池のところまでやってきた。子供用の水遊びの池のようだが、この時季だから、もちろん子供たちの姿はなかった。公園の西の出入口のほうから、こっちへ歩いてくる二人連れのコートの男があった。右側の背の低いほうの銀髪の男が私たちに向かって手をあげた。新宿署捜査四課の筒見課長だった。私たちのうちのどちらか、たぶん伊吹哲哉の身辺をマークしていたにちがいなかった。連れの刑事にも見憶えがあったが、すぐには思い出せなかった。

彼らが声の届きそうな距離に近づいたとき、突然銃声が響いた。

「伏せろ！」と、筒見がどなった。しかし、そのときはすでに私たち四人はその場に身を伏せていた。周囲の人たちも銃声には驚いていたが、身をかがめているものは誰もいなかった。一瞬のことで、何が起こったのかわからないのだから当然の反応だろう。この公園で銃器が発射されてもおかしくないことを知っているのは、われわれ四人だけだった。それでも、不自然な恰好をしているわれわれに気づくと、彼らは本能的に池のまわりから遠ざかろうとしていた。

「伊吹、大丈夫か」私は四つん這いになっている伊吹に訊いた。

「おれは大丈夫だ。あんたは？」

「撃たれた形跡はなさそうだ。痛みも感じないほどの致命傷を負っているのならべつだが」

伊吹の顔に恐怖の表情がはりついていたが、たぶん私の顔も同じであるにちがいなかった。

「しばらく動かないほうがいいぞ」と、筒見が大きな声で言った。彼もそばにいる刑事も、手に拳銃を握っているのが見えた。筒見のそばにいる刑事が、地下駐車場での狙撃のときに、殉死した東海林刑事といっしょに伊吹の護送の任務についていた刑事であることがわかった。

素人判断にすぎないが、銃声は射程距離の長いものか、あるいは遠くから上方へ向けて発射されたもののような気がした。この場合、じっと動かずにいることが正しいのかどうか、はなはだ疑問だった。激しく動きまわったほうが、第二弾を浴びる可能性は少ないのではないだろうか。だが、たとえそうだとしても、動く気にはなれなかった。

筒見たちがうずくまっているところへ、身を低くした三人の男たちが一人ずつ集まってきた。拳銃を手にした刑事たちだった。なんとなく見憶えがあるのは、さっき伊吹と話しながら公園を歩いていたとき、それとなく私たちをマークしていた張り込みの刑事だったのだろう。

ショックで時間の感覚がなくなっていたが、それでもすでに銃声から三分以上が経過したようだった。誰が合図したわけでもないが、私たちはみんな恐る恐る立ち上がった。筒見が四人の部下にてきぱきと捜索の指示を出すと、四人の部下は足早に四方に散っていった。本職の彼らにも、さっきの銃声が公園のどの方角から聞こえてきたのか特定できていないことがわかった。私たちの近くにはすでにあまり人影はなかった。

筒見課長がコートと上衣の前を開いて、拳銃を腰のホルスターに戻しながら、近づいてきた。

「伊吹さん、あんたは二度も狙い撃ちにされるような、いったいなにをやったんだ?」

伊吹はズボンの膝についた汚れを、自由のきく左手で払いながら、不機嫌を通り越した声で言った。「それは……こっちが訊きたい」

私にはその理由についての一つの臆測《おくそく》があったのだが、確証は何もなかった。

伊吹哲哉と私は、筒見課長に任意で新宿署まで同行させられた。そして、新宿中央公園での発砲事件と、そのまえの二人の会談の内容について、供述させられた。伊吹哲哉には警察の警護がつけられることになった。伊吹は拒否しようとしたが、筒見は受けつけなかった。私に対する警護の話はちらりとも出なかったので、断わる手間がはぶけた。

私は新宿署を出るまえに、総務課に寄った。幸いにも田島警部補は留守だった。そこで、税所義郎こと李國基が遺していった二つめの名刺に、身許確認を頼むメモをつけて、田島警部補に渡してもらうことにした。

23

大河内傳次郎《おおこうちでんじろう》の〝國定忠次《くにさだちゅうじ》〟が低く構えた大写しになったかと思うと、次の瞬間、まるで獣のように躍動して、追っ手の捕り方たちに襲いかかった。サイレント映画だから音声は一切ないのだが、そんなものはほとんど必要がなかった。映画だからおそらく種々の特殊な技法を使って撮影されているにちがいないのだが、それにしても私は人間がこのように劇的な動きをする映像をかつて観たことがなかった。

縦二メートル、横三メートルほどのスクリーンのあるその映写室は、千代田区一番町の〈根来レジデンス〉の設楽盈彦《しだらみつひこ》の住居の、さらに奥の部分にあった。きのう訪れたとき、私は住居の間取りではいちばん奥まった書斎で設楽父娘《おやこ》に面談したのだが、レジデンスの建坪の奥行きから考えると、あの書斎は設楽邸のほぼ真ん中ぐらいに位置していたことになる。そして、実際はその奥に、設楽盈彦が父と私のもう一つの〝隠された顔〟だと自慢そうな表情を浮かべて言った〈設楽フィルム・ライブラリー〉の宏壮《こうそう》なスペースがあったわけだ。

設楽佑実子との約束どおり、私は五時に設楽邸に着いた。新宿中央公園での発砲騒ぎのことを考えると、尾行や監視にはとくに念入りに注意して、ブルーバードをレジデンスの裏側にある専用地下駐車場に乗り入れた。ブルーバードは一番町に向かうまえに新宿署に寄って、ベテランの四課の刑事に発信機や爆弾などが仕掛けられていないか厳重にチェックしてもらった。発砲事件の供述書にサインしたあとで、筒見課長に相談して許可を取っておいたのだ。相談の理由はもちろん、発砲事件の被害者の身の安全のためであって、七億円の現金輸送のためではなかった。

設楽邸に着くと、食事が準備してあるというので、ふだんより早めの夕食をすませた。食堂には、設楽父娘《おやこ》や、蝶ネクタイの徳山専務のほかに、三人の初対面の男たちが同席していた。

食事がすむと、設楽盈彦が私に言った。「例の電話に関する準備は、娘の佑実子と徳山にまかせておいて、あんたは私たちといっしょにおいでなさい。恩人のあんたに、ぜひ見せたいものがあるんだよ。それは――」

それが、三日男爵父子のもう一つの〝隠された顔〟である〈設楽フィルム・ライブラリー〉なのだった。

「どうぞ」と、設楽佑実子も口をそえた。「あなたにご用があるときは、すぐにお呼びしますから」

ふだんの私なら、依頼人のペースで探偵の仕事をすることはけっしてなかった。だが、こんどばかりは、父娘のすすめに異議を唱えることは、七億円の現金の山に近づきたがっているようにとられそうで、気が引けた。問題の電話の時間までにはまだ間があったので、私は九十二歳のこの邸の主人の招待に応じることにしたのだった。

設楽盈彦はきのうと同じようにパジャマと厚地のガウン姿だったが、きょうは大事をとって車椅子に坐っていた。初対面の三人のうちで、もっとも若い三十代の業務用のジャンパーの男が車椅子を押して、書斎への廊下を進んでいった。車椅子を先頭に、五十過ぎの斜視ぎみの背広の男と、七十代のガリガリに痩せた和服の男と、私がつづいた。書斎の前に着くと、ジャンパーの男がポケットからリモコン装置のようなものを取りだして、廊下の突きあたりの板壁に向けた。彼が十桁ぐらいありそうな番号を入力してボタンを押すと、板壁が横に静かにスライドして〝出入口〟が現われた。子供騙《だま》しの秘密の通路というところだが、誰も笑う者はいなかった。

「さあ、沢崎さん、設楽フィルム・ライブラリーにどうぞ」と、設楽盈彦が言った。

「おそれいりますが、ここからさきは火気厳禁、完全禁煙ですので、よろしくお願いします」とジャンパーの男が付け加えた。

設楽老人はまず、映画のフィルムが約九〇〇本収蔵されていて、冷蔵庫なみの低い温度に調節されているというフィルム倉庫にわれわれを案内した。内部の安全管理のために入口の脇の壁面に設置されている、三面のモニター・テレビがいくつもの棚に積み上げられた膨大な量のフィルム缶を映し出していた。おかげで、倉庫に入って、せっかく暖まったからだを冷やすような目に遭わずにすんだ。もっとも、こちらから入れてくれと頼んでも、断わられるだろうという気がした。それから、三〇脚くらいのゆったりした座席のある映写室に案内された。

「本日の映写会は、溝口健二《みぞぐちけんじ》監督の『街上のスケッチ』を上映する予定でしたが、これは特別ゲストの沢崎さんには、少しばかり地味な作品だろうと思われるので、次回に延期することにしました。われわれのおすすめは、伊藤大輔《いとうだいすけ》監督の『忠次旅日記　甲州殺陣篇』、志波《しば》西果《せいか》監督の『魔保露詩《まぼろし》』、伊丹万作《いたみまんさく》監督の『國士無双』あたりですが……沢崎さん、どれにしましょう？」

「皆さんにおまかせします」と、私は答えた。

　そこで四人の投票ということになり、設楽盈彦と背広の男の二票を獲得した『忠次旅日記　甲州殺陣篇』が上映されることになった。設楽の説明によると、和服の男が『魔保露詩』を選んだのは阪東妻三郎《ばんどうつまさぶろう》のファンだからで、ジャンパーの男が『國士無双』を選んだのは喜劇映画ファンだから、ということだった。そして、大河内傳次郎演じる〝國定忠次〟を観せられる羽目になったのだが、その映像の美しさと躍動感は、ほとんど時間を忘れてしまうほど斬新で魅力的なものだった。

　私は自分が探偵であることを思い出さなければならなかった。六時半を過ぎたとき、例の電話がかかってくるまえにお嬢さんと相談しておきたいことがあるし、実をいうと、タバコがどうしても喫《す》いたくなったので、名画鑑賞は次の機会にまたお願いすると、設楽盈彦に断わって、映写室をあとにした。案内のために、ジャンパーの男がスライド式の出入口を出るところまでついてきた。本当は火の用心のためかと思っていると、それも違っていた。

「あなたに少しお話しして、お願いしたいことがあるんですが」

ジャンパーの男は真剣な顔つきだった。

「いいだろう」と、私は答えると、いちばん近い書斎のドアを開け、手探りで明かりのスイッチを入れてから、なかに入った。きのうの応接セットのソファに腰をおろして、上衣のポケットからタバコを取りだした。

「あなたは、設楽フィルム・ライブラリーの内部をごらんになって、どう思われましたか」

「どうと言って……古い映画のフィルムがたくさん集められていて、結構だと思ったよ。それに、設楽氏が二代にわたって蓄えた財力が、なんというか……ドブに捨てられたり、こんな不動産に化けただけでなく、その一部なりとも文化的なことに使われたとすれば、大いに喜ばしいことだ」

ジャンパーの男は、話をさきにすすめたほうがいいのかどうか、迷っているようだった。

「まあ、坐ったらどうだ」私はタバコに火をつけた。

ジャンパーの男は、ようやく話す決心がついたようで、私の向かいのソファに坐った。

「ごぞんじないかもしれませんので、説明させてもらいますが、あの倉庫に所蔵されている九〇〇〇本以上の映画のフィルムは、実は金銭などではとうてい計れないような、ものすごい価値のあるものばかりなのですよ。そのうちの半数以上は、現在のところ世界中のどこにも残存していない、ここにしか遺されていない貴重な〝幻の映画〟と言われている作品ばかりです。残りの四〇〇〇本の映画も、その断片や一部、あるいはかなりの部分がフィルムセンターなどに収蔵されている作品ではありますが、ここ以上に保存のよい状態のものはほかにはありません。ここのフィルムの九〇パーセントは、まず完璧と言ってよいものばかりですから」

「ほう……」私はタバコの煙りを吐きだした。

「申し遅れましたが、私はこのライブラリーの管理をまかされております仲谷《なかや》と申します。私へバトン・タッチされた前任者の笹原《ささはら》さん——さっき映写室にいらっしゃった若いほうの方ですが、笹原さんからうかがった話ですと、設楽所長とその父上のお二人で、映画草創期から戦前までの作品に関しては、持てる財力のほとんどと、当時の政界から軍部にまでおよぶほどの一種の影響力を駆使して、収集あるいは購入されたものだそうです。そして、ここにそれほどの貴重な作品が所蔵されていることを詳細に知っているものは、現在では、設楽所長のほかは、代々ライブラリーの管理をまかされてきた私たち三人以外には誰もおりません。お嬢さんや徳山専務でさえも、映画のフィルムがたくさんあるというぐらいのことはごぞんじですが、それ以上の関心は持たれておりません。なにしろ、あのライブラリーのドアから中に入った者は、所長のほかはわれわれ三人だけなのですから」

「私をのぞけば、だ」

「そうでした」

「で、私にお願いしたいことがあるというのは？」

「私がいま申しあげたことと、あなたがあそこで見聞されたことは、一切外部にもらさないでいただきたいのです」

「きみに呼びとめられなければ、私はそうしていた」

「そうでしょうか……」

「そうだ」

「本当にそうでしょうか。たとえば……どこかで、伊丹万作監督の『國士無双』という映画は完全なかたちではもはや現存していない、という意見なり話題に接されたときに、いや、そんなことはないとおっしゃらずにいられますか」

「きみが言おうとしているのは、そういう意味か……きみは、私の職業を聞いたか」

「ええ、徳山専務からうかがいました」

私はタバコの火を灰皿で消してから、言った。「私の職業はそういうことをしない職業だ。そういうことができない職業だと言ってもいい」

「そうですか」と、仲谷は不信感をあらわにした声で言った。「しつこいことを言うようですが、どうか勘弁してください。もしもですよ、将来あなたのお仕事の依頼人になった誰かが、『國士無双』のプリントの所在をつきとめてくれたら……そうですね、その情報だけで五百万円を支払うと申し出たら、どうなりますか」

「なるほど、そういう金銭感覚の世界なのか」

「いや、私もそのへんのことはまったくわかりません。ここの所蔵フィルムの価値を金額に換算したことは一度もありませんから。しかし、そのくらいの申し出はありえないことではないと思います」

「その依頼人は依頼を断わられるだろう」

仲谷はまっすぐに私の顔を見た。「その言葉を信じることができたらいいのですが……映写室にいる二人の前任者も、私があそこへ戻ったら、まず最初に、私のしたお願いの結果を訊ねるにちがいありません」

「少なくとも、設楽老人はそれを信じて、私をあそこへ招待したのではないのか」

「そうだとは思います。ただ、心配なのは……最近、所長は少しボケの症状が出ておられるようなのです。以前に較べると、あれほど厳格だったライブラリーでのいろいろなチェックが、つまり、多少いい加減になってきておられる……失礼なことを言うようですが、以前の所長であれば、たとえ命の恩人であったとしても、あなたのような職種の方を、あのドアの向こうにお入れになることなど、絶対に考えられなかった」

「そういうことか。では、念のために訊いておこう。私によってであれ、私以外の誰かによってであれ、設楽フィルム・ライブラリーの実態がもし世間に知れたら、どうなると言うのだ?」

「私と私の前任者二人は、ただちにここへの出入りを禁止されます。そして、どこの誰がライブラリーの実態について問い合わせたとしても、所長はすべてを拒否することになります。ここの所蔵フィルムは法的にはあくまで所長の私物にすぎませんから、それを詮索する権利は誰にもありません。このライブラリーの実態を証明するものは、ライブラリーの外部には、私たち三人の記憶以外には何一つ存在しないのです。ここはそういうふうに管理されていますから。そしておそらく、所長は新しく雇った管理者を相手に、自分の死後、所蔵フィルムのすべてを海外の優秀なフィルム・ライブラリーに寄贈する準備を始めることになります。これは私の勝手な推測ではありません。そういう事態になったときは、かならずそういう対応をとると、常日頃《つねひごろ》から所長が明言されているのです」

「きみは、そうなっては困ると言うのだな」

「そうです」と、仲谷は答えたあと、浮かぬ顔つきでつづけた。「ただ、公平に言いますと、困るのは私たち三人だけで、本当は、あの貴重な映画フィルムたちのためには、そういう海外の優秀なフィルム・ライブラリーに寄贈されるほうが幸せかもしれないのです。なにしろ日本という国は、映画を低俗な娯楽と検閲すべき危険思想の寄り合い所帯ぐらいにしか考えてきませんでしたからね。これに対して、諸外国には映画を優れた文化遺産とみなして、手厚く保護している国がいくらでもありますから」

「では、もしきみの望むとおりにライブラリーの秘密が保たれた場合は、どうなるのだ?」

「当面は、さきほどの映写室のメンバーでの、週三回の映写会が平穏につづけられることになります。設楽所長は自分の存命中は、コレクションのうちのわずか一本の映画ですら、人手に渡す気持はもっておられません。そして、いつの日か、設楽所長がお亡くなりになった日に、すべての所蔵フィルムが〈東京国立近代美術館フィルムセンター〉に寄贈され、私たち三人は〝設楽コレクション〟の専任管理者として、センターのお手伝いをさせていただくことになっています」

「そう遺言してあるということか」

「はい」

「遺言はいつでも書き変えられる」

「それを疑えばきりがありません。しかし、少なくとも戦後の五十数年間は、遺言のその部分は一度も書き変えられていないことがわかっています」

「設楽老人は九十二歳だが、なかなか簡単には死にそうにないな。あの痩せ型の和服の前任者よりも長生きしそうだし、笹原という前任者も寄贈の日まで確実に生き延びられるという保証はなさそうだ」

「正直に言いますと、三十三歳の私でさえそういう危惧《きぐ》を抱いています。しかし、だからと言って、あの九〇〇〇本以上の戦前の日本映画の傑作群を鑑賞し、管理し、保存し、あるいは世に紹介できるかもしれないという、私に与えられた恩恵を放棄するつもりはまったくありません。あの二人の前任者もきっとそうですし、すでに亡くなられている所長のお父上の代の二人の前任者の方々もそうだったようです」

「きみは五人目の管理者か」

「そうらしいです」

「設楽老人が誘拐されていた六日間はどうしていたのだ?」

　急に話の方向が変わったので、仲谷は少しとまどっていた。

「そのあいだは、誰もライブラリーには入れませんでした。定例の年末特別映写会も中止になりました。さきほど私が使用したリモコン式のライブラリーのキーは、所長がパスワードを入力しなければ作動しませんから」

「そんなものは専門家に解除させれば簡単に開けられるのではないか。あるいは、あのドアをぶち破って、フィルムをごっそり持ち出そうという気にはならなかったのか」

「ここには、所長のお嬢さんもいらっしゃるし、根来不動産の方々もいらっしゃいますから、そんな無茶をしてどうしろというのですか。万一、所長があのドアをロックした状態でお亡くなりになれば、そういう非常手段も取らなければならなくなるでしょうが……とにかく、私はライブラリーへの出入りを禁止されることになりかねないような行動は一切取るつもりはありません。いちばん若い私ですら、大学を出てからの十一年をライブラリーの仕事に捧げてきたのですから、それを無駄にはしたくないのです。最初にあなたにお願いしたのは、そういう必死のお願いなのです」

「では、きみも前任者の二人も、設楽老人が生きて帰ってきたときは、さぞがっかりしたろうな」

仲谷はしょげた顔で言った。「そんなひどいことを訊く権利は誰にもありませんよ」

「正直な男だな、きみは。私はあまり正直な男ではないが、正直な男に対してはあまり嘘をつかないように心掛けている。さっきのきみの頼みについては――」

廊下に足音がして、書斎のドアが開き、設楽佑実子が顔を出した。

「あなたを捜していたのです。一時間も早く、例の電話がかかってきました」

私は仲谷という男に手をあげて挨拶すると、急いで書斎を出た。

24

私はブルーバードの助手席に設楽佑実子を乗せ、後部座席に七億七千五百万円の入った布団袋を載せて、千代田区一番町のマンションを七時二〇分に出発した。行く先は、スズキ・イチローからの電話の指示にしたがって、新宿通りを西へ、新宿に向かった。

布団袋の中身は、ブルーバードに積みこんだ直後に、設楽佑実子の言いつけで、徳山専務が袋の紐をほどき、私が点検し、ふたたび厳重に紐をかけられた。すべて一万円札で七万七千五百枚あると、徳山がやや上ずった声で言った。狭くなった後部座席での不自然な体勢のせいかもしれなかった。点検してくれと言われても、私は袋いっぱいの大量の一万円札をただ眺《なが》めただけだった。

ブルーバードの走りがめずらしい乗客と荷物にも馴《な》れてきた七時三〇分ごろ、設楽佑実子の携帯電話が鳴った。

「もしもし……そうです……ええ、いま四谷三丁目の交差点を過ぎたところです……えッ？……新宿一丁目の交差点から、甲州街道へ出るんですか」彼女は電話を耳から離して、私に言った。「甲州街道へ出るように言っています」

「諒解」

「わかりました……ええ……大原《おおはら》の交差点まで走るんですね……そうします」彼女は電話を切った。

「時速五〇キロ以下の安全運転で、くれぐれも交通違反を犯さないように、と言っていました」

私は四谷四丁目の交差点を過ぎると車線を変更し、四谷区民センターのさきの新宿一丁目の交差点を左折して、新宿御苑《ぎょえん》の大木戸門から甲州街道に進入した。間もなく、新宿駅の南口に達して、夜の始まりの新宿の雑沓《ざっとう》のあいだを通りぬけた。

私はふと考えた。周囲の洪水のような車の流れのなかのどの車よりも、信号待ちをしている群衆の誰よりも、おそらくこのおんぼろのブルーバードが大金を所持しているのではないだろうか。いや、上には上があるものだ。末端価格で十億円以上にもなる覚醒剤を隠匿している暴力団の車と並走しているかもしれないし、バック・ミラーに映っている信号を急ぎ足で渡る女は、時価二十億円の宝石を運んでいるセールス・レディかもしれなかった。そう考えると、布団袋の存在も少し気にならなくなり、肩に入っている力も少し抜けたような感じがした。

ブルーバードは新宿副都心の高層ビル群を右に見て、午前中に伊吹哲哉と話しているときに発砲された新宿中央公園の南側を走っていた。

「父上が神奈川銀行で誘拐されたときのことですが、銀行へは父上ひとりで行かれるのですか」

「いいえ、かならずわたくしがいっしょにまいります」

彼女は自分としてはもっとも地味で活動的だと思っていそうな濃紺のパンツ・スーツに身を包んでいた。結婚式の披露宴に出席してもおかしくないくらいの地味さだった。

「足は車ですか」

「ええ、さきほど駐車場でこの車の隣りに停まっていた、紺色のプジョーです」

「あなたが運転するのですか」

「いいえ、わたくしも運転はできますが、父の銀行まわりは、専務の徳山が運転手として同行いたします。どうしても徳山の都合がつかないときに、都内の近間《ちかま》の銀行の場合ですと、ライブラリーの仲谷が何度か代理をつとめたことがございます」

「では、二十九日のときも徳山さんが運転手ですか」

「はい、そうでした」

「銀行の駐車場に着いたのは何時でしたか」

「二時だったと思います。いつも電話で到着する時間をおしらせしますから」

「それで？」

「銀行の方が車椅子を準備して、出迎えてくれます」

「なるほど」

「あの日は、父の体調がたいへんよかったものですから、車椅子の世話にはならずに、自分でステッキをついて、支店長室に案内されました」

「いつもどおりですか」

「そうです」

「それからのことを話してもらえますか。憶えている範囲でかまいませんから」

「わかりました……支店長室には、柴崎《しばざき》支店長と貸し金庫担当の三田村《みたむら》課長と、それにお呼びしておいた〈ジュエリー伊勢佐木〉の山名《やまな》社長がお待ちになっていました。それでいつものとおり、まず父のわたくしへの委任状——父の代理で金庫室に入るためです——を支店長に提出し、わたくしと三田村課長と山名さんが、地下の金庫室のほうへまいりました。山名さんは金庫室へは入れませんので、外の小部屋でお待ちになります。そこで、わたくしと三田村課長とで、二つの鍵を使って、わたくしどもが借りております貸し金庫を開けます。例の証拠書類その他については、いつものとおり、それがちゃんと保管されていることを確認するだけです……あの日は、少しばかり入用のお金がありましたので、いっしょに保管しておりますオルゴールつきの小箱を取りだして、外で待っておられる山名さんにお渡ししました。箱の中身はダイヤモンドと純金の宝飾品だけです。それを山名さんに見ていただき、入用の七百万円に相当する分をお引き取り願うわけです。例の秘密の証拠書類などといっしょに収められるお金は、祖父の代から、すべてそういう貴金属に替えて、それぞれの貸し金庫に保管されております」

ブルーバードは幡《はた》ヶ谷《や》付近を走っていた。車の量が増えてきたので、速度を四〇キロ程度に落とさざるをえなかった。

「それで、地下の金庫室での用がすんで、支店長室にもどりますと、やはり横浜で祖父の代から昵懇《じっこん》にしていただいている〈相模《さがみ》復古堂〉という骨董商のご主人もおみえになっておりました。父とお約束があったようです。父に、年齢にふさわしく書画骨董にも興味を持ってくださいと注文を出していらっしゃいましたが、あらかじめお話のできていたような直径一〇センチほどの金属製の缶に入ったものをお渡しになって、お帰りになるようでした。たぶん、父のコレクションに関係のある映画のフィルムだと思いますが、わたくしは詳しくはぞんじませんけど、あの大きさですと父のコレクションに欠けている断片かなにかが見つかったのではないでしょうか。入用で出した七百万円のうちから、父はその支払いに五十万円ほど遣《つか》っておりました。そして、復古堂さんがお帰りになるときに、父はお手洗いに行きたいと申しましてね。ふだんなら、徳山がお供をするのですけど、あの日はとても体調がいいから、ついてくる必要はないと、復古堂さんといっしょにそそくさと支店長室を出ていきました。わたくしどもに聞かれずに、なにか、高価な映画のフィルムについての注文でもしたかったのかもしれません。お金のことでは誰に文句を言われることもない身分なのに、コレクターの心理って、あんなものなんでしょうか……それから一〇分ほど経って、父がなかなか戻らないので気になりだしたときに、あのピストルの音がして、銀行の大騒ぎが始まったのでしたわ。ほんとにびっくりいたしました。その騒ぎのなかでも、徳山と手分けして父を捜しまわったのですが、お手洗いにもどこにも父の姿はありませんでした」

「復古堂という骨董屋はどうしたのですか」

「あとで警察のほうの調べでわかったことですが、父とお手洗いの前で、立ち話で五分くらい商談をなさったそうですが、そこでお別れになったそうです。父も大丈夫と言うので、そのまま銀行をあとにしたとおっしゃっていたそうです」

設楽老人の銀行訪問は、本来の目的よりは、恒例化した日常の行事のようなものに変容していたようで、大名行列とまでは言わないまでも、相当おおっぴらなものだったようだ。その方面から誘拐犯人を特定するのはむずかしいのかもしれなかった。

「当座は、駆けつけてきた警察の方たちも銀行の方たちも、ピストルの襲撃事件で二人も怪我人が出ているというのでたいへんでしたから、九十いくつの年寄りが迷子になっているくらいでバタバタするなと言わんばかりで、ほとんど取り合ってももらえないような状態でした。仕方がありませんので、うちに出入りされることのある神奈川出身のある議員の方に、設楽盈彦が神奈川銀行で行方不明になっていることを、徳山から連絡させました。ついでに、官房長官のお耳にも入れていただくようにと……わたくしもパニック状態だったのでしょう。すると、三〇分もしないうちに状況が一変して、父の捜索も本格的におこなわれるようになったのでした。なんでも、総監から警察のほうへの通達は、すでに起こってしまった暴力団絡みのピストル事件と、誘拐のおそれのある高齢の一般市民の失踪事件とどちらが重要事件かという判断もできないのか、という叱責だったそうです」

だが、その〝重要事件〟も正月が明けると、肝腎の失踪者は無傷で帰還することになり、犯人の一味の一人はすでに逮捕されていた。所轄の伊勢佐木署としては、この誘拐事件の捜査にはあまり熱意を持っていないにちがいなかった。一味の残った者が、現在設楽家に対しておこなっている一種の脅迫行為は、彼らには通報されてはいないのだから、熱意の持ちようがなかった。あるいは、事件当座の通達とはてのひらを返したような新しい総監通達が出ていることも充分考えられた。いわく、無事生還した高齢の一般市民をわずらわすような捜査は、別命あるまではくれぐれも控えるように、とかなんとか。

前方に大原の交差点が見えてきた。

「間もなく〝環七〟との交差点ですが、突っ切って向こうへ出ますか。それとも手前で停めて、指示を待ちますか」

返事は携帯電話の着信音がして、設楽佑実子は電話に出た。

「もしもし……ええ、そうです……甲州街道をまっすぐ走るんですね……わかりました」

「諒解」と、私は言って、ブレーキに移しかけた足を、アクセルに戻した。間もなくブルーバードはスロープを下って、環七通りの下をくぐるガードに進入した。

「ガードを抜けてから……わかりました。ちょっと、待ってください」彼女は電話を離して、私に言った。「ガードを抜けたら、教えるように言っています」

三〇秒後に環七通りの外へ出たので、私は彼女に合図した。

「ガードを抜けました……えッ？　環七通りですか。環七通りへ戻るんですか……ええ、環七通りを杉並方面へ北上するんですね……じゃあ、どうしてもっと早く言ってくださらないんですか……」

私は苦笑した。

「もしもし……あら、電話が切れてるわ」

「環七を北上ですね」と、私は言った。「怒っても無駄ですよ。向こうは最初からそのつもりで、われわれを大きく迂回させ、この車を追跡している車がないかどうか、確認しようというのでしょう」

私は和泉《いずみ》給水所のある松原《まつばら》の信号の手前で、後続の車に注意しながらスピードを落とし、信号が変わるのを待って左折した。

「向こうは、わたくしどもの車を監視しているのでしょうか」

「どこかで見ていることは間違いない。なにしろ七億七千万ですからね」

ブルーバードは京王《けいおう》線を越え、和田堀《わだぼり》給水場を代田橋《だいたばし》の駅前で右折し、その先でさらに左折して、大原二丁目の信号から環七通りに入った。そのあいだに、ブルーバードについてきた車が、四、五台あったようだが、途中でスピードを落としていなくなったり、べつの道に姿を消していった。環七通りまで随走してきたのは、馬力のありそうな砂利運搬用のトラック一台だけだった。運転台が高いうえに、あいだに途中から現われた車高のある濃緑色のワンボックス・カーが挟まっていたので、運転席の内部は見えなかった。

私は二度目の大原の交差点で甲州街道の上を通過するあたりから、意識的にスピードを落とした。間もなく女性ドライバーのワンボックス・カーがブルーバードを追い越していき、さらに砂利トラックも追い越していった。そのときも、運転台の中の様子は暗くてわからなかった。

環七通りは、かなりの渋滞で、方南町《ほうなん》の交差点が近づくにつれて、ほとんどノロノロ運転になりかけていた。携帯電話が鳴って、設楽佑実子が電話に出ると、その原因がわかった。

「もしもし……えッ、検問ですって⁉……警察の検問なんですか……ええ、ちょっと待ってください」彼女は電話を離して、私に言った。「このさきで警察の検問がおこなわれているそうです」

「そうらしい。見えてきましたよ」

「どこか脇道にそれて、検問を回避するように言っていますが」

「いや、もう無理です。いちばん右側の車線を走っているから、そんなことをすればよっぽど怪しまれてしまうと言ってください」

彼女が電話に戻って、それを伝えた。「……ええ、そうですね。そうしてください」電話を切って、私に言った。「無事に通過できることを祈る、だそうです」

「気楽な脅迫者だ」

大型の懐中電灯をふりまわしている警察官三名が、それぞれ三つの車線に立って、停止させる車輛と通過させる車輛を選りわけている地点に達するまでには、徐行運転と停止のくりかえしで数分かかった。

「少しリラックスして、私の奥さんに見えるぐらいのほうが、警察の印象は悪くないと思いますが」

彼女はためらわずに私のほうに身をよせた。一番町をスタートして以来の、彼女の香水の匂いがいちだんと強くなった。最後のはかない希望はかなえられなかった。検問で停止させられているのは、私のブルーバードと同種の黒っぽい中型車のようだった。警察官の指示にしたがって、通過していく車を回避しながら、左側の車線に移動し、停止状態でさらに数分待っていると、検問の順番がまわってきた。

「こんばんは」と、ひげ剃りあとの青々とした背の高い警官が挙手の挨拶をした。「免許証をお願いします」

私は準備しておいた免許証を渡した。

「サワサキさんですな」

「サワザキと濁《にご》るんです」

「あ、そうですか。それは失敬」警察官は免許証を返さずに、訊いた。「うしろの荷物はなんですか」

「……布団袋ですが」

「それはわかってます。中身ですよ。なんだか丸くなってデコボコしていて、布団が入っているようには見えませんが」

「ハハハ、バレましたか。しかし、死体が入っているようにも見えないでしょう……中身は実は、商売ものののコアラのぬいぐるみが一〇ダースなんですよ」

「ぬいぐるみのコアラですか。うちの娘たちが大好きで、コアラのグッズを集めとるんだが、どんなやつかな。ちょっと見せてください」

「いいですよ」私は上半身を後部座席のほうに伸ばして、布団袋の紐をほどき始めた。「では、お嬢さんたちにプレゼントしましょう。お嬢さんは何人ですか」

そのとき設楽佑実子の携帯電話が鳴りだした。

「きっと、スズキ玩具店からの催促だろう。ちょうどいま検問に引っかかっていて、少し遅れると言っといてくれ」

「もしもし」と、警察官が言った。「コアラを見せてもらって、ほんとに欲しくなったら困るから、見るのはやめとこう。あんた、まさか、コアラを三匹も抱えて検問はできんでしょう」

「お嬢さんは三人ですか」と、私は訊いて、運転席に戻った。

「そう。お宅は？」

「九十二歳の息子がいます」

「え？」

「いや、九歳と二歳の息子が二人です」

「それはうらやましい」

警察官はようやく私の免許証を返してくれた。

「いったいなんの検問ですか」

「コンビニ強盗が、人質をつれて逃げまわっているんで、二人乗りの乗用車はすべて停めているんですよ」

「女の人質を？」

「いや、女のコンビニ強盗が、男のお客さんの車に乗りこんで、包丁をつきつけているらしい。では、あとがつかえますから、車を出してください」青いひげ剃りあとの警察官が懐中電灯をふりまわした。

　私はブルーバードをスタートさせた。設楽佑実子が電話に戻って、検問を通過したと告げた。

「……このまま環七通りを走って……高円寺《こうえんじ》で左折して青梅街道に入る……新高円寺でさらに左折して五日市《いつかいち》街道に入り、そのまま走るんですね」

　設楽佑実子の顔が、指示された行程を私が理解したかどうかを訊いていた。

「諒解」と、私が言うと、彼女はうなずいて、電話に戻った。

「でも、どうしてこんなに方々走らせる必要があるんでしょうか。わたくしどもは例のものをいつでもお渡しする用意ができているんですよ。人質と交換するとか、そちらにあるなにかと交換するとか、そんな面倒なことは一切ないじゃありませんか……えッ？　そんな車のこと、わたくしはなにもぞんじませんわ……」彼女はしばらく相手の声に耳を傾けていた。

「……とにかく、一刻も早く例のものを引きとるようにしてください」

　設楽佑実子は電話を切った。「向こうが慎重になっているのは、この車のうしろにときどきトラックがつけているような様子があるからだと言っています」

「さっき、甲州街道から迂回して環七通りに入ったとき、後方にいたトラックは、われわれを追い越していったんだが」

「そんな車のことは何も知らないと申しますと、あなたは知らなくても、設楽のうちのあなた以外の誰かがなにかを企んでいる可能性もないとは言えないので、こっちの納得のいくやり方で受けとらせてもらうと言っていました」

彼女はじっと私の顔を見つめていた。〝あなた以外の誰か〟に私がふくまれるかどうか思案しているような表情だった。

「そのトラックにしろ、ほかのどんな車にしろ、少なくとも私は、このブルーバードを追跡するように手配したり、なにか企んだりした憶えはありませんがね」

「そんなことはわかっていますわ。あなたならそんな面倒なことをしなくても、一番町からここまで走ってくるあいだに、うしろの布団袋の中身をあなたのものにする機会はいくらでもありましたもの」

「そうしなかったことに、あきれているような口ぶりだな」

「そんなはずはありませんわ……わたくしはたしかに、お金というものに一定の価値はおいていますが、だからと言って、お金がすべてだとは考えておりません」彼女はウィンドーのほうに視線を移して、小さな声で言い足した。「でも、そんなふうに見えるのだとしたら、ちょっと残念ですわ」

検問を抜けたあとの車の流れはスムーズになり、前方に高円寺の陸橋が見えてきた。ブルーバードを左の車線に移動させて、青梅街道との交差点の信号で停止した。バック・ミラーを注意深く見てみたが、後続車にそれらしいトラックはいなかった。信号が青になると、左折して青梅街道に入った。

「税所義郎《さいしよしろう》という名前に心当たりはありませんか」

設楽佑実子は急に話が変わったのでとまどっているようだった。「……いいえ、ぞんじません」

「本人は警視庁の〝公安〟だと称していたのですが、でたらめだった。名前も偽名でしょう。それがバレると、こんどは台湾人の李國基《りこくき》だと名乗ったんですが、この名前はどうです？」

「いいえ、その名前もうかがったことはありません」

私は税所＝李の人相やからだの特徴を、変装の疑いのある部分をさしひいて、かいつまんで話した。

「そういう方で、すぐに思いつくような人は、誰も心当たりがないようですけど」

「その男は、あなたの父上とそのまた父上が二代にわたって政界の裏側で果たしてきたという役割のことを、かなり詳しく知っていましたよ」

ブルーバードは地下鉄丸ノ内線の新高円寺駅がある五日市街道入口を左折した。

「そのこと自体は、それほど不思議なことではないと思いますわ。うしろにある布団袋の中のものを届けられた方々は、当然皆さんそのことをごぞんじなわけですから。延べ人数にしますと、八十七人でした」

「延べ人数？」

「ええ、どうにも心配らしくて、二度も例の〝保険料〟を届けられた方がいらっしゃいますので」

「八十七人ということは……平均九百万円ぐらいか」

「上は千五百万円から下は三百万円まで、でした」

「意外にケチくさいというか、権力の座というのは安っぽいものなのだな」

「八十七人と申しましても、なにしろ与野党区別なしですから……つい先日も、ある方がまさか共産党はこういうことには無関係でしょうとおっしゃいますので、さようですとお答えしておきました。あちらも周期的に大躍進の年がございますでしょう。そういうときはなかなかどうして、保守系どころの話ではございませんのよ。もともと本家本元のお国からして、権力闘争の本場みたいなところだったとうかがっておりますから……それはともかく、八十七人というのは現在だけのことでございますからね」

「戦後だけでも、父上のところへいったい何人の連中が、おたがいの秘密とその預け賃を運んできたのか、想像もつかない数字だな」

「その方々のうち、権力の座への道のりをそれなりに順調に歩み、昇りつめるかどうかはともかく、それなりに満足のいく結果をえて、つぎには自分の後継者や派閥の後押しをしながら、徐々に政界の中枢から遠ざかっていくという、つまり権力コースを順当に昇り降りした方々にとっては、父が持っていた役割というのも、存在意義のある有効な制度として、今後も維持し遵守《じゅんしゅ》すべきものでありつづけるのではないでしょうか。でも、その権力コースからなんらかの理由ではみ出した方々にとっては、あんな制度は何の役にも立たないものであり、大事に守らなければならない秘密でさえなくなるにちがいありません。先日、新聞に学歴詐称を暴露された議員などがそういうタイプの典型ではないでしょうか。もう、こんな制度に関わっていたことさえうっかりしていらっしゃったわけですもの。こういう方の口からはいつ秘密がもれても不思議ではありません。そして、ある日突然こんどのように自分についての暴露記事を目《ま》の当たりにして、愕然となさるのですわ。あの記事が出たとき、父にあの議員さん自身が委託されたどなたかの秘密はあるのかと訊ねてみますと、二件ほどあるのだそうです。それもかなりの実力者の方たちの秘密が……でも、破れかぶれになったり、腹いせのようなことで、その秘密を公表なさったりはされていないようですから、まだ良識は残っていらっしゃるのでしょう」

「それを良識と呼べるならだが……あるいは、公表するというやり方ではなく、少し立場の悪くなった自分の現在の地位を恢復《かいふく》するために、もっと有効な利用方法を考えているのかもしれない」

「そうかもしれませんわね。でも、わたくしが父から聞いております話では、いったん父に委託した秘密を、政局における然るべき理由も要請もなく、自分の都合や利益だけで勝手に公表してしまう行為は、永田町そのものへの背信行為として、政治家としての将来を自分の手で葬ることになる、と聞いております。まず、その人物に関して父が保管している秘密は、ただちに公表するように要請があり、速やかに公表されることになるそうです」

「それこそ、永田町のもっとも永田町たる所以《ゆえん》だな」

「そういうわけですから、父が果たしている役割の秘密の制度は、かぎりなく守られているようでもあり、またかぎりなくもれがちである……と言えるのではないでしょうか」

「つまり、誰が知らなくてもおかしくないし、誰が知っていてもおかしくない、ということですか」

私は、それこそ、ほら話のもっともほら話たる所以だ、とは付け加えなかった。

「あなたのおっしゃった方が、このことを詳しくごぞんじだったとしても、とくに不思議ではないと——」

設楽佑実子の携帯電話が鳴り、彼女はすぐに出た。

「もしもし……ええ、ちょっと待ってください」彼女は私に訊いた。「五日市街道に入っていますか」

「ええ、間もなく成田南《なりたみなみ》三丁目の信号だ」

彼女がそう伝えた。「ええ……すぐに、宝昌寺《ほうしょうじ》川を渡る橋があるんですね……その橋を渡ったらすぐ左折して、川にそった脇道に入る……入ったところですぐに停止する……わかりました」

「諒解」と、私は言った。

「車を停止させたら、教えるように言っています」

指示どおりに、橋を越えたところで左折すると、私はブルーバードを停止させた。

「停まりました」と、彼女は電話に戻って言った。「ええ……それから？　あ、もしもし」

電話は切れたようだった。

「ここで、次の電話があるまで待機するように、と言いました」

後方をふりかえると、左側のウィンドー越しに、宝昌寺川を渡る橋を通過していく車の流れが見えた。ということは、橋を渡る車からもこっちのブルーバードを見ることができるというわけだ。電話の相手のスズキ・イチローは、ここで何をしようというのだろうか。私は三つの可能性を考え、四つめの可能性を考えている途中でやめにした。左手は川で、右手には緑地がひろがるこの停車地点は、この時間にはほとんど車の進入もなく、周到に選ばれた場所であることが推測できた。

私は上衣のポケットからタバコを取りだした。喫煙の許可を得ようとすると、設楽佑実子も脇においたハンドバッグを取って、なかからタバコとライターを取りだした。きのう設楽邸の書斎では、彼女はタバコは喫わなかったはずだ。タバコは外国製の知らない銘柄だったが、ライターはデュポンの金と黒の漆張《うるしば》りだった。私がタバコをくわえると、そのライターで火をつけてくれた。腕時計で時間を確かめると、九時十七分だった。一番町を出てから、すでに二時間近く動きまわらされたことになる。銀行に、七億円を二時間預けたら、利息は……一円もつかないか。

25

設楽佑実子はタバコを喫っているあいだに、問わず語りに自分の身の上話を聞かせてくれた。心理学者だったら、時間と場所を拘束された閉塞状況での、カタカナ語つきの心理作用だと説明するかもしれないが、そんなことはどうでもよかった。「九十二歳の養父と三十三歳の養女ではいかにも不審に思われるでしょうから」と前置きしてから、彼女は話しはじめた。

設楽佑実子は東京近郊の〝短大〟を卒業したあと、二十歳のときにある商事会社に就職したが、二年もたたないうちにその会社が倒産してしまった。その会社の重役用の社宅として契約されていた〈根来レジデンス〉の一室を解約するために、彼女が〈根来不動産〉を訪れたとき、当時社長の椅子に坐っていた設楽盈彦の最初の妻の甥にすすめられて、そこに再就職することになった。

翌年に、設楽盈彦の二度目の妻――内縁関係だった――が大病し、彼女も看病を手伝っているうちにあえなく死亡した。八十三歳の設楽盈彦と二十四歳の彼女は、その〝四十九日〟がすむころには、愛人関係になっていた。やがて、設楽盈彦には彼女と結婚する意志もなく、子供をもうける気持——あるいは能力——もないことがわかると、彼女が彼に抱いていると信じていた愛情もしだいに薄れていった。

一年後、彼女は音楽家を志している同世代の若者と恋におちて、根来レジデンスを去った。それからさらに半年後、その恋人と別れてしばらく経ったころ、設楽盈彦が彼女を訪れて、自分のそばへ戻ってきてもらいたいと懇願した。さらには、交通事故で急死していた義理の甥のあとを継いで、根来不動産の社長も引きうけてほしいと懇願した。翌日、二人は正式に養父と養女の関係になった。設楽盈彦が八十五歳、彼女が二十六歳のときのことで、以来七年間、彼女は根来レジデンスの女主人の役をつとめてきたのだった。

「ほかにお知りになりたいことはございませんか」彼女はタバコをダッシュ・ボードの灰皿で消しながら言った。

「では、ついでにと言ってはなんだが、徳山専務のことを」

「ほかへは一切もらさないということで、お願いできますか」

「もちろん」

「徳山は日本人ではありません。彼は、彼の生まれた国では〝時効〟がないとされている重罪を犯して、国外逃亡中の身の上だと聞いています。そのことを知っている者は、父とわたくしと、彼の国のある人物だけだそうです。父はその人物にある金額のお金を毎年支払っております。大した金額ではないのだそうですが、彼の国では四人家族が楽に一年以上は暮らせるほどのものだそうです」

「父上が亡くなられたら？」

「わたくしがその役目を受けつぐことになるでしょう。そういう事情があるので、彼には根来不動産の管理だけでなく、父の秘密の役割のお手伝いも安心してまかせることができるのです。彼は父の機嫌さえそこねなければ、この日本で安穏な一生を送ることができます。現に、日本名もあれば、誰からも疑いをもたれる心配のない日本国籍もあり、〈根来不動産〉の誰よりも流暢な日本語を話せます。そして、フランス人のかわいい奥さんや三人の子供と幸せな家庭を築いています」

「そういう立場を幸せと感じられるかどうかは、人によって差があるのではないだろうか」

「それはおっしゃるとおりでしょう。でも、あなたは彼の家庭を一度もごらんになったことがありませんもの」

少なくとも徳山は、正面切って設楽父娘に叛旗《はんき》をひるがえすことができないことは確かだった。しかし、本人は何食わぬ顔で、誰かを手先に使って、設楽老人誘拐に始まった一連の事件に加担することも、あるいは事件を主導することも、不可能ではなかった。あるいはまた、七億七千万円をかっさらって、地の果てまで逃亡しようという衝動を起こさないとは、誰にも断言できなかった。とは言うものの、設楽佑実子が話した徳山の経歴に嘘がなければ、この事件についてはいまのところ〝クロ〟であることを示すようなものは何も見当たらなかった。

「何時になりましたかしら」と、彼女が訊いた。

「九時四十七分です」と、私は腕時計を見て答えた。「車を停めてから、すでに三〇分が経過したことになる」

後方の五日市街道の車の流れは、だいぶ少なくなっていた。五日市街道からそれて、私たちが停車している宝昌寺川ぞいの道に進入してくる車はもうほとんどなかった。まわりをうろうろしているようなトラックの姿もなかった。

スズキ・イチローはブルーバードの停車時間を三〇分と決めていたようで、ようやく設楽佑実子の携帯電話が息を吹き返した。

「もしもし……ええ……五日市街道に戻って……それから、青梅街道に戻る……青梅街道を西へ、荻窪方面へ走る……すると、左側に〈ポルカ・ドッツ〉というファミリー・レストランがあるんですね……すぐに……店の中に入って……ええ……わかりました」彼女は電話を切った。

「〈ポルカ・ドッツ〉の場所はわかりました?」

「わかった」

「そこへ行って、車を駐車場に停めたら、キーはつけたままで、例の荷物も後部座席においたままで、店の中に入って、好きなものを注文しろと言っていました」

私はうなずいて、ブルーバードをスタートさせた。

十時ちょうどに、私たちは〈ポルカ・ドッツ〉の駐車場に面した窓側の座席に腰をおろした。店内はあまり混んでいなかったので、すぐに注文を取りにきた黄色い水玉模様の制服のウェイトレスに、コーヒーを二つ頼んだ。

「また、ここでも長い時間待たされることになるんでしょうか」

「いや、こんどはすぐに現われるはずだ。スズキ・イチローが、そのへんの車泥棒に七億七千万を恵んでやるような慈善家だとは思えない」

「そう言えば、どうして、あなたの車のキーをつけたままに——」

そのとき、着信音を切っていた設楽佑実子の携帯電話が、振動で着信を知らせたようだった。

「かかってきました」と、彼女は言って、電話に出た。「もしもし……ええ……これから受けとりにくるんですね……何があっても、席を立たないように……わかりました……両手を組んで合図する……ええ……例の荷物を積みかえたら……もう一度電話をするんですね……わかりました」彼女は電話を切った。

電話が切れたのとほとんど同時に、レストランの入口から白っぽい軽トラックが入ってきた。軽トラックはほとんど迷わずに、ブルーバードが停まっている一角に進んできた。目的の車は、レストランの窓から見える位置に停められているにちがいないと踏んでいるのだ。軽トラックはいったんブルーバードの前に出て、こんどはバックしながら、ブルーバードの向こう側に並んで、停車した。

軽トラックの運転席は暗くて、顔のあたりはほとんど見えなかった。ハンドルにおいた黒い手袋をはめた手と、それにつながる黒っぽい上衣の腕の部分が、駐車場の明かりでちらりと見えただけだった。助手席のドアが開いて、男が一人降りた。トレード・マークだったはずの野球帽に革ジャンパーではなく、黒い毛糸の帽子に、黒っぽいダウン・ジャケットを着ていた。サングラスをかけていたが、設楽盈彦がスケッチに描いた濃い眉や大きな鼻や分厚い唇ははっきり見えていた。男は私たちのほうを向いて、組んだ両手を頭上にかざして二、三度ふって見せた。気分はチャンピオンというつもりらしかった。

男はブルーバードの後部座席のドアを開けると、布団袋の上にかがみこんでなにかをしていたが、ここからは暗くてよく見えなかった。中身をすばやく確認するために、袋の一部を切り裂いているのかもしれなかった。しばらくすると、男は布団袋を引き出しにかかった。一人ではかなり重いはずだが、引き出せない重さではなかった。やがて、布団袋は二台の車のあいだにおろされたようで、毛糸の帽子が上下に揺れながら、布団袋を軽トラックの後部へ引きずっていくのがわかった。トラックの荷台のテール・ゲートは開けたままになっていた。こんどは、布団袋をトラックの車体にそって転がすようにして、荷台に押し上げはじめた。かなり苦労している様子がわかったが、中身のことを考えれば、いくらでも馬鹿力を出しそうだった。

「お客さん」と、ウェイトレスがいきなりそばで声を出した。私も設楽佑実子も飛びあがるくらい驚いた。コーヒーを運んできた彼女も、私たちと同じ方向を見ていた。「あれは、お客さんの車とお荷物じゃありませんか。あれ、泥棒じゃないんですか」いまにも大きな声を出しそうだった。

「いや、心配しないでいいんだよ」と、私は急いで言った。「あれは、布団も買えないかわいそうなおれの友達なんだ。使い古しを譲ってあげるんだよ。積みかえが終わったら、こっちへくるさ」

「なんだ、そうですか。あたしはまた、てっきり泥棒じゃないかと思っちゃった」ウェイトレスは私たちのコーヒーをテーブルにおくと、笑いながら厨房のほうへ引きあげていった。

駐車場では、男が布団袋を荷台に上げ、折りたたんでいたシートをかぶせると、テール・ゲートを閉じた。男はブルーバードの開いていた後部座席のドアを閉めると、ジャケットのポケットから携帯電話を出して、かけた。

「かかってきました」設楽佑実子が電話に出た。「ええ、見ていました……えッ、なんですって⁉」彼女は電話を離して、私に言った。「ブルーバードを借りると言っています。さっき停車していた、宝昌寺川の橋のそばにおいておくそうです」

「そうだろうな。すぐに追跡されないように用心しているのでしょう。ちょっと電話を代わってもらえますか」

設楽佑実子はためらわずに電話を渡した。私は携帯電話をほとんど使ったことがないので、話しづらかった。

「お手並み拝見した」

「おまえは、運転をしていた男か」

白っぽい軽トラックが警笛を一回鳴らして、スタートし、レストランの出口へ向かった。

「虎の子は、相棒まかせにしていいのか」

「……フン、よけいなお世話だ」男は少しあわてた様子でブルーバードに乗りこみ、エンジンをスタートさせた。

「聞いてるか、運転手」

「一つだけ忠告しておくことがある」と、私は言った。

「それはこっちのセリフだ。いいか、世の中には、金を運ぶだけの人間もいれば、その金で思いっきり贅沢をする人間もいるってことだ」

電話が切れ、ブルーバードは音だけはＦ１レースのスタートのような摩擦音を立てて、駐車場を飛び出していった。

携帯電話を返そうとすると、設楽佑実子は放心状態にあるような蒼《あお》い顔をしていた。

「あなたにこの仕事をお願いしたのは間違いでしたわ。いまここで、あの人たちを捕まえてくださいと言えない自分が、情けなくて……」

「いまからでも遅くはない」と、私は言った。「彼らを捕まえて、奪われたものを取り返しますか」

「取り返せる自信がおありなのですか」

「自信などはない。だが、依頼された仕事に失敗したのは、成功したよりも少ないはずだ」

「取り返したものを、どうなさるつもりですか」

「うまくいけば、無事に設楽邸の元の部屋に戻ることになる。しかし、保証はできないな。彼らの抵抗の仕方によっては……そう、警察沙汰にならないという保証はない」

「そうなれば……」

「すべてが明るみに出てしまうことも覚悟しなければならない」

設楽佑実子は私の顔を三〇秒ほど見つめていた。動かぬ表情の裏側で、彼女の半生から紡《つむ》ぎだされる無数の思惑がうごめいているようだった。それから、ゆっくりと首を横にふった。

「わたくしには、とうてい父の命を縮めるようなまねはできませんわ。あなたには、結局、いやな仕事を押しつけることになってしまいましたね」

「私は、かつて誘拐の身代金を相手の罠にはまって奪いとられたこともある。それに較べれば、ずいぶんと楽な仕事だった」

「その相手は、きっとあなたの手で捕まえたのでしょう？」

私は携帯電話を彼女に渡し、黙ってコーヒーを飲んだ。設楽佑実子は設楽邸に電話を入れて、今夜の首尾を手短かに話した。

26

　私はレストランの前でタクシーを拾うと、設楽佑実子を乗せて、五日市街道の宝昌寺川を渡る橋のところまで同行した。スズキ・イチローが言ったとおり、たしかにブルーバードは川ぞいの脇道に停められていた。夜目《よめ》にも、長年仕事をともにしてきた車のうしろ姿は見分けがついた。

「今夜はもう遅いから、あなたは、このタクシーで帰ったほうがいいでしょう」

「ごいっしょしないでかまいませんかしら」

「私も、そのほうが楽ですから」

「そうですか。きょうはご苦労さまでした。本当にありがとうございました」

「あした、連絡します」

　私はタクシーを降りると、タクシーがUターンして青梅街道のほうへ走り去るのを見送った。それから、川ぞいの脇道へ出て、三〇メートルほど先に停車しているブルーバードへ向かった。昼間の陽気に較べると、さすがに夜の川べりの道は気温が下がっていて、寒かった。ブルーバードはべつに異常はなかった。運転席のドアを開けると、キーもちゃんとついていた。布団袋がないのは、あのレストランの駐車場で引きずり出されたのだから当然だった。そこにあるときは、大したものじゃないと思っていたのに、いざなくなってみると、ぽっかりと大きな穴が開いたように思えてくる――それが金銭のいちばんの特性のようだった。未練がましいぞ、探偵。

ブルーバードには異常はなかったが、道行《みちゆき》でもするつもりのようにブルーバードと並んで停車している濃緑色のホンダのアコードはいささか異常だった。

私はブルーバードのキーに手を伸ばしてライトを点灯させた。アコードの車体が夜の闇に浮かび上がった。車内に人影はなく、不気味に静まりかえって停まっていた。私はダッシュ・ボードの物入れから、懐中電灯と手袋を取りだした。柄《え》の部分に〝単一〟の電池が縦に三個入る、長さ三〇センチの大型の懐中電灯だった。私はブルーバードを離れて、アコードに近づいた。懐中電灯の明かりで車内を照らしてみたが、とくに何も変わったところのない普通の乗用車だった。念のために手袋をはめて確認すると、ドアも、トランクもロックされているし、キーもつけっぱなしではないし、後部座席に怪しい布団袋もなかった。偶然同じ場所に駐車しているだけの車だと思いながら、車の前方にまわると、この懐中電灯を手にしたときに不思議と出くわすことになる死体が、左の前輪のそばの地面に転がっていた。毛糸の帽子もなくサングラスもかけていなかったが、人相と黒っぽいダウン・ジャケットからスズキ・イチローであることはすぐにわかった。眼は見開いたままで、ダウン・ジャケットの胸の二カ所に左右対称に黒い穴が開いており、首の右側から耳のうしろにかけて赤く血に染まっているのが見えた。

それは死体ではなかった。右手に持っていた回転式の拳銃がゆっくりと持ちあがって、私の腹のあたりを狙った。

「道連れにしてやる」と、男は小さいがはっきりした声で言った。

彼の右手に力が入るのがわかったが、私はまったく動けなかった。なかなか引き金を引くことができず、やがて彼の右腕全体がブルブルとふるえだした。「くそッ」という罵声《ばせい》といっしょに、拳銃を持った右手が地面に落ちた。その瞬間がいちばんの恐怖だったが、幸い銃弾は発射しなかった。私はこわばっている足を無理に動かして、銃口を頂点として形成される二等辺三角形の射程範囲から脱出し、男の左の肩口のそばに身をかがめた。

「誰がおまえを撃ったんだ？」

男は少し息を吸いこむと、吐きだしながら言った。「ト、トラックに……」

「白いトラックに乗っていた、相棒か」

男は眼を閉じたまま、かすかに首を横にふった。「ち、違う……それは」

「では、誰だ？」

男は閉じていた眼を開けたが、何も言わずに、また眼を閉じた。首筋をさらに血が流れた。

「トラックとは、砂利運搬用のトラックのことか」

「そうだ」男は深呼吸すると、気力をふりしぼって言った。「ブルーバードを降りて、おれの車に向かったとき……あのトラックが、うしろから走ってきた……いきなり、一発撃たれた……死んだかどうか、見に降りてきやがったやつに……一発お見舞いした」

「相手を撃ったのか」

「あ、足を……」

「足に当たったんだな?」

「たぶん……こっちも、また撃たれて、う、撃ち返そうとしたら……逃げていきやがった」

「相手は、運転手と二人か」

男は眼を閉じたまま、かすかにうなずいた。

「知らない男たちか」

反応がなかった。

「こんなこともあろうかと、おまえに忠告しようとしたんだが、おまえは聞かなかった」

やはり反応がなかった。

「救急車を呼ぶ」

立ち上がろうとすると、男が眼を開けた。

「無駄だ……おれは、あいつを……ど、どこかで、見たことがある」

男は眼を閉じて、全身の力を抜いた。さっきまで、ときおり波打っていた胸部が動かなくなった。

「どこで見たのだ?」

まったく反応がなかった。男の左手の手首をつかんで、脈を探ってみたが、なんの動きも感じられなかった。私は手を離して、立ち上がった。世の中には、金を運ぶだけの人間もいれば、その金を使って思いっきり贅沢をする人間もいる。そして、その金のせいで命を落とす人間もいるということだった。

人通りの絶えた川べりの道で、周囲に民家も見えなかったが、三発もの銃声は誰かの耳に届いている可能性が高かった。この場に長居するのは賢明なことではなさそうだった。男の所持品やアコードの車内を調べてみたかったが、それは警察にまかせるべき仕事だった。だが、男の携帯電話だけはべつだった。ダウン・ジャケットの右のポケットで見つけると、自分の上衣のポケットに移した。殺人現場から〝物証〟を持ち去るのは、相当な犯罪にちがいなかった。

私はブルーバードに戻って、その場を走り去った。五日市街道で最初に見つけた電話ボックスから、匿名で救急車を呼び、匿名で警察に通報した。私と間違えて殺されたおそれのある男だったが、彼のためにしてやれることはもはや何もなかった。

27

翌朝、アパートを出るまえにコートの襟を立てていると、もっぱら送信専用でベルを鳴らすことのない電話がめずらしく鳴った。私はリビングに戻って、受話器を取った。新宿署総務課の田島警部補のしわがれ声だった。アパートの電話番号は錦織《にしごり》警部から聞いたにちがいなかった。

「李國基《りこくき》などという嘱託は、〝臺北《タイペイ》代表處〟にはいない。そもそもあそこには嘱託というものが存在しないそうだ」

「そうか」

「あんたは、こういういかがわしい連中とばかりつきあっているようだな」

「連中ではない、一人だ。このあいだの税所義郎と同一人物だ」

「警官詐称が、こんどは外交官詐称か。もっと罪が重いじゃないか。なぜすぐに連絡しないんだ？」

「一一〇番しようとしたら、逃げ出してしまった」

「なぜ私に連絡しないんだ？」

「名刺を届けた」

「そのまえに出頭して、そいつの人相などを供述しておくべきじゃないか」

「そのつもりで訪ねたら、留守だった」

「あんたは……新宿中央公園などで狙撃されるような、なにをしているんだ？」

どこかで聞いたような台詞《セリフ》だった。新宿中央公園で、筒見課長が伊吹哲哉に同じようなことを言ったのだ。

「それがわかっていれば、昨夜、杉並区成田南の宝昌寺川べりのアコードのそばで死んでいた男は、まだ生きていたかもしれない」

「なに？　あんたはあの殺しにも関わりがあるのか⁉」

「殺しに関わりはない。男の身許は割れたのか」

「所轄が違うから、詳報は入っていないが、たしか、車にあった免許証からホトケの身許は判明しているはずだ」

田島が書類をめくっているような音が聞こえた。すでに公表ずみの書類らしかった。

「名前はスズキ・イチローか。いや、そんなはずはないな」

「鈴木《すずき》良知《よしとも》、三十七歳。住所は、川崎市の中原《なかはら》区になっている。ただし、この免許証には偽造の疑いがあり、現在調査中であると付箋《ふせん》がついている」

「そうか。鈴木良知も本名とはかぎらないな」

「いずれにしても、拳銃を手にしての殺しの被害者だ。杉並署はおそらく暴力団絡みの線で捜査を開始しているだろう」

「これから言うことは、匿名の情報だと思って聞いてもらいたい。年末の神奈川銀行での二つの事件の別所文男と設楽盈彦に、鈴木良知の遺体の顔写真を確認させてくれ」

「どういうことだ、それは？」

「設楽盈彦を誘拐監禁し、同時に別所文男を拘束監禁した一味の一人だ」

「あんたがなぜそれを知っているんだ？」

「匿名の情報だと断わったはずだ」

田島警部補は不服そうな呻《うめ》き声を出した。「すぐに出頭しろと言ったって、聞くようなあんたじゃないから、いまはこれで切るが、このままではすまんよ」

「ちょっと待て。有力な情報がいくつかある。鈴木良知を撃った犯人は、二人組で、砂利運搬用のトラックに乗っていたようだ。一人が鈴木を撃ったが、そいつも鈴木に足を撃たれている可能性が高い。以上だ」

「わかった。切るよ」

私は受話器を戻して、アパートをあとにした。

西新宿の事務所に着くと、私は義理の兄弟である伊吹哲哉と安積武男にそれぞれ電話を入れて、あることを頼んだ。二人とも喜んで同行しようと応えたので、現地での集合時間を午後一時と決めた。それから、上衣のポケットから殺人事件の〝物証〟である鈴木良知の携帯電話を取りだして、鍵のかかるデスクの引き出しにしまった。残念ながら、昨夜手に入れて以来、一度もかかってこないので、せっかく重罪を犯した甲斐がなかった。

ストーブに火をつけて、温度の調節をしていると、廊下を歩いてくる足音がして、事務所のドアをノックする音が聞こえた。

「どうぞ」と、私は応えた。どうせ重罪を犯すぐらいなら、いっそ鈴木の手の中にあった拳銃も持ち去ってくれればよかったと、本気で思った。

ドアが開いて、〈池袋クリミナル・エージェント〉の事務員の宗方毬子が顔を出した。

「よろしいですか」

「入りたまえ」

彼女は事務所の中に入り、コートを脱ぐと、来客用の椅子に腰をおろした。

「実をいうと、あまりよろしくないのだ」

「あら、お出かけですか」

「……いや」

「それとも、来客の予定でも」彼女はちょっと腰を浮かしかけた。

「そういうことじゃない。きみは探偵事務所につとめている人だから言うが、私の近くにいることはあまり安全ではなさそうなのだ。きのうの朝は新宿中央公園で誰かに銃で撃たれそうになったし、きのうの夜は、私のブルーバードに乗っていた男が、やはり銃撃されて殺された」

「まァ、本当ですか」と、彼女は驚きと不安の混じった表情で言った。「……その男は、あなたと間違えられたのでしょうか」

「そう考えたほうがつじつまが合いそうだ」

「やはり、新宿署の地下駐車場での狙撃事件が原因なのですか」

「おそらく」

「じゃあ、きょうはわたしがこないだのお返しに、お昼をご馳走するつもりでうかがったのに、だめでしょうね？」

「それは、うれしいかぎりだが、きょうは無理だな……でも、どうしたんだ？　健気な奥さんとしては、そんな無駄遣いは許されないはずだ」

「さっき、わたしを探偵事務所につとめているとおっしゃったけど、わたし、きょうで退社したんです。退職金もちゃんと出て、わたしはいまちょっと金持なんですよ」

「ほう……しかし、ご亭主もきみも辞めてしまって、どうやって生活しようというのだ？」

彼女の顔が少しくもった。「やはり、矢島弁護士事務所で水原のことを調べたんですね。あなたなら当然のことだわ」顔がまた明るくなった。「でも、それはおとといのことでしょう？」

「そうだったか」

「じゃあ、さすがのあなたでも、わたしと水原がきのう結婚したことも、きのうの最終便で、彼がパリへ発《た》ったことも、知らないでしょう？」

「正月そうそう忙しい夫婦だな」

私はデスクの上のタバコを一本取って、火をつけた。

「まったくね」彼女もバッグからタバコを取りだした。「でも、彼のパリ行きのことをお話ししたら、あの人にかかっている疑いもきっと晴れると思うの」

「聞かしてもらおう」

「まず、彼の長年の夢だったパリ行きをすすめたのはわたしです。もちろん、彼は大喜びしたけれど、問題は向こうまでの旅費と向こうでの滞在費、つまりお金のことなの。わたしたちは、この五、六年、二人で仕事をするようになってからはずいぶん経済的に余裕ができていたから、少しずつ貯金をしていたんですよ。いつの日か、彼が画家の世界に戻るのは確かなんだから、その日のためにとね。その貯金が五百万円とちょっとあったんです。彼はね、最初はパリ行きには三百万円しか持っていかないと言いはってきかないんですよ。それで最低半年は向こうで頑張って、足りなければアルバイトをしてでも――彼はフランス語は日常生活に不自由がないくらい話せるから、それだけでなんとかなると言うんです。だけど、わたしは最低でも一年間は滞在しなきゃ、本当の勉強はできないから、貯金は全部持っていきなさいって、それでまた喧嘩……」

彼女はタバコに火をつけて、一息ついた。「でもね、結局はわたしの言うことが本当なんだから、彼も最後には納得して、全部もっていくことを承知してくれたんです。それで、わたしも安心して、池袋の仕事を辞めて、わたしの長年の夢だった美術館関係の仕事を捜してみるって言ったんです。ううん、そういう仕事はそんなに右から左には簡単には見つからないでしょうけど、公立はダメでも私立の美術館ならなんとかなるかもしれないし、ダメだったら、そういうことに関係のある周辺の仕事から始めてもいいんだし、とにかく、わたしも彼の留守中は思いっきり好きなことをして過ごすって言うと、彼もやっと明るい顔になったわ。そして、おれたちどうして、きょうまでこんないいことを思いつかなかったんだろうって……だから、彼があなたに疑われるようなことに関係しているはずがないってことは、おわかりでしょう?」

私は彼女の言い分を理解するために少し時間が必要だった。彼女はタバコの煙りを自分の右肩のあたりに静かに吐いて、タバコの灰をそっと灰皿に落とした。黒いW型の灰皿はすでに二人の中間の位置に移動させてあった。

「……つまり、きみの言おうとしていることは、もし彼がなにかの犯罪に関係しているとすれば、それによって少なくない報酬を得ているはずであり、そういうきみの知らないお金を彼が持っているなら、きみたちの貯金の全額を、彼がパリへ持っていくはずがない――そういうことだな?」

「ええ、そうです。それは絶対です。彼のそういうお金に対する感覚っていうか、どうにもならない性癖っていうのか、わたしはそれをいやというほど知りつくしているもの」

宗方毬子は少し考えてから、さらに言葉をつづけた。「それがまず一つで、もう一つは、もし彼がなにかの犯罪に関係しているとすれば、彼の日本脱出は一種の逃避行のような意味を持つことになってしまうけど、もしそうだとしたら、彼はけっしてパリへは行かないわ。彼にとってのパリは、心もからだも一〇〇パーセントでなければ、一歩も足を踏み入れてはならない〝聖地〟なんですから……けっして、逃亡の地として選べるようなところじゃないんです」

「……なるほど」と、私はタバコを灰皿で消してから言った。

「でも、なるほどって顔つきじゃないわ。わたしの話を信じていないんですね。彼の潔白を信じていないんですね」

「いや、そうでもない。きみの話は信じられるのだ。しかし、きみの言う彼の潔白の証明があまりに理窟が通っていないので、むしろそのために、彼の潔白を信じさせられつつある、というところだ」

「そんな……彼がいったいなにをしたと疑っているんですか」

「電話の連絡だ」と、私は答えた。「あの狙撃事件で、私はたまたま狙撃犯たちの狙撃直前の行動を目撃することになった。彼らは、狙撃のおよそ二分ぐらい前に、携帯電話にある連絡を受けている。狙撃の標的となる人物がいまエレベーターでそっちへ降りていくという、わずか数秒間の電話連絡だ。だから、あのとき新宿署の三階周辺にいた者には、すべてその電話をかけた可能性があるというだけの、実に漠然とした疑いなのだ。現に、私はきみのご亭主だけでなく、〈矢島〉の菊池弁護士にも、彼が会っていた磯村という弁護士にも同じ程度に、その疑いを抱いている。ただ、きみのご亭主がいちばん気になるのは……まさにきみのご亭主だからだ。なぜそのことにこれほどこだわるのかというと、その電話をかけた人物を特定できれば、それが主犯格の人物であろうと、単なる電話係であろうと、あの事件を一挙に解明できるはずだからだ」

宗方毬子はさっきからただ燻《くゆ》らせていただけのタバコを、ほとんど無意識に灰皿で消した。少し顔色が蒼ざめていた。狙撃事件に関わる彼の疑いの話をしていたのだから、それほど驚くことではないはずだった。

「どうしたのだ？」

「きっと、彼の潔白を証明できるわ……でも、もし万一、彼が潔白でなかったら、それも証明することになるかも――」

彼女は急いで膝の上においたハンドバッグを開けると、携帯電話を出してデスクの上においた。

「これはわたしの携帯です」彼女はさらに、バッグの奥からもう一つの携帯電話を取りだして、じっと見つめた。「こっちは、彼が秋ぐらいから使っていた携帯です。これは、そのままヨーロッパでも使える機種なんです」

「パリへは持っていかなかったのか」

「というより、彼は弁護士事務所で働くときに着用していた、地味なほうのコートに入れっぱなしにしていたので、空港に着くまで忘れていたんです。わたしが気づいて、このバッグに入れて持っていったんです。空港に着いて、彼が電話を忘れてきたことに気づいて、残念がるので、あなたはパリにいったい何をしにいくの、観光旅行にいくわけじゃないでしょう、こんな費用のかさむものが必要なのと訊くと、彼は笑っていました。そして、パリへ行ったら、おまえには手紙をたくさん書く、携帯電話はもともと〈矢島〉から支給されたものだから、機会があったら返しておいてくれと言ったのです」

彼女は手にしていた携帯電話を私のほうへさしだした。

「送信記録を調べてくれ」

「わたしが？」

「私があつかっても、きょうのうちに答が出ない」

彼女は携帯電話を開けて、操作しはじめた。「問題の時間は、大晦日の何時でしたか」

「狙撃があったのが午前十時四十五分前後、電話の連絡はそのおよそ二分ぐらい前だから、午前十時四十三分前後だ」

「その時間に電話をかけていなければ……彼は潔白だということだわね」

実際はそうではなかった。公衆電話を使う方法があるからだ。彼女の操作の手が止まり、はっと息を飲むのがわかった。

「あるわ……午前十時四〇分に」彼女の顔が急に明るくなった。「でも、この番号は、新潟のお母さんにかけてるんだわ。そうよ。今年もまた正月には田舎に帰れなかったんで、早めに連絡しときなさいって言ってたのに、やっと大晦日になって電話したのよ。すっかり忘れていたわ。それに、このとき彼はお母さんと、お父さんの痔《じ》の手術のことで長話をしているはずだから、電話局で通話時間を調べれば、あなたが疑っているような恐ろしい連絡の電話なんかかけられないことが、はっきりするはずだわ」

田舎の母親への電話の途中で、公衆電話を使って、狙撃者への殺人指令を発する人間がいないとはかぎらないが、まずありえないことだろう。それに、宗方毬子、いや、水原毬子の亭主は、携帯電話にそんなカモフラージュをしなければならないような、怪しまれる立場にはいなかったのだから。

「きみのご亭主は、どうやら私の容疑者リストから脱出して、無事パリへ直行のようだな」

水原毬子の顔にようやく安堵《あんど》の色が浮かんだ。私はデスクの鍵のかかる引き出しを開けて、昨夜、鈴木良知の死体から持ってきた携帯電話を取りだした。

「ついでに、この電話を調べてくれないか。探偵事務所を辞めたばかりのきみには申し訳ないが」

彼女は電話を受けとって、操作をはじめた。「これはプ、リ、ペ、イ、ド、式の携帯だわ」

「ということは、所有者がたどれないやつか」

「いいえ、これは登録者がスズキ・イチローとなっているけど……そうか、偽名なのね？」

「それより、きのうの午後七時以降の送信記録を見てもらいたい」

「えー、たくさんあるわ。同じような番号にくりかえしかけているわね。それも、二つの番号にほとんど交互にかけているような感じだわ。相手の名前は――」

「一人は、設楽佑実子だな」

「そうね」

「もう一人は？」

「えー、ノモ・ヒデオ」

「そうか、そんなことだろうと思った」

「これも偽名ってわけね」

「着信記録はどうなっている？」

彼女はしばらく操作をしてから答えた。「ほとんどノモ・ヒデオのオン・パレードだわ。見渡すかぎり、ノモ・ヒデオからの電話ばかり……」

「送信でも着信でもいいが、もっとも古いのはいつだろう？」

彼女は少し時間をかけてから答えた。「ここに残っている記録では、去年の十二月の二十八日がもっとも古いけど、それ以前のものは消されている可能性もあるわ」

「そうか。ノモ・ヒデオの電話番号はわかるのか」

「もちろん、名前といっしょに番号も表示されているから」

「それも携帯電話だろうね」

「そう。それにたしか、このスズキ・イチローの番号と末尾が3と4の一つ違いだから、たぶん、いっしょに契約したプリペイド携帯じゃないかしら」

この二つの携帯電話は、おそらくはスズキ・イチローこと鈴木良知と、彼の共犯者あるいは黒幕であるノモ・ヒデオとのあいだで、設楽盈彦誘拐の計画が実行にうつされる直前から、二人の連絡用として準備された電話なのだろう。スズキの電話は、昨夜、私が宝昌寺川べりの現場に着いてからは一度も鳴っていなかった。私が到着するまえに、ノモはスズキに送信し、返事がないので異常を感じて、送信を控えているのか、あるいは、ノモ自身が昨夜の撃ち合いの現場を目撃していて、すでにスズキへの送信が無駄であることを知っているのか、そのどちらかだろう。いずれにしても、きのうの夜、白い軽トラックを運転していたノモ・ヒデオなる人物が、七億七千五百万円をまんまと独《ひと》り占めにしたことは確かのようだった。

「このノモ・ヒデオという人の番号にかけてみますか」

私は少し考えてから、首を横にふった。「いや、いまはやめておこう。ありがとう。おかげで、たいへん役に立ったよ。ついでにノモ・ヒデオにかける方法を教えてもらいたい」

私は椅子を立って、彼女が坐っている来客用の椅子のそばへ行き、彼女から携帯電話の臨時講習を受けた。講習が終わると、電話を受けとって、もとの鍵のかかる引き出しにしまった。

「最初にも言ったように、いまは私の近くにいることは安全とは言えない」

私は事務所の窓に近よって、ブラインドのすきまから、外の様子をうかがった。ブルーバードの隣りに、大晦日に見た彼女の白い軽自動車が停まっていた。

「一週間もすれば、それも片づいているだろうから、さっきの昼飯の約束を果たしてもらおう。ただし、携帯電話のことをいろいろ教えてもらったから、私のおごりだ」

「それはだめよ。こんどはこないだのお返しに、わたしがご馳走する番だわ」

「こんどは携帯電話のお礼で、そのつぎがきみの番ということで、どうだ？」

「……仕方ないわね。それで手を打つわ。わたしの連絡先を書いておくわ。池袋の事務所はもう辞めたんですから」

「デスクの上にメモ用紙がある」

彼女がメモに連絡先を残しているあいだに、私は外の様子にとくに異常がないことを確認した。

「きょうはこれから？」

「お昼をひとりですませたら、さっそく就職運動に取りかかるわ。彼の疑いも晴れて、気分爽快だし、わたしもパリにいる彼よりずっと楽しくて、充実した生活をこっちで送るんだから」

彼女は入ってきたときとは見違えるように屈託《くったく》のない笑顔で、コートとバッグを手にした。

「あなたは、この新宿の副都心の高層ビルのなかに、私立のものとしては、東京でも指折りの美術館があるのをごぞんじ？　とくにわたしの好きな〝印象派〟のコレクションは第一級のものなの」

「私にそんな話をしても、猫に小判だ」

私はブラインドの一つを引き上げ、窓の一つを開けた。「いいか。駐車場に出たら、この窓を見上げたりせずに、車に乗って、急いで駐車場をあとにするんだ」

水原毬子は無言でうなずき、事務所を出ていった。やがて、駐車場に姿を現わすと、私の指示にしたがって、軽自動車で立ち去った。そのあいだ、どこからも銃声は聞こえてこなかった。私は窓を閉めると、デスクに戻り、鍵のかかる引き出しを開けて、古い手帳を捜した。捜していた手帳が見つかると、私はデスクの上の電話の受話器を取って、手帳で見つけた番号をダイヤルした。

「こちらは東神《とうしん》本社の社長室でございます」耳に心地よい女性秘書の声だった。

「社長の神谷《こうや》惣一郎《そういちろう》氏をお願いする」

「失礼ですが、どなた様でしょうか」

「渡辺探偵事務所の沢崎です」

「は？　探偵事務所とおっしゃいましたか」

「そうです」

「あのォ、社長とのアポイントメントはお取りになっておられますでしょうか」

「約束があるかという意味なら、ない。なければ、取り次げないということなら、あとで社長からこちらに電話をもらってもかまわない」

「あのォ、あなた様のお電話番号を」

「社長は知っている」

「そうですか。えー、渡辺探偵事務所の沢崎様ですね？」

「きみ、そんなメモを残してはいけないよ。社長に探偵事務所から電話だなんて。すべて諳記して、社長のまわりに誰もいないときを見計らって、彼の耳許でこっそりと伝えるんだ」

「ちょっと、お待ちください」

二〇秒ほど待っていると、急に男の声に替わった。

「沢崎さんですか⁉」

「そうです。ごぶさたしました」

「こちらこそ。あの都知事狙撃事件と佐伯直樹君の失踪事件以来ですから、いったい何年ぶりでしょうか……本当にお久しぶりです。その節はお世話になりました。あなたから電話があるなんて、家内が聞いたら残念がりますよ。家内は東神美術館の仕事でパリに行っておりまして、ちょうど運悪く留守なのですよ」

当節は誰もがパリに行くことになっているらしかった。

「あ、家内と申しましたが、佐伯君と別れることになった名緒子《なおこ》と再婚したことはごぞんじでしたか」

「新聞で拝見しました」

「身内だけの式でしたが、ぼくはぜひあなたをお呼びしようと提案したのですが、名緒子に、そんなことをしたら、あなたは当惑されるだけだと、怒られました」

「奥さんのおっしゃることが正しい」

「ぼくはただあなたにお会いしたかっただけで、その後も、会社でのいろんな問題が生じたときなんか、ぜひあなたに調査をお願いしようじゃないかと提案するのですが、名緒子はそれも絶対に反対なんですよ。あなたは恩人を使用人扱いできるような人ですかって。誰が沢崎さんを使用人扱いなんかするものかと反論するんですが、議論はいつもぼくの負けです」

「実は、きょうはあなたか奥さんに、東神美術館で雇ってもらいたい者があるので、お電話したのだが……」

「雇いましょう。ぼくと家内が責任をもって雇います。お名前をおっしゃってください」

「水原毬子。旧姓は宗方だが、きのう結婚したそうだから、おそらく水原と名乗るはずです。年齢は三十歳を過ぎていて、美大の出身ですが、これまでは美術館などに勤務した経験はないと思います。しかし、美術への情熱はあると思います」

「それだけうかがえば充分です」

「ただし、私からの斡旋があったことは、本人には伏せてください」

「そうですか。承知しました……一つだけ、条件をつけさせてもらえませんか」

「なんでしょう？」

「あなたが、一度ぼくと名緒子をお訪ねくださるという——」

私が口を挟もうとするまえに、神谷惣一郎は言葉を継いだ。「いや、いまの条件は撤回します。ご安心ください。水原さんという方をあなたの代理だと思って、雇いますから」

「そうお願いできれば、ありがたい。では、名緒子さんによろしく」

「わかりました。あれはパリなんかに出張していたことをきっと悔しがるでしょう」

私は電話を切った。人の善意を利用して不正を働いたので、私はすこぶる機嫌が悪かった。

28

冬の真昼の鈍い陽射しが、街並みを平板で特色のないものに見せていた。私は環七通りの豊玉《とよたま》陸橋の手前を左折すると、スピードを落として、目当ての所番地を捜しながらブルーバードを走らせていた。都心から北西へ足を伸ばすドライブは、考えごとをするのにちょうどよかったが、回転数の落ちたエンジンの振動に合わせて、私は考えても仕方のないことばかり考えているようだった。

うしろから現われた黒いプレジデントがクラクションを数回鳴らして、ブルーバードを追い越していった。リア・ウィンドー越しに、安積武男が手をあげて合図するのが見えた。向こうは〝カー・ナビ〟を装備している走り方なので、うしろについていくことにした。案の定、左折と右折を二回ずつくりかえすと、プレジデントはすこしも迷わずに、東海林という門札の下に〝忌中〟の貼り紙をした黒と白の斑点のある石の門柱の前にたどり着き、そのあいだを抜けていった。最後に右折したあと、道路の右側に雑木林を囲ったコンクリート塀が一〇〇メートルほど連なっていたのは、すでに東海林家の敷地だったわけである。私もすぐあとにつづいた。

門柱から入ってしばらくは、車道の左右に小高い立木が生い茂っていたが、間もなく広々としたスペースに出た。真ん中に一際《ひときわ》高い常緑樹の大木が立っていて、そのまわりをロータリーふうに整地した空き地で、駐車場のようでもあり広場のようでもあった。すでに一〇台以上の車が駐車されていたが、それでもまだ半分ぐらいは空いていた。さきに停車したプレジデントから、紋服姿の安積武男と黒い背広姿の二人のボディガードが降りたって、雑木林を背にした農家のような建物へ向かった。すぐ隣りに鉄筋コンクリートの三階建の白亜の住居もあったが、葬礼用の黒と白の幔幕《まんまく》は農家のような建物のほうに張りめぐらしてあるから、弔問客はそちらへ行くべきなのだろう。私もブルーバードを降りて、安積武男たちのあとを追った。

農家の母屋の入口を入ると、黒白の幔幕が順路を示すような役割をしていて、土間の部分をまっすぐ抜けて、いったん中庭のようなところに出た。その奥のほうから読経《どきょう》の声が聞こえてきた。そこから庭石伝いに、左手のひさしのある縁側のところまでいくと、そこが臨時の出入口になっていて、すでに二〇足以上の履物が並んでいた。縁側の硝子《ガラス》戸は開け放たれ、縁側の向こうの障子はすっかり取り払われていて、その向こうに十畳以上はありそうな広座敷があった。五、六人の人影があり、安積のボディガードたちもそこに控えていた。私は靴を脱いで、東海林家の邸内にあがった。

広座敷に入ったところに、会葬者名簿が用意されていたので、私は名前と住所を書き入れた。東海林刑事と同じ二十代後半の、最近ではめずらしく長髪を肩まで伸ばした若者が、借りてきたような不似合いな喪服の背広を着て、三冊の名簿を並べた長机の向こうにかしこまっていた。放心したような顔つきで、眼が赤く充血していた。おとといの通夜以来、故人のために涙を流しつづけているためのようでもあるし、故人のために飲みつづけているためのようでもあった。古い建物にはそぐわない、真新しいエアコンが欄間《らんま》に取り付けられていて、温風を吐きだしているので、開放されているわりには寒くなかった。

広座敷の右手に、襖《ふすま》を開け放った八畳の座敷があり、そこに十五、六人の親族や近所の知人たちが、いくつかのグループをつくって寄り集まっているようだった。人のいない部分がちょうど通路のようになって、こんどはその座敷の左手に六畳の〝仏間〟が連なっていた。大きな金色《こんじき》装飾の仏壇だけの部屋だった。坊主の読経もそこであげられていた。葬式はきのうすんでいるからか、やや略式の感じのする坊主の式服と読経だった。仏間に入るところで、焼香をすませた安積武男とすれ違って、私は仏壇の前にすすんだ。はじめて見る東海林刑事の遺影の前に、本人はすでに遺骨になって納まっている白布で包んだ箱が安置され、その前に焼香台がおかれていた。私は心ばかりの香奠《こうでん》を供え、焼香すると、遺影に手を合わせた。

仏間を出ると、喪服を着た四十代の婦人が、どうぞと案内するのに伴われて、八畳の座敷の片隅でお茶の供応《きょうおう》にあずかった。こういう儀式の場での、暗黙の差配《さはい》はなかなか手馴れたものであった。私を案内する婦人は、周囲の人たちの顔色をすばやく見定めて、私を認知する者が誰もいなかったので、私の坐るべき場所は彼らとは接触することの少ない部屋の一方の隅であるという、適確な判断がくだされるのだった。

私がその指定席に腰を落ちつけたとき、黒いスーツ姿の伊吹哲哉が頭を低くして仏間のほうへ向かっているのが眼に入った。腕時計を見ると、約束した午後一時を五分と過ぎていなかった。私は供されたお茶を飲みながら、周囲をゆっくりと見まわした。安積武男は、故人に顔立ちのよく似ている、五十歳がらみの男と、その隣りにいる高齢の婦人に、両手をついて頭を下げているところだった。故人の兄と母だとすれば、どちらかが喪主をつとめているのだろう。よくよく人に頭を下げるのが好きな暴力団の組長である。両者を紹介するように、故人の兄らしい男の耳許で、なにかしゃべっているのは新宿署捜査四課の筒見課長だった。なるほど、ここに列席している者で、安積を故人の家族に紹介できるのは筒見ぐらいしかいなかっただろう。

読経が区切りにきて、最後の念仏になると、室内の多くの人がそれに唱和して、読経が終わった。伊吹哲哉が仏間を出たところで立ち止まり、ひとりぽつんと坐っている私を見つけると、近づいてきた。安積や筒見のそばを通るときに、彼らにちょっと会釈をしたように見えたが、そのままま っすぐ私の近くにきて、腰をおろした。読経を終えた坊主も仏間を出てくると、喪主たちの集団に挨拶によって、そのままそこに腰を落ちつけた。喪主と、坊主と、暴力団の組長と、所轄は違っても暴力団担当の刑事が一座になっている様子は、この国の〝負〟の部分の一つの縮図を見せられるような、ちょっとした光景だった。

筒見課長が喪主たちに諒解を取って、立ち上がった。

「皆さん、わたくしは昨日《さくじつ》の東海林秋彦《あきひこ》君の葬儀の際にも一言ご挨拶申しあげました、新宿警察署で秋彦君の上司をつとめております筒見でございます。いまご母堂様とお兄様の春彦《はるひこ》さんにはご報告いたしたところですが、殉職されました秋彦君にはさかのぼって一月一日付けで〝巡査部長〟への特進の辞令が交付されましたことと、えー、さらには松の内が明けます十七日の日曜日にあらためて〝警察葬〟を営まさせていただきますようにとの、警視総監の懇請《こんせい》をお伝えすべく参上いたしまして、ただいまお二方よりそのご許可をいただいたところであります」

室内に「ほー」と言うような賛意のこもった溜息の渦が流れた。

「どうも本日はありがとうございました」と、筒見は喪主たちに一礼し、さらに室内の人たちにも頭を下げた。「……ところで、もう一つ、この場をお借りしまして、一言申しあげますが、きょうは皆さんにはちょっとなじみの薄い方々が秋彦君の弔問におみえになっておりますが、えー、まァ、こんな場合は言わず語らずというのが、この世の方便と申しますか——ご住職を前にして、警察官風情《ふぜい》が口はばったいのですが——よけいな口出しなどせずに、そっとしておくのがよろしいかとも思ったのですが、こちらには秋彦君のごくごく身内の方や昵懇《じっこん》の皆さんしかいらっしゃらないようにお見うけしましたので、あるいは皆さんにご不審の念を抱かれたり、あとになっていろいろとご非難をこうむりますよりは、いっそ不肖《ふしょう》わたくしが紹介の労を取らせていただいたほうが、故人の御霊を慰めるためにもよろしいかと、愚考した次第です」

筒見は私たちの坐っているほうに手を伸ばした。「あちらにおみえになっているのが、新宿で飲食業を営んでおられる伊吹哲哉氏であります」

室内にこんどは反感のこもった吐息がもれた。伊吹はほかに身の処しようもなく、ただ畳に手をついて頭を下げた。

「そして、こちらはその義理のお兄さんにあたる、杉並区上荻で土木建築業を営んでおられる安積組の社長で安積武男氏であります」

こんども反感のこもった反応があったが、かなり控えめだった。安積はお得意の平身低頭をくりかえした。

「皆さんはもうすでに、秋彦君の殉職のご事情についてはは詳しくお聞きおよびになっておられるでしょうから、お二人の弔問の意のあるところをぜひともおくみとりいただいて――」

「しかし、本当に故人が喜ぶだろうか」と言う声がどこからか聞こえ、それに賛意を表するような相槌《あいづち》の声も二、三あがった。

「そうおっしゃられると、つづける言葉もありませんが……お二人も、きのうの葬儀を遠慮するだけの分別は持ち合わせておられたわけですから……」

さらに反論が出そうな空気だったが、それを制したのは、喪主たちのそばに坐っていた坊主だった。「まあまあ、皆さんのお気持はわからんでもありませんが、しかし、それではかえって故人の成仏《じょうぶつ》を妨げるようなことになりますでな。きょうはこのォ、普通であればなかなか足の向かないであろうと思われる、この席にわざわざおみえになってじゃな、仏様の前にお手を合わせて、ご焼香されたということは、まァ、これも仏縁《ぶつえん》と申しますか……とにかく、さきほどから警察の方のお話をうかがってみますと、お二人にもいろいろと浮世の複雑など事情もあったことらしいし、そもそもお二人にしたところで、なにも故人の死ぬることを願っていたなどということは微塵《みじん》もないわけですから、そう、ここはひとつ、私どもの袈裟《けさ》に免じていただいてじゃな――」

坊主が数珠《じゅず》の親方みたいなやつを二、三度じゃらじゃら言わせて、念仏を唱えると、室内の人たちの多くもそれに唱和して、その場はどうにかおさまった。筒見は助け船を出してくれた坊主に礼を述べていた。

少しまえに、隣りの十畳の広座敷のほうへ出ていった、多少足許のふらつく老人が、会葬者名簿を片手に戻ってきた。

「もう一人、わしの甥っ子が護送しようとしていた人のそばに坐っているのは、この名簿によると沢崎さんといわれるようだが、たしか、新宿署の課長さんの話では、えーっと……」

こんどは私にお鉢《はち》がまわってきそうだった。

「失礼しました」と、筒見がふたたび立ち上がった。「こちらには警察官のお身内の方が多いので、きっとご理解いただけると思うのですが……紹介が遅くなってしまいました沢崎氏のことは、実は捜査上の重大な機密事項に属することですので、ちょっと控えさせていただいたわけなのですが……」

それまで、隣りの十畳の広座敷のほうで、安積のボディガードたちにまじって坐っていた三人の男たちが、いまは八畳間との境まで出てきて、筒見の話に耳をすましていた。すでに筆記道具とメモ用紙を構えた新聞記者丸出しの者もいた。

「きみたちはなにかね!?」と、筒見が声を荒くして訊いた。訊くまでもないことだった。

「ブン屋さんたちか。それは、困るなあ……」それほど困っているようには見えなかった。

「課長さん」と、顔の赤い老人が言った。「わしらが知りたいのは、この沢崎という人が、こないだ新宿署の署長がじきじきにみえて説明しとった、例の、あの場にいあわせた部外者が無茶なまねをしなけりゃ、うちの甥っ子も犯人の鉄砲玉を受けたりせずにすんだはずだという、あの人なんだろ？」

「叔父さん」と、故人の兄らしい顔をした人物がはじめて声を出した。「こんなところで、大きな声を出して騒いではいけませんよ。沢崎さんとおっしゃる方も、こうして秋彦の焼香においでくださっているわけだから、秋彦の死を残念に思っていてくださることは確かなんですから」

「しかし、春彦、わしの言ってることは、間違ってはおらんだろ？」

「まあ、待ってください」と、筒見は老人を制したあと、記者たちに向かって言った。「あの狙撃事件には、もう一人重要な証人があったこと、さらにはその証人を保護する必要があったこと、そして諸般の事情から、それを捜査上の機密事項にしなければならなかったことについては、のちほど署のほうで会見を開いて、諸君にも発表する」

筒見は老人をふりかえって、言葉をつづけた。「あなたのお気持もよくわかるのだが、こういうふうに考えてはいかがでしょうかな。もしも、狙撃犯の車に自分の車を追突させるという沢崎さんの行動がなかったら、ウーン、不確かな拳銃の弾道のことだから、一概《いちがい》には言えないのだが、もしもあの行動がなかったら、犯人の弾がそれて、秋彦君の命を奪ってしまうことはなかったかもしれない……しかしですよ。かりにそうだとすると、その二発目の弾も伊吹哲哉氏に命中して、伊吹氏の命が奪われてしまった可能性がたいへん高い。そうでしょう？　それはわかりますね？」

筒見は自分の話が、老人の酔った頭と室内全体に浸透するのを待った。

「そうなると、正直に申しあげれば、秋彦君ともう一人の護送の任にあたった刑事は、護送人の保護という、刑事としてはもっとも重要な任務に失敗したことになります。たいへん残念なことだが、秋彦君たちはきびしい譴責《けんせき》はもちろんのことだが、あるいは停職処分も免れなかったかもしれません。刑事に昇格したばかりだった秋彦君は、ひょっとするともとの巡査に逆戻りしなければならなかったかもしれません……もちろん、その上級責任者としての私の処分も重大なもので、いまごろはこのような席に坐らせていただけるような状況じゃなかったでしょうな。そんな事態を防いでくれたのは、沢崎さんの、ちょっと乱暴ではあったが、あの行動のおかげではあるわけですよ」

筒見はそこで、音がするほどがっくりと肩を落として、言い足した。「ウーン、しかし、ご遺族の方々のお気持としては、たとえ停職になろうとも、あるいは、たとえ免職になろうとも、秋彦君には生きていてもらいたかった……それが本当のところでしょうなァ」

故人の母親はハンカチで顔をおおい、兄は唇を嚙みしめ、叔父は不満の鋒先《ほこさき》をくじかれて悄然《しょうぜん》としていた。新聞記者たちは、筒見の話から得た情報の断片をメモに書きつけてはいたが、あとで会見を開いての発表があると聞いているので、わりに悠然と構えていた。

私はそろそろ潮時だろうと考えた。

29

私は立ち上がって、東海林邸の広座敷のほうへ向かった。そして、新聞記者たちの前まできたとき、私の動きにじっと視線を注いでいる人たちのいる八畳の室内をふりかえった。

「狙撃事件からすでに八日も経《た》っているのに、まだ犯人が捕まっていない。そして、誰もそれを気にする様子がない」

室内では、私の言葉に対するそれぞれの反応がいっせいに渦巻いて、やがていっせいに静まった。

「バカなこと言ってもらっては困る」と、筒見課長が強い口調で言った。「われわれ捜査四課は、犯人を逮捕するために鋭意《えいい》捜査中だ」

「犯人の目星はついているのか」と、私は訊いた。

「それは……まだ、公表できる段階ではない」

「犯人が用意したとしか思えない鏑木組のダミーを二人拘束して、釈放しただけではないのか」

「そんなことはない」

「ダミー逮捕の直前に、犯人と名乗る男から私に電話があって、鏑木組の組長を襲撃した男を狙撃しようとしたのに、それを私が邪魔したから、私に報復するというような脅迫電話だった」

「だからこそ、捜査本部はあんたの関与を公表せずに、保護することにしたのではないか。だがそれも無駄だった。犯人を捕まえられもしないのに、犯人の車をのこのこと追跡したりするから、車のナンバーからあんたの身許がバレてしまったんだ。言わば自業自得だ」

「彼らが私に電話をかけてきたのは、報復や脅迫が目的ではない。もし、それが本当の目的なら、電話でご機嫌などうかがわずに、いきなり私の前に現われて撃ち殺せばすむことだ。彼らが私に電話をかけてきたのは、狙撃事件の誰もが受け入れている外見の下に隠れている〝事件の真相〟について、私が何を知っているかを探っていたのだ」

「その点については捜査本部の見解も同じだ」と、筒見は対抗意識をあらわにして言った。「すでに、われわれもあの狙撃事件が、鏑木組の組長を襲撃した男を標的にしていたという見方には疑問を抱いている」

新聞記者のなかの年長の男が訊いた。「では、犯人たちはいったい誰を標的にしていたと見ているんですか」

「まァ、待ちたまえ」と、筒見はなめらかな口調で言った。「新宿署での狙撃事件のあとに、新たに二つの事件が発生しているんだ。一つは安積組の組員で、かつては伊吹哲哉氏とも親しかった羽根田政雄という男が、晴海の埠頭から車で転落死した事件だが、羽根田が車の運転ができないこと、さらにはその車内に狙撃事件で使用された拳銃が遺留されていたことから、これはまず狙撃犯たちによる口封じの殺人とみて間違いないだろう。では、羽根田はなぜ殺されなければならなかったのか。それは、彼が伊吹哲哉氏に鏑木組組長襲撃の本ボシである別所文男の身代わりに立つことを依頼した張本人だからだ。ここまでくれば、狙撃犯たちの目的はもう露見したも同然だろう。彼らは鏑木組組長襲撃事件に便乗して、伊吹哲哉氏があたかも別所文男の身代わりで殺されたように見せかけて、本当は彼を殺害するのが目的だったんだ」

室内には、狙撃事件の意外な展開を知らされた人たちの驚きの声がひろがった。

「これも公表は控えられているが、それを証明する事件がもう一つ、きのうの午前中に起こった。新宿中央公園で、散歩中の伊吹哲哉氏が何者かに再度狙撃されたのだ。幸いにも、伊吹氏を警護していたわれわれが駆けつけて未遂に終わったが、犯人たちの意図はもう明らかだと言えるだろう。われわれは、伊吹氏をなおいっそうの厳重な保護下において、その方面からの犯人の割り出しに、全力を集中しているところだ」

筒見はそばにいる喪主たちに向かって、言い足した。「そういう次第ですから、秋彦君の命を奪った犯人たちの逮捕も、もはや時間の問題だと信じています」

「伊吹さん」と、私は部屋の隅に坐って硬い表情をしている男に言った。「あんたは、あんたを殺そうとしている人物に心当たりがありますか」

「ない」と、伊吹は言下《げんか》に答えた。

「バカげた質問をするな」と、筒見が嘲笑を浮かべて言った。「彼が自分を殺そうとする人間に心当たりがあるなんて、素直にしゃべったりするものか。伊吹氏は二度も命を狙われた直後でさえ、われわれの取り調べに対して、いまと同じ返事をするほどの度胸の持ち主なんだ。しかし、こう言ってはなんだが、彼はかつて十数年間安積組に所属していた人間だ。安積組の組長を前に——おッと、失礼、社長を前にして言うのは心苦しいが、あの組に十年以上いて、誰の恨みも買わないということはまずありえない。あるいは、組を出たあとは、新宿での飲食業で相当な成功をしておられるという噂だが、あの世界も競争の激しいところだから、そこまでになるためにはそう平坦な道ばかりは歩いていられなかったのではないかな。まァ、百歩譲って、彼自身にはまったく心当たりがなかったとしてもだ、それと気づかずに買っている恨みもあるだろうし、案外そういう恨みのほうが根が深い場合も多い」

　室内の誰もが伊吹哲哉のほうをうかがっていた。伊吹は激しい怒りのこもった眼で、誰でもない、この私を睨みつけていた。こんなところへ誘い出されたことへのやり場のない怒りだった。

「安積社長にお訊ねしたい」と、新聞記者のべつの一人が言った。「われわれのつかんでいる情報によれば、現在組の内部は社長派と反社長派との対立がかなり激化しているそうですが、反社長派のなかには、もし伊吹氏が組を辞めていなければ、二代目は彼のほうが適任だったとか、先代の考えでは、二代目の襲名は暫定的なもので、いずれは伊吹さんを三代目に据《す》えるつもりだったとか、そういう意見もあるそうじゃないですか。伊吹夫人の存在を考えれば、まったく根も葉もないことではなさそうだ。とすると、これは社長の差し金だとはけっして申しませんが、あるいは社長派の幹部のなかに、禍いのもとは早いうちに断っておいたほうがいいというので、伊吹さんの抹殺を企んだ者がいるんじゃないんですか」

「そんなことは断じてありません」と、安積武男は言った。「しかし、そういうお話が出てしまうこと事態、まったくもって私の不徳のいたすところで、まことに申し訳なく思っております」

安積はまたしても両手を畳につくと、深々と頭を下げた。質問した新聞記者は、相手の低い腰に気勢をそがれるというより、むしろ気味が悪いという表情だった。

筒見課長が両者のあいだに割って入った。「まァ、捜査のことはわれわれにまかせていただくとしてだ……沢崎さんも、こんなところでどうかな」

「課長の話には、一つだけ抜け落ちていたことがある」

「ほう？　なんだね、それは」

「新宿中央公園の二度目の狙撃事件の現場には、私もいた」

「それはそうだが、それがどうしたというのかね」

「狙撃されたのは、私だったのかもしれない」

ざわついていた室内がまた静かになった。

「しかし、きみ、それはどうかな。たしかに犯人は電話できみを脅したそうだが――」

「昨夜の十一時近く、五日市街道ぞいの宝昌寺川べりでのことだが、私のブルーバードを二人組の人物が襲撃して、私を殺そうとしたのだ」

「その事件のことは聞いているが、被害者はまったくの別人だったじゃないか。第一、きみはそこでピンピンしている」

「被害者の名前は鈴木良知。殺される直前に私のブルーバードに乗っていた。鈴木は私と間違えられて殺された可能性が高い」

筒見は苦笑した。「犯人たちの標的に立候補したいと言うのなら、それもいっこうにかまわんが、そもそもきみが殺されなきゃならん理由がわからんよ」

「犯人と私だけが知っていることがあるからだ」

「なんだ、それは?」

筒見課長だけでなく、東海林秋彦の遺影の前にいるすべての者が私の返答を待っていた。

「新宿署の地下駐車場で、狙撃犯の二発目の銃弾が発射されたのは、私のブルーバードが彼らの車に追突するよりも一瞬早かったのだ」

その言葉が意味するところを理解するには少し時間が必要だった。もっとも早く理解したのは、二つの銃弾にまともにさらされた伊吹哲哉だった。彼はすでに席を立って、私のそばに来ていた。その顔に、さきほどの私に対する怒りの表情はなかった。私たちは東海林邸をあとにした。

30

私はブルーバードの助手席に伊吹哲哉を乗せて、東海林家の敷地を出た。伊吹は西武池袋線の練馬《ねりま》駅からタクシーで来たと言った。それが身近な人間を危険な目に遭わせない、もっとも安全な交通手段だと考えたからだった。

「きょうは送ろう」と、私は言った。

「環七と西武新宿線が交差するところに駅があったな」

「野方《のがた》だろう」

「そこまで頼む。途中の下落合《しもおちあい》駅の近くに、殺された羽根田政雄の腹違いの弟や妹が住んでいるはずだから、訪ねてみる」

ブルーバードは豊玉北の街中を抜けて、間もなく環七通りに出た。環七通りの内まわりは、午後二時にしては少し混んでいて、車の流れはあまりスムーズではなかった。

伊吹はタバコに火をつけてから、訊くともなしに言った。「狙撃者たちは、あの東海林という若い刑事を殺すのが目的だったのか」

「真相は狙撃者を捕まえて問いただすしかない。筒見課長が言ったように、拳銃の弾道など当てにはならない。一発目は誰にも当たらないような威嚇射撃のつもりで撃ち、二発目はあんたの左側にいた年長の刑事を狙って撃ったのかもしれん」

「それはない。あれは、射撃に自信のある人間が、撃つべき相手を狙って撃った撃ち方だ。暴力団の組員はけっしてあんな撃ち方は教わらない。六連発にしろ、七連発にしろ、九連発にしろ、まず全弾を撃ちつくせと命じられる。撃っているうちに、だんだん標的に近づけば、最後の何発かは標的に当たるかもしれない。それが暴力団で教える拳銃の撃ち方だ」

「では、あの狙撃犯は暴力団員ではないと言うのか」

「いや、少なくとも相当な射撃の訓練を受けた人間だと言うんだ。鏑木興業や安積組には、そんな射撃の専門家などいるはずはないが、もっと全国規模の広域暴力団ではそういう人間も養成している。おれは撃たれた当座は、鏑木興業が系列の〈稲川会〉に頼んで、そういう専門家を呼びよせたのだろうと思っていた」

「そういうものか」

「だから、一発目がおれの右肩を狙って撃ったんだとしたら、あんたの追突の影響を受けなかった二発目は、間違いなく東海林という刑事の後頭部を狙って撃ったことになる」

「だが、東海林刑事はあんたをかばおうとして、あんたの前に身を投げ出したように見えた」

「そうだったが、実際は間に合わなかったんだ。二発目もおれを撃つつもりなら、狙撃者はそうできたはずだ。そうならなかったのは、あんたのこのブルーバードが体当たりしたおかげで、狙いがそれたのだと思っていた。車の追突した音もほとんど同時に聞こえたからな」

東海林刑事の行動が間に合わなかったというのは、私のあのときの印象とも合致していた。

伊吹はタバコの灰をダッシュ・ボードの灰皿に落とした。「そもそも、あの地下駐車場での最大の被害者は、あの東海林という若い刑事だったわけだからな。彼はまきぞえをくっただけだと頭から決めつけてしまうのは、間違いだったな……もっとも、それをおれが言うのはおかしいか。神奈川銀行の事件を起こした文男や、おれたちが、よってたかって、それをカモフラージュしてしまったんだからな」

「警察は、あの事件は東海林刑事を殺害するのが目的だったのかもしれないという仮説も、当然視野に入れているはずだ。ただし、警察官が殺害の対象になるということは、犯人の動機がなんであれ、それだけですでに警察にとっては大きな不祥事だ。誰もそれを言いださなければ、彼らが自分からそれを口にすることはない。しかし、捜査本部はそれもかならず視野に入れているはずだ」

「そういうことか」と、伊吹は言って、タバコを灰皿で消した。「それが連中のやり方だったな」

「きのうの新宿中央公園での発砲や、このブルーバードを運転している者を殺害しようとするような凶行《きょうこう》がある以上、もう黙ってほうっておくわけにはいかなくなった。警察が、東海林刑事殺害の線でも捜査を開始したことを、世間に公表しなければ、犯人たちはいつまでたってもあんたや私を狙いつづけることになる」

「そうだな。あんたと間違えられて殺された、鈴木という男はいったい何者なんだ？」

「神奈川銀行で起こったもう一つの事件で、設楽盈彦という老人と、そして偶然にあんたの義弟《おとうと》を誘拐監禁することになった一味の一人だ。その男がこのブルーバードを運転するようになった経緯は、ちょっと一口では話せない」

「いずれにしても、お天道様の下を堂々と歩ける人種じゃないな」

伊吹はしばらく考えたあと、私の顔を見つめた。「あの新聞記者たちをあそこへ呼んだのも、あんたなのか」

「いや、私は呼んでいない」私は上衣のポケットからタバコを出して、一本くわえた。「もっとも、あの記者たちに、きょう東海林家でなんらかの〝新展開〟があるかもしれないと通報した人物に、心当たりがないわけではない」

「周到なやつだな、あんたは」伊吹は私のタバコに火をつけてくれた。「だが、この新展開でいちばん気になるのは、東海林という刑事がおれの護送の任務につくことになった経緯だな。おれたちがいくらカモフラージュの役まわりを果たしても、肝腎の東海林刑事をおれの隣りに配置しなければ、狙撃犯の出る幕はないことになる」

私の記憶が確かなら、まだ新米と言ってもいい東海林刑事を護送の任務に推薦したのは、黒田警部だったはずだ。本人がそう言っていた。そう言えば、あれほどうるさかった黒田警部の姿をこのところ眼にすることがなかった。新宿中央公園に姿を見せた刑事たちのなかにも彼はいなかった。だが、それを伊吹に話すのは控えることにした。伊吹はいまはまだ、狙撃者の標的が自分だったという言いがかりから解放されたばかりで、穏やかな態度を見せているが、東海林刑事殺害のカモフラージュのために自分の右肩に銃弾を撃ち込ませた犯人の名前がわかったら、この血の気の多い男がどういう反応をするか、見当もつかなかったからだ。

「警察の捜査も、新聞記者たちの興味もそこがスタート地点になるだろう。ただ、そこから簡単に犯人が割れるくらいだったら、もうとっくにあの事件は解決しているはずだ」

伊吹はうなずき、そして急に考えこんだ。ブルーバードが新青梅街道と交差する丸山《まるやま》陸橋を越えたので、車線を左によせて、野方駅のほうへ向かった。

「しかし、なぜ、あんたはさっきの重大な証言をきょうまで伏せていたんだ?」

「そのことか……私は、狙撃犯の車の後部ウィンドーからの二発目の銃撃と、私のブルーバードが狙撃犯の車に追突するのがほとんど同時だったと、事件の直後に証言している。ほとんど同時ということは、銃撃のほうが早い場合も、追突のほうが早い場合も、まったく同時である場合も、すべてふくまれる」

「では、銃撃のほうが早かったというのは……」

「そんなことが誰にわかる。銃声と追突という二つの大きなショックを受けた瞬間に、コンマ何秒の違いで起こったその二つのどっちが早かったかなんて、誰が断定できるものか」私はブルーバードを停車して言った。「野方の駅だ」

伊吹哲哉は車を降りて、言った。「あんたはやっぱり、極《きわ》め付《つ》きの厄介な男だ」

私は野方駅を出て、最初に見つけたガソリン・スタンドで給油したあと、公衆電話を借りた。東海林家の住所のメモを頼りに、電話帳で東海林家の電話番号を探して、かけた。

「もしもし、きのうの葬儀社への支払いのことで、ちょっと急ぐんだが、さっき弔問の受付に坐っていた彼だけど、ほら、あの髪の長い――」

「ああ、同級生の藤《ふじ》君のことね」電話の向こうは女の声だった。

「同級生って、誰の？」

「そりゃ、秋彦さんのさ」

「高校の？」

「いいえ」

「中学のか」

「そうよ、たぶん」

「その藤君はいるかな。電話に出してもらいたいんだが」

「ちょっと待って。座敷のほうに切り替えるから」

電話を切り替える電気的な雑音につづいて、すぐに男の声が「もしもし」と応えるのが聞こえた。

「藤君をお願いします」

「えッ？　藤君て誰だ？」

「受付にいる髪の長い、秋彦君の中学の同級生だけど」

「ああ、彼のことか。彼は、そうだな……十五分ぐらいまえに、きょうはちょっと用事がありますので、失礼しますって、帰ったばかりだよ」

「彼の家はどこだったっけ？」

「さァ、おれは知らんけど、誰かに訊いてみるか……で、あんたは誰？」

そんなことが答えられるか。私は「急ぐからいいや」と言って、電話を切った。

31

　北新宿の場末の安食堂で読んだ夕刊の記事は、新宿署地下駐車場の狙撃事件が警官殺人事件の様相を呈《てい》してきたという簡略なものだった。同じ食堂で観た午後七時のテレビ・ニュースは、新宿署での捜査本部の記者会見を踏まえていたので、その内容にも言及していた。杉並区の宝昌寺川べりでの射殺死体との関連にもふれ、犯人の一人が足に銃傷を負っている可能性があることも報じていた。捜査本部長の署長が、狙撃事件のときは偶発的な市民の協力があったのだが、残念ながらこれが一種の捜査妨害となって、今日まで狙撃犯が護送の刑事を標的にしていた可能性があることを隠蔽《いんぺい》する結果になったとしゃべっていた。なかなかうまい弁明を考えつくものだ。たしかに、そう言っても間違いではなかった。協力した市民の名前は、証人保護のために公表をさしひかえさせてもらうと付け加えていた。会見は、あらかじめそういう段取りになっていたのだろうが、記者たちの関心が東海林刑事殺害の理由におよびそうになった時点で時間切れになったようだ。

　これはこっちの話だが、東海林邸に出向いていた新聞記者たちは、情報提供と交換に、私自身を記事にすることは一切ないように因果をふくめられていたので問題はなかった。

夕食をすませて、私が事務所に戻ったのは八時を少しまわったころだった。あの狙撃事件が〝警官殺し〟であることが、私の口からもれることを犯人が阻止しようとしていたのなら、もはや私を殺す理由は消滅したはずである。代わりに、その秘密が世間周知のものとなり、警察の捜査方針の第一となってしまったことへの〝恨み〟から、私を殺す理由が新たに発生したことになる。だが、同じ命を狙われる立場でもこの違いは大きかった。前者の場合は、犯人は逮捕される危険を回避するために私を殺そうとするのだが、後者の場合は、犯人は私を殺そうとすれば、逆に逮捕される危険をかぎりなく増大させるだけだからだ。

私はそう自分に言い聞かせながら、事務所のドアを開け、明かりのスイッチを入れた。事務所の中の様子は、昼前に出かけたときと何も変わっていなかった。私はデスクを迂回して、椅子に腰をおろした。

疲労感がかえって、私をとりとめもない考えに誘っているようだった。一月八日、午後八時十三分のとりあえずの結論はこうだった。〝警官殺し〟となれば、もはや探偵の出る幕などなかった。おそらくは、警察に保管されている東海林刑事が関係した事件調書の山の中から、そこになければ東海林刑事の私生活の徹底した捜査で、おのずから犯人の正体は浮かびあがってくるにちがいなかった。

電話のベルが鳴り、私は受話器を取った。

「あの、探偵の沢崎さんはいらっしゃいますでしょうか」

「私ですが」

「わたしは、先日お会いした、西蒲田の田坂志津ですけど」

「ああ、憶えていますよ。あのときは無理にお宅の二階まで上がりこんでしまって、ご迷惑をかけた」

「いいえ、わたしのほうこそ、あんなひどい応対をして……初対面の人に、息子の弁当を届けさせたりして、あとで考えたら、顔から火が出るくらい恥ずかしくなりました」

「いや、そのおかげで、伊織君と対話ができるようになった」

「あのときのお詫びもしなきゃなりませんが、そのまえに、息子はあの日、お向かいの柏田さんのところに監禁されていたお年寄りの救出に尽力したということで、二百万円もの報奨金をいただいたんですよ」

「ほう、百万円ではなく？」

「ええ、最初はそういうお話でしたけど、横浜の銃撃事件の犯人だという別所という人が報奨金の受けとりを辞退されたそうで、うちの伊織に全額渡されることになったんです」

「それは結構」

「あの、このお金はうちでいただいてもいいんでしょうか」

「もちろんです……ああ、そうか。あとで私が分け前を取りにくるんじゃないかと心配していましたね。その心配はご無用です。伊織君はその後元気にしてますか」

「ええ、だらしない生活は相変わらずなんですが……ただ、あの日の冒険を——本人がそう呼んでるんですけど、誰かに話したくて仕方がないらしくて、わたしなんかもう五回も六回も聞かされました。わたしだけじゃ物足りないらしくて、引きこもりになる前につきあいのあったお友達から電話があったりすると、そのことで長話したりしているみたいです。きょうはめずらしく、一度も参加したことのない高校のときのクラス会の誘いに、口ではいやだいやだと言いながらも出かけて行きました。その留守に、蒲田署の刑事さんからうかがっていた、あなたのお電話にかけさせてもらったんです」

「そうでしたか」

あの年頃の若者の悩み多い精神状態が、そう簡単に解消されるものとは思えなかった。だが、どんなに大きくて淀んだ水溜りであっても、小石は投じないより投じたほうが何かの足しになるかもしれなかった。

「わからないものですわね。あの子にはずーっと優しく接してきたのに、なんの効果もなくって、引きこもりの症状はひどくなるばかりでした。それなのに、あなたがうちの二階に上がりたいとおっしゃったとき、わたしは、伊織にも、あなたにも、ひどく意地悪な気持であんなことをしたのに、それがこんな結果に――」言葉がとぎれた。「あ、伊織が帰ってきたみたいです。あれは、わたしが留守中に電話していたりするとひどく気になるようですから、これで電話を切らせてもらいます。どうもありがとうございました」

「いや、どうも」と、私が言ったときには、すでに電話は切れていた。

受話器を戻して、ストーブに火をつけようと近づくと、また電話のベルが鳴った。私は受話器を取った。

「もしもし……わたくし、設楽佑実子ですが」

「沢崎です」

「お話し中のようでしたが」

「申し訳ありません」

「いいえ。昨夜はご苦労さまでした。きょうご連絡があるかとお待ちしていました」

「いろいろ厄介なことがあって」

「徳山から、宝昌寺川のあのあたりで、昨夜ひとが撃たれて亡くなったというニュースを聞いて、心配していたのですが」

「もう、ごぞんじでしたか。依頼を受けるときにちょっと話したと思いますが、私が関わっているべつの事件との絡みで起こった殺人のようです」

「まあ……」

「この件で、父上やあなたの名前が出ることはないので、心配はご無用です」

「ありがとうございます。わたくしはともかく、父にとって……それから、昨夜のお仕事の料金をお支払いしたいのですが。それと申しますのも、近々旅行に出ることになりそうですので」

「そうでしたか。では、私の銀行の口座をおしらせします」私は銀行と銀行の口座番号を教えた。

「すぐに振り込ませていただきます。でも、父もぜひ一度お会いして、こんどのお礼を申しあげたいと言っておりますので」

「からだがあき次第、連絡しましょう……しかし、探偵とのつきあいは、探偵料の支払いをもって終了とするのが上策です。依頼人もそうですが、とくに探偵にとって」

「まあ、皮肉なおっしゃりようですわね。でも、父のために、一度ご連絡ください」

「では」私は電話を切った。

私はストーブに火をつけ、その火でタバコにも火をつけていると、また電話のベルが鳴った。私は受話器を取ってから、椅子に戻った。

「伊吹だ」

「沢崎だ」

「話し中のようだったが」

「申し訳ない」

「下落合からの帰りに、事務所に寄ってみたのだが、まだ帰っていないようだった」

「それはすまなかった」

「羽根政の妹に会ってきたよ。弟のほうは北海道に移り住んでいて会えなかった。彼らは羽根政が死んだことをまだ知らなかった。あいつは継母《ままはは》を嫌って家を飛び出し、父親に勘当《かんどう》されたやつだから、ひょっとするとそんなこともあるかと思っていたんだ。あいつの旧姓は古《こ》閑《が》というんだが、コガ・マサオでは〝湯の町エレジー〟みたいでサマにならないというのが口癖で、勘当されたのをいいことに、羽根田という、子供のいない安積組の古手《ふるて》の幹部の養子になっていたんだ。そんなこともあって死んだという知らせも伝わらなかったんだろう」

「妹は何か言っていたか」

「ヤクザでバカな兄さんだったけど、優しい兄さんだったと泣いてくれた。父親が死んだあと、継母が病気になって、妹たちはだいぶ苦労をしたらしいが、そのころから羽根政は経済的にずいぶん援助をしていたらしい。弟のほうは、どうせ暴力団で稼いだ汚い金にちがいないと反発していたらしいが、妹は、自分たちのいまがあるのは羽根政のおかげだと言っていた。そんなことで、妹のところへは時々は顔を見せることがあったようだ……そうだ、こんな人情話はあんたにはどうでもいいことだったな。気になったのは、羽根政があいつにしてはめずらしく洒落《しゃれ》た〝遺言〟をのこしていたことなんだ」

「遺言を？」

「いや、遺言と言ってもいいようなことを、という意味だ。羽根政は酔うとだらしがなくなって、愚痴《ぐち》ばかりになるやつなんだが、酔いつぶれる直前にいつもかならず口にするお開きの口癖があったというんだ。それは、自分はどうせろくな死に方はしない、ヤクザの出入りで死んだり、刑務所でくたばったときは、バカな兄貴のために線香一本あげてくれりゃそれでいい。だが、もしも自分が不審な死に方をしたら、それは〝ムラシマ〟というデカのせいだと思ってくれ、と言うんだ。妹のうちじゃ、デカのムラシマが出たら、兄さんはおつもりだということになっていたらしい」

「刑事のムラシマか」

「そうだ。もっと詳しく訊いてみようとしたが、それ以上のことはわからなかった。おれの身代わり自首を、羽根政にすすめさせたのは、あるいはそいつかもしれないな」

「だとすると、羽根田を晴海の埠頭で殺したのも、そいつか、そいつの仲間だということになる。警官殺しに、警官が一役買っているとなると、厄介なことになりそうだが、いろいろとつじつまの合うことはある」

「役に立ちそうか、この人情話は？」

「大いに」

「あんたも知っているだろうが、ヤクザなデカはヤクザ以下の蛆虫《ウジムシ》だ。くれぐれも気をつけろよ」

「そっちもだ。新宿署の警護はまだついているのか」

「いや、東海林刑事の弔問からあとは、影も形もなくなった」

「それが安全を意味するのか、危険を意味するのか、いまはまた見当もつかなくなってしまったな」

「わかっている。この件の片がつくまでは、うちにも店にもなるべく近よらないつもりだ。緊急の場合の連絡は、漆原の弁護士事務所に頼む」

私たちは電話を切った。私は受話器を戻さずに、新宿署総務課の田島警部補に電話をかけた。待っていると、誰かが事務所のドアをノックした。

「どうぞ」と、私は応えた。

事務所に入ってきた男は税所義郎＝李國基に間違いないのだが、そうではないとも言えた。年季の入ったベージュ色のバーバリのコートの下から、黒っぽいフラノのスーツがのぞいていた。帽子も眼鏡もないが、手に黒いアタッシュ・ケースをさげていた。いや、上衣の胸のポケットからレイ・バンらしい眼鏡のつるがのぞいているところを見ると、きょうの眼鏡はサングラスと決めているらしかった。いままでいちばん若く見えるようで、変装の気配もなかったが、それがかえって胡散《うさん》くさい印象を与えた。

「もしもし……?」田島警部補の電話に誰かが出た。

私は来訪者に待つように合図して、電話に戻った。「田島さんをお願いします」

「いま、ちょっと席をはずしているようですが」

デスク・ワークの窓際族にしては、尻の落ちつかない刑事だ。あるいは、狙撃事件の捜査本部の軌道修正が全署に影響をおよぼしているのかもしれなかった。

「今夜のうちに、また戻りますか」

「ええ、警部補はいま海外出張員との連絡係をつとめていて夜間勤務なので、明朝の五時までは勤務時間になっていますから」

海外出張員とはパリにいる錦織警部のことだろう。影響はパリのよれよれのネクタイにまでおよんでいるのだろうか。

「また、連絡します」私は電話を切った。

32

税所義郎＝李國基はものなれた態度で来客用の椅子に坐って、タバコを喫っていた。きょうは〝ロング・ピース〟と使い捨てのライターの組み合わせだった。デスクの上のW型の灰皿も勝手に二人の中間の位置に移動ずみだった。この男がこの事務所にいる時間が、私と死んだ渡辺に次いで三番目になるのもそんなに遠い未来のことではなさそうだった。彼はコートの内ポケットから車の免許証を取りだすと、私のほうにさしだして見せた。

「どうせ、こないだの台湾残留孤児の偽名もバレているだろう。これが、嘘偽りなしのおれの本名なんだ――岡田《おかだ》浩二《こうじ》」

まえの二つの名前とは違って、こころなしか名乗るのがつらそうに聞こえた。「長男なんだが、お袋が鶴田《つるた》浩二《こうじ》の大ファンだったので、気弱な親父を説き伏せて、こんな名前をつけやがった。そのお袋が、おれの顔を見てはしみじみと、名前は一字違いだが、器量は大違いだと言うんだ。フン、おれがいろいろ偽名を名乗りたくなる気持もわかるだろ？」

おしゃべりであるところはどの名前にも共通らしかった。彼は免許証をコートのポケットにしまった。「名刺はもう渡さないが、虎《とら》ノ門《もん》の裏通りのぼろビルを根城に、同じような食いつめ者ばかり三人共同で、ビジネス・コンサルタントをやっている。もっぱら、トラブル・コンサルタントがおれの受け持ちで、あんたとはご同業と言ったほうが早いかな」

「〝片眼の運転手〟になるのはいつだ？」

「勘弁してくれよ」こんどは岡田と名乗った男は苦笑したが、すぐに真顔《まがお》に戻った。「そんなことより、肝腎の話だ。おれはこのヤマにおれの最後の夢を賭けているんだ。手を貸してくれるかどうか、返事を聞かしてもらいたい。それでなくても、無駄な時間を使いすぎている。昨夜の約束はいったいどうしたんだ？」

「約束はそっちのひとり合点《がてん》だ。警視庁の公安や台湾の外交官のほら話ならともかく、虎ノ門のトラブル・コンサルタントが、〝三日男爵〟のネタをどこで仕入れたんだ？」

「そのことか。おれは二十年ぐらい前に、一度だけ直接に設楽盈彦に会ったことがあるんだ。まだ一番町の〈根来レジデンス〉が建つ以前の話で、鎌倉の扇ヶ谷の本宅でだった。ある社会党の有力議員の新進秘書として、実際に三百万円の札束を届けたことがあるんだ。話せば長くなるが、おれは世に言う〝全共闘くずれ〟でね。二十歳の誕生日に、自分は腕力よりも頭で勝負する人間だと、豁然《かつぜん》と悟ったんだよ。おれの口から出る言葉は、教条的な真理よりも、その場かぎりの嘘っぱちのほうが説得力があることに気づいたんだ」

「ちょうどいまのように」

「茶化すのはやめてくれ。これでも、あんたの質問にまじめに答えているんだから……おれの二十代は、選挙で食いつないだ十年間だったな。最初は、バリバリの反代々木系の極左候補から——当時はそんな候補がいたんだ、いまから考えると信じられないが——それから、少しずつ右よりの候補の応援にシフトしていくんだがね。選挙期間に準備期間を足し合わせると、まず日本中のどこかで選挙運動がおこなわれている。おれの狙い目は当落線上の左翼系候補でね。ということは、たいがい落選することに決まっているんだが、そいつらの応援に出向いて、東京から特別に派遣されて来ましたって顔をしていれば、歓迎されることうけあいだった。いや、向こうも半分は眉つばなんだが、選挙事務所というところは基本的に〝来るものは拒まず〟で、使い道はないのに使ってほしい金が大手《おおで》をひろげて待っているところだからね。選挙なんてものは一回つきあえば、選挙事務所での身の処し方のノウハウなんかすぐにわかってしまうから、二回目からは意気揚々と登場して、東京弁でここはだめ、あそこもだめと叱りとばしていれば、翌日からは影の選挙参謀扱いさ。それで無事落選となったあかつきには、次期は当選間違いなしの演説を一つぶちあげる。すると四年後あるいは六年後には、一月《ひとつき》以上もまえから早く来てほしいという招待状が届く始末でね。そんなこんなで十年食っていると、三十歳を過ぎたばかりのころに、北海道出身の社会党の万年落選候補が、どこをどう間違ったのか、参議院に当選しやがったんだ」

　岡田浩二はタバコを灰皿で消してから、話をつづけた。「それが、三十代の議員秘書人生の始まりで、十年足らずのうちに、三人の議員先生の秘書を転々とすることになった。そのたびに大物議員に鞍替えすることになる。いや、おれがするんじゃなくて、党のほうでそう手配するんだ。ま、党にとっては、次の選挙ですぐに落っこちてしまう議員なんかより、有能な秘書のほうが大事なのは当たり前の話なんだ。その三人目が、ちょうど党の委員長のポストを争っていた男でね。そいつの使いで、いきなり三百万円の現金と、厳重に封印されて秘密めかした大判の書類封筒を持たされて、鎌倉の設楽邸を訪問する大役をおおせつかったんだ。ところが、おれは届け物を渡したあとで、何を勘違いしたのか、設楽盈彦に向かって〝受けとり〟をくれと言ったんだよ。どうもそいつは三日男爵家始まって以来の椿事《ちんじ》だったようで、おれは持ってきた届け物といっしょに、ただちに邸を追い出されてしまった。つまるところは、永田町への出入りも当分ご法度《はっと》ってわけだ。おれはもちろんだが、委員長のポストを狙っていたその議員もまだ事情に通じていなかったのさ。おまけにお人好しのその議員は、自分のほうから雇ったおれを馘にしなければならなくなった言い訳に、例の三日男爵のシステムのことをちらりとおれに口をすべらしたんだ。結局、その議員は副委員長止まりだったがね。それからさ、おれがそのシステムについて、徹底的に調べはじめたのは……もっとも、いまのトラブル・コンサルタントの仕事も、十年足らずの永田町との腐れ縁がモノを言うヤクザな稼業なのさ。それで、設楽盈彦とそのシステムに〝借り〟を返す機会をひそかに狙っていたんだが、そこへ彼の誘拐と身代金の請求のない解放という――おっと、これにはあんたも一役買っていたわけだが――あのニュースだ。それを耳にしたとたん、こいつはおれの出番だって閃《ひらめ》いたわけだ」

「すまないが、あんたの出番は終わったよ」

「なんだって⁉」

「きのうの夜、設楽邸に集まった札束の山は、脅迫者の手に引き渡された」

「そんなバカな！　それじゃ、約束が違うじゃないか」

「おれは約束などした憶えはない。あんたが設楽邸に集まった金を強奪する計画をもちかけたときには、おれはすでに設楽家からの依頼を引きうけている雇われの身分だった。同業だと言うあんたの仕事のやり方がどうなっているのか知らないが、おれの場合は、依頼人の利益をまず優先しなければならない。例外は、それが違法行為に当たる場合だが、どうやらこんどの場合は、違法行為に当たるのは依頼人よりもむしろあんたのほうだった」

「ちぇッ、あんたはそんなルールに縛られているような男だったのか。それがおれのいちばんの見込み違いだったな」

「あんたにおれを見込むような時間があったとは思えないね。おれはけっしてルールの信奉者ではないのだが、あんたのルール無視はいささか目に余るようだな。現に、パートナーの見込み違いはするし、約束してもいないことを約束したと勝手に決めこむし、こんな綱渡り的なヤマにもかかわらず時間に対する判断は甘いし、それよりもなによりも、自分を腕力よりも頭で勝負する人間だと言っておきながら、現金強奪に最後の夢を賭けたりする。これではルールを笑えない。そのアタッシュ・ケースの中にいったいどんな道具を忍ばせてきたんだ？　そんなものでは、かりに昨夜運び出されてしまったものが、まだ設楽邸にあるとしても、おれはあんたと行動をともにする気はない」

岡田は足許においたアタッシュ・ケースに眼を落とし、肩を落とし、声を落として言った。

「夢はやっぱり、夢にすぎなかったか……しかし」彼は顔を上げた。もう落胆の色はなかば消えかけていた。「あそこに夢が存在したこと、そしてその匂いを嗅《か》ぎつけたおれの鼻は、間違っていなかったんだよな？」

「そうだな」

「運び出したという金はいくらあったんだ？」

「聞いても無駄だと思うが」

「聞かしてくれ。おれの見込みどおりか」

「七億七千五百万円」

彼は息を止めて、生つばを飲みこんだ。

「本当か……」岡田の声はかすれていた。「それだけの札束を、あんたも見たのか」

「布団袋に入っていたものを、上からちらりと」

「そのとき、おれとの約束を、いや、おれが申し出ていた提案を思い出さなかったのか」

「諦めるんだ。そんなことより、トラブル・コンサルタントもどうせ嘘だろうが、嘘はその程度にしておいたほうがいい。警官詐称や外交官詐称はれっきとした犯罪だ」

税所＝李＝岡田はアタッシュ・ケースをつかむと、気が抜けたように椅子から立ち上がった。

「法律にふれない、赤ん坊のおケツみたいにきれいな方法で、夢を叶えられるようなヤマに出くわしたら、あんたを誘いにくるよ」彼はドアのほうへ向かった。

「ちょっと待て。あんたに返すものがあるようだ」

私はデスクの鍵のかかる引き出しを開けて、その中に手を入れた。

「渡した名刺だったら返すにはおよばんよ。いくらでもある——」

彼のアタッシュ・ケースの中で携帯電話の着信音が鳴りだした。彼の顔が一瞬にして凍りつくようだった。

私は引き出しから手を出して、鈴木良知の死体から持ってきた携帯電話を彼に見せた。〝切〟のボタンを押してみせると、彼のアタッシュ・ケースの中の着信音も切れた。

「いつ、おれの正体に気づいたんだ？」

彼がバーバリのコートから出した手には小型の拳銃が握られていて、銃口は私のほうに向けられていた。彼の顔つきにも少し変化があった。どちらかと言えば、はじめて会ったときの警視庁の公安だと名乗った税所義郎に逆戻りしたような印象だった。

「気づいてはいなかった」と、私は答えた。「ただ、設楽老人の誘拐と七億円受けとりの主犯ではありえない人間を、こんどの関係者から一人ずつ消していくと、残る人間があまりいないのだ。だから、主犯は私が会ったこともない人間だろうと思っていた。しかし、手許にこんなものがある以上、試してみない手はないだろう？」

「鈴木の死体から持ってきたのか」

「携帯電話を見つけたときには死体だったが、倒れている鈴木を私が見つけたときにはまだ生きていた。仲間割れで、あんたに撃たれたのかと聞くと、そうではないと言った」

「そうだったのか……あいつら、ひどいことをしやがった」

「見ていたのか」

「おれはあのとき、宝昌寺川の向こう岸の道路にいたんだ。〈ポルカ・ドッツ〉の駐車場をさきに出て、向こう岸で鈴木がブルーバードを運んでくるのを待っていたんだ。鈴木がアコードに乗り換えたら、あのさきの橋で合流して、金を移し、軽トラックを捨てて、アジトに向かう手筈だったんだ。ところが、いきなりあの砂利トラックが現われて、撃ち合いが始まった。対岸にいるおれにはどうすることもできなかったんだ。おれはとっさに砂利トラックのあとを追った。途中、何度か鈴木の〝携帯〟に電話を入れたが、電話に出なかったんだ……死んだと考えるほかなかった」

「トラックの荷台に七億七千万円の札束が乗っていなくても、そんなに早く死んだという結論に達しただろうか」

「いや」と、岡田は素直な声で言った。「おそらくは、倒れている鈴木のそばへ駆けつけていただろうな」

「大金を懐に入れるというのは、そういうことだ」

「たしかに、そういうことだな……しかし、あの大金の一部は鈴木のものでもあり、同時にそれは台湾にいる鈴木の家族のものでもあるということだ。あの場合、もしも、おれが倒れている鈴木のそばへ駆けつけたり、救急車を呼んだりしていたら、鈴木は自分の分け前をドブに捨てられるような思いをしたはずだ」

「それは七億七千万円の理窟だ」

「おれがあのときすぐに救急車を呼んでいたら、鈴木は助かっていたと思うのか」

私は少し考えてから答えた。「思わない……だが、おれは専門の医者でもないし、神様でもない」

「うれしい注釈つきだが、少しは気が楽になったよ……台湾の家族に事情を話すときに、鈴木の分け前以外に、彼が死んだことを伝えるための形見のような、何か渡すものが欲しくて、〝携帯〟を遺していたのが、間違いだったな。おれらしくもない感傷だった。おれが李國基と名乗ったときの経歴のおおよそは、鈴木の経歴からのいい、いただきだったんだが」

「遺品のつもりなら、こっちのほうだろう」私は鈴木の〝携帯〟をデスクの向こう端においた。

設楽老人誘拐と七億七千万円要求の〝主犯〟である税所義郎＝李國基＝岡田浩二は、ドア口から戻ってきた。「返してくれるのか」

「おれは携帯電話は使えない。そっちの〝携帯〟にかける方法を教えてもらっただけだ」

「いまどき、携帯電話も使えずに、探偵がつとまるのか」彼はあきれ顔でデスクに近よると、アタッシュ・ケースをデスクにおいて、開け、そのなかに鈴木の携帯電話をおさめた。そのあいだ、銃口こそ私に向けられてはいなかったが、拳銃は持ったままだった。

「あとを追った砂利トラックの男たちのことを聞こう」

彼はうなずいた。「だが、どこかへ出て証言するつもりもないぜ」

「わかっている。大金を懐に入れるというのは、そういうことだ」

彼は苦笑して言った。「いちいち厭味《いやみ》な男だな。砂利トラックは宝昌寺川べりの道をそれて迂回すると、すぐに五日市街道に戻ったんだ。そのまま西へ向かって、環八通りにぶつかると左折して、さらに甲州街道にぶつかると右折して、そのまま調布《ちょうふ》市内まで走りつづけた。そして、柴崎《しばさき》駅入口という表示のある交差点で右折したあと、またしばらく住宅地を走った。そして、町名が柴崎から作須《さす》町に変わるとすぐに、廃業しているスーパー・マーケットが現われるんだ。〈調布ライフ・タウン〉という看板が出ていたはずだ。そこの駐車場跡がちょっとした廃車置き場の様相を呈しているんだが、砂利トラックはそこに入って、ようやく停車した。砂利トラックからは男が一人降りてきた。そして、すぐ近くに停めてあった紺色の〝マークII〟に乗って、そこを走り去った」

彼はアタッシュ・ケースから一枚のメモ用紙を取りだして、私に渡した。「スーパー・マーケットの名前と場所、それにマークIIの登録ナンバーが控えてある」

「砂利トラックのもう一人の男は？」

「宝昌寺川を出たあたりでは、たしかに運転台に二つの人影が見えた。だが、そのうちに一人しか見えなくなった。途中で、一人だけトラックを降りるようなことはけっしてなかった」

彼はアタッシュ・ケースから折りたたんだ新聞を取りだして、私に渡した。「きょうの夕刊だ。赤のサインペンで囲った記事を読めばわかるが、砂利トラックの運転台から身許不明の射殺体が見つかっている。胸に二発と足にも銃傷があると書かれている。足の傷は鈴木に撃たれたものだろう」

「あんたが通報したのか」

「そうだ。調布を離れてすぐに、スーパー・マーケットの駐車場の砂利トラックのことだけを通報した。マークⅡの男に、死体を始末するつもりがあったのかどうかわからんが、始末されてからでは遅いからな。鈴木を殺した男の正体ぐらいは知っておきたかったので、マークⅡのことは自分で調べるつもりでいたんだ。通報はしていない」

「マークⅡが盗んだ車でなければ、所有者の身許はすぐにわかるだろう」

「残念ながら、スーパー・マーケットから猛スピードで走り去るマークⅡを追跡することはできなかったんだ。あの軽トラックでは砂利トラックを小一時間尾行するのが関の山だった」

「このメモは預かる。できれば、今夜のうちに警察が動くようにする」

「頼む。あんたに正体を見破られずにここを出ていたら、男の身許を突きとめたうえで、調布にタレこむつもりではいたんだが……あんたにまかせたほうがよさそうだ」

私は来客用の椅子を指さして言った。「少し訊いておきたいことがある」

「いいだろう」彼はふたたび椅子に腰をおろした。膝の上にアタッシュ・ケースをのせ、その上に拳銃を持った手をのせた。「べつに急ぐからだでもない」

私は少し考えてから、質問をはじめた。

「設楽老人の誘拐は？」

「おれの指示で鈴木が実行した。詳細は彼にまかせていた」

「ダイマジンという男は？」

「鈴木が仲間に入れた。おれは直接会っていない」

「あんたは老人を監禁した西蒲田の〈柏田鉄工〉へ直行か」

「そうだ」

「柏田鉄工を借りたのは？」

「それも鈴木だが、中小企業の工場地区で、すでに廃業しているところ、夫婦二人だけの生活をしている者という条件で、おれが捜させた。この不況のご時世だから、候補はいくらもあったが、地理的なことを第一にしてしぼった。誘拐の現場に近すぎてもまずいし、遠すぎてもまずい。交渉したうちの二軒は断わられたが、正月の沖縄旅行という餌が効いて、三軒目ですんなり話が決まったと、鈴木は言っていた」

「別所文男の飛び入りには驚いたろう？」

「そうだな。しかし、驚いていても仕方がなかった。計画をすすめることしか考えなかったよ」

「鈴木は、別所のほうからも身代金を取ろうと画策していたが、知っているか」

「ま、そのくらいの悪党でなければ、仲間にはできないさ。もちろん、あとで厳重に叱っておいた。なにしろ、そのせいであんたを西蒲田に案内することになってしまったんだから」

「老人に注射を打ったのは、あんたか」

「おれは看護士の資格が取れるくらい、そっちの経験はあるんだ。実をいうと、二度目にあんたに会いにきたときは、李國基という台湾の医師にするか、外交官にするか迷ったくらいだ。老人の健康に影響が出ないように、細心の注意は払ったつもりだ。老人を誘拐したが、彼を傷つける必要はなにもなかったんだからね。自白剤も二晩使用しただけだ。最初の晩は、うまく作用しなかったんだ。二日目に、薬がうまく効いて、二件の秘密を聞き出した。あとは、睡眠薬を適量処方して安静に寝てもらっていた」

「二件の秘密？」

「そうだ。最初に聞き出した秘密は、現職の大臣のスキャンダルで、公表するには波紋が大きすぎると思った。それに、そういう大物はむしろ〝支払い〟の側にまわってほしいからね。そいつの名前は——いや、あんたは、そんなことには興味がなさそうだから、伏せておこう。二つめに聞き出した秘密が、新聞に出た、例の与党の実力者議員の〝学歴詐称〟ってやつだ。こいつを使えば〈根来レジデンス〉には札束を抱えた男たちの行列ができるという確信があったが、もしそれでだめなら、現職大臣の秘密を第二弾として使うつもりだった。だから、老人を多少危険な目に遭わせたのは、その二晩だけだ」

「ということは、その現職大臣以外は、もれてもいない秘密のために、大金を支払ったということか」

「そうなるね。だから、もし万一おれが警察に捕まったとしても、おれを脅迫で訴える権利があるのは、厳密にはその現職大臣だけだな」

「おれが西蒲田へ行かなければ、どういう展開になっていたんだ？」

「一月七日には幕引きのつもりだった。設楽盈彦からありったけの秘密を聞き出したように見せかけるためには、そのくらいの時間が必要だろうということでね。飛び入りの別所という若者も、その日に解放するつもりだった。残念だったのは、当初の計画では、設楽老人は永田町の国会議事堂前に停めたトヨタの〝サーフ〟の中で発見される予定だったんだが、あんたのおかげで実行できなかったことだな。それが、根来レジデンスに届けられる札束の〝総額〟にも影響すると見ていたからね。しかし、七億円を超えたのだから、いまとなってはべつに文句はないよ」

「これは最後の質問だが、なぜ私の前に現われた？」

「最初は、おれの設楽盈彦誘拐計画のシナリオの〝後半〟を勝手に書き変えた人物に、どうしても会ってみたかったからだ。二度目に会いにきたときは、あんたが設楽邸に呼ばれたことを知ったあとだった。根来レジデンスを監視していた鈴木からの連絡でわかったんだ。老人が救出のお礼を言いたいことは想像できるが、あんたにそれ以上の役割が与えられる可能性をいろいろと想像すると、あんたを監視の対象からはずすわけにはいかなくなった。いちばんの懸念は、あんたが集まった大金を横取りするおそれがあることだったんだが……そいつは、いまから考えると、どうもよけいな取り越し苦労だったようだな」

「訊きたいことはそんなところだ」私はデスクの上のタバコを一本抜き取って、火をつけた。

彼も、拳銃をアタッシュ・ケースの上において、二本目のロング・ピースに火をつけた。

「おれの本名は訊かなくていいのか」

「訊いても、言うはずがない」

「そうだな。しかし、もしおれがこのままこの事務所を出ていったら、あんたはおれには二度と会えないよ。おれの身許はけっして割れない。あんたの探偵の能力をもってしても、一生かけて、おれを捜しだそうとしても、おれは見つからない」

「どうして、あんたを捜しださなければならないのだ？」

「そう訊かれると、答に窮《きゅう》するが……あんたは、おれがあの事件の主犯であることを知って、分け前を要求するつもりはないのか」

私は少し考えてから答えた。「ないようだ」

「あきれた話だな」と、彼は言って、自嘲気味の笑いを浮かべた。「分け前を拒否されてがっかりするとは、おれはいったいどういう神経の悪党なんだ」

「そっちの用がなければ、帰ってもらってかまわない。警察への連絡も早いほうがいいだろう」

「そうだな」と、彼は言って、タバコを灰皿で消すと、ゆっくり椅子から立ち上がった。「こんなことをあんたに訊くのもおかしな話だが、おれはこの拳銃であんたを撃ってから、ここを出ていくべきなんだろうな」

私はまた少し考えてから答えた。「そうだな。大金を懐に入れるというのは、そういうことだ」

「また、それか」

「鈴木良知がおれに間違えられて撃たれた可能性があることはわかっているな」

「それ以外に、昨夜の宝昌寺川での撃ち合いは説明がつかないようだ」

「すでにそのことは警察も知っている。この事務所で銃声がした場合、ここへ誰も飛び込んでこないという保証はない」

「なるほど」

「あんたはその銃を撃ったことがあるのか」

「実を言うと、ない」

「では、私を撃っても当たらないかもしれない。いや、撃っても弾が出ないかもしれない。その場合は、あんたはあの七億円にも布団袋にも当分——いや、たぶん永久にお眼にかかれなくなる」

「あやうく、自分は腕力よりも頭で勝負する人間だということを忘れるところだった。そろそろ引き揚げることにしよう」彼はドアロへ向かい、ドアを開けてふりかえると、言った。

「こんな不粋《ぶすい》なものをちらつかせたりして、悪かった」

身許不明の男は小型の拳銃をコートのポケットに戻し、ドアを閉めて、立ち去った。

33

田島警部補に電話をするつもりで、受話器に手を伸ばすと、まるで超能力者が手をかざしたように電話のベルが鳴りだした。超能力者はこんな偶然を楽しむことができなくて残念だろう。私は受話器を取った。

「もしもし……沢崎さんでしょうか」超能力者ではないので、相手は田島警部補ではなかった。聞き憶えのない声で、若い男のようだった。

「そうですが」

「あのォ、ぼくはきょう、豊玉の東海林の家の受付でお眼にかかった者ですけど……」ていねいな口調は緊張しているせいだった。声にかすかに怯《おび》えたような響きが感じられたが、私に対するものではなさそうだった。

「たしか、亡くなった東海林刑事の同級生の、藤君だろう」

「はい……では、東海林の家へ電話をかけて、ぼくを捜しておられたのは、やっぱりあなただったんですね」

「そうだ」

「その必要はありませんでした」と、彼は少し不満そうな声で言った。「会葬者名簿であなたの連絡先はわかっていましたから、どうせ連絡するつもりだったんです」

「そうか。すまないことをした。電話をかけたのが私だとは、気づかれなかったはずだが」

「はい、それは大丈夫だと思います。実は、東海林のことで、あなたにお訊きしたいこともあるし、お話ししたいこともあるのですが、これから、あなたの事務所を訪ねてもかまいませんか」

「いや、待て。東海林邸で話したように、私の身のまわりはあまり安全とは言えないのだ。ここは避けたほうがいいだろう。どこか、西新宿のこの近くで、きみが知っている店はないか。喫茶店でも、食事の店でも、飲み屋でもかまわないが」

「いま、小滝橋《おたきばし》通りに出てすぐの〈ベローチェ〉という喫茶店にいるんですが」

「すぐにそこへ行く。待っていてくれ」

「わかりました」私たちは電話を切った。

私はストーブを消しただけで、急いでコートをつかんだ。廊下に出ると、いつもとは反対の左手の奥へ向かった。便所を迂回したところにあるドアを開けて、私はめったに利用したことのない非常階段を降りた。

喫茶店〈ベローチェ〉はワイン色を基調にした店内装飾のセルフ・サービスのカフェで、私が着いたときは九時半を少しまわっていたが、空席は半分ぐらいだった。私は注文したコーヒーを受けとると、左手の奥にぽつんとひとりで坐って、終始私のほうを見ている青年のほうへ向かった。束ねていた長髪をほどいて、黒いピー・コートの下から襟の高い真っ赤なセーターが見えているので、新宿の街中を闊歩《かっぽ》している同世代の若者とすこしも変わるところはなかった。東海林家の広座敷の弔問者の受付に坐っていた男に間違いなく、赤い眼の充血もまだかすかに残っていた。だが、あのときの放心したような表情は消えていて、代わりに意志の強そうな濃い眉と顎の線が目立っていた。やや暗い印象を与えるまなざしをのぞけば、いまどきのハンサムな青年だった。彼の前のオレンジ・ジュースがおかれたテーブルにコーヒーをおくと、彼は立ち上がった。

「藤祐之《ひろゆき》といいます」

「沢崎だ。待たせてすまなかった」

向かいあって椅子に坐ると、彼は若者らしい率直さですぐに要点を切りだした。

「秋彦は殺されたんでしょうか。いえ、護送の刑事としてまきぞえになって死んだという意味ではなく、あいつ自身が狙われて殺されたんでしょうか」

「確証はないのだが、私はいまではそうだと考えている。新宿署の地下駐車場での狙撃事件の概要《あらまし》は知っているのか」

「ええ、だいたい。東海林の家では、正月以来その話ばかりでしたから」

「事件は当初、神奈川銀行のある支店で起こった鏑木組の組長襲撃に対する報復だろうと考えられていた。組長襲撃の犯人は別所文男という男で、襲撃直後から彼の仕業ではないかとみられていたのだが、別所は——これはあとでわかったことだが——まったく別の事件にまきこまれていて、行方がわからなくなった。その奇妙な空白の時間に、警察官である東海林秋彦がまきぞえで殉職したように見える状況を作って、殺してしまおうと企んだ人間がいたのではないかと、私は思っている」

藤祐之は乾いた土が水分を吸収するように熱心に、私の話に耳を傾けていた。

「最初に感じた疑問は、地下駐車場での狙撃がどうも暴力団の報復らしくないことだった。新宿署に出頭したのは別所の義兄の伊吹哲哉という身代わりだということがわかっていながら、その身代わりに報復するというのが暴力団らしいか、らしくないかという点では両説があるようだが、狙撃の段取り、狙撃の仕方、狙撃のあとの行動など、どれをとっても暴力団のやることとは思えないのだ。鏑木組の報復なら、自分たちの車で乗りこんで、銃弾をすべて撃ちこんだら、あとは地元の警察に得意顔で出頭して、それで終わりというところだろう。盗んだ車で、護送のタイミングを携帯電話で確認して、プロの狙撃者のように二発の銃弾を発射すると、さっと現場から逃走し、誰も自首するものはなく、おまけに狙撃の邪魔をしたというので、私の身許を車のナンバーから割り出して、わざわざ脅迫電話をかける……これでは暴力団というより、まるで〝謀略団〟だ」

私はコーヒーを一口飲んだ。藤祐之はオレンジ・ジュースをストローで一口すすった。

「そういう疑惑がひろがりはじめると、次の段階では、いかにも伊吹哲哉本人を殺すのが本当の目的であり、それを邪魔した私にも報復をするかのような、徴候を見せはじめた。伊吹自身が元は安積組という暴力団に属していた人間だし、義兄の安積組長との関係などから、命を狙われる可能性がまったくないとは言いきれないので、しばらくはその可能性も信じられていた。だが、堅気の料理屋の主人として二十年も順当な家庭生活を送ってきた伊吹の周囲には、彼の命を狙おうとする人間は誰も浮かびあがってこなかった。そうなると、いずれは最後の段階として、現場にいなかった別所や、右肩を撃たれただけの伊吹よりも、後頭部を撃たれて死亡した東海林刑事のほうが、本当の標的として注目されるときがくる。そのとき鍵になるのは、狙撃犯の二発目の銃弾が発射されたのと、ブルーバードが狙撃犯の車に追突したのがほとんど同時だったという、私の証言だ。私は東海林家では、銃撃のほうが追突より一瞬早かった、と言っただろう。しかし、本当のところは、私には銃撃のほうが早かったのか、追突のほうが早かったのか、それともまったく同時だったのか、正確なことはわからないのだ。ああいう混乱した状態では、瞬間の判定などとうていできるものではないというのが、私の実感だ。だから、〝ほとんど同時〟というあいまいな私の証言は、むしろ嘘偽りのない本音《ほんね》の証言だったのだ」

私はコーヒーを一口飲んでから、付け加えた。「だが、この世にたった一人だけ、その瞬間の判定ができる人間がいる」

「狙撃した本人ですね」と、藤祐之が言った。

「そうだ。そいつには、自分が二発目も伊吹を撃とうとしたが、追突のせいで狙いがはずれたのか、あるいは、二発目は東海林刑事を撃とうとして、追突の影響を受けるまえに、きっちりと目的を果たしたのか、そのどっちだったのかははっきりとわかっているはずだ。もちろん、犯人のために公平を期して言うならば、一発目も二発目もただ威嚇射撃のつもりで撃ったのに、あまりにも腕が未熟なために二発とも弾が当たってしまったということも、ありえないことではないがね。あのときの落ちついた射撃ぶりをみると、まずそんな言い分は通らないだろう。だから、追突の影響がなかったことが明らかな一発目の、伊吹を撃とうとして、みごとに伊吹を撃つことができた射撃能力を基準にするなら、二発目も伊吹を撃とうとしたと主張するためには、追突が発射よりも早くて、射撃能力を狂わせたということが大きな前提条件になる」

「犯人があなたに脅迫電話をかけてきたのは、そのためだったんですね」

「いい勘だ。電話をかけてきたのは運転をしていた男だったようだが、そいつは、狙撃を担当した相棒が、私に仕事の邪魔をされて、よけいな殺生《せっしょう》をしたと腹を立てている、と言ったんだ。つまり、自分たちは一発目も二発目も伊吹を撃とうとして、二発目は私の追突で邪魔されたんだと主張していたわけだ。それに私が反論するかどうか、その点を探るのが、彼らの電話の第一の目的だったにちがいない。当時の私は、身代わりの伊吹を標的にした狙撃ということになんの疑問も抱いていなかったし、追突と発射の正確な前後については判別できないのだから、彼らの〝主張〟になにも反論せずに話をすすめている」

「彼らとしては、一安心《ひとあんしん》ということだったでしょうね」

「そうだろうな。そして、伊吹を標的にした狙撃という説が揺らいでくるにつれて、まるでその説を補強するかのように、伊吹と私を新宿中央公園でもう一度狙撃することになる。あげくには、私を殺すつもりで、ブルーバードを運転していた別人を殺してしまった。こんな乱暴な行動を、筋道が立つように説明するには、狙撃した本人に、ぬぐってもぬぐいきれない大きな懸念があったとしか考えられない」

「彼は、二発目は秋彦を撃つつもりで、あなたの追突の影響を受けるまえに、きっちりと目的を果たしているので、あなたがいつそのことに気づくかわからないという懸念ですね」

「そうだ。そして、おそらくは、この事件が〝伊吹哲哉殺し〟とみなされているかぎりは、ほとんど自分たちに捜査の手がおよぶことはないが、いったん〝東海林刑事殺し〟とみなされたら、いずれは自分たちが捜査線上に浮かぶことになる、そういう立場にいる者たちの犯行ではないだろうか」

藤祐之はほとんど無意識に、残っているオレンジ・ジュースを飲みほした。

「ぼくも、秋彦はまきぞえなんかじゃなく、殺されたんだと思っているんです」

私はすぐそばの壁のところにある小棚から小さい灰皿を取って、タバコに火をつけた。

「そう思う根拠を聞かせてもらいたい」

「はい。これは去年の五月の連休のことなんです。当時はまだ、秋彦は田無《たなし》警察署に勤務するひらの巡査でした。会計課に所属していて、遺失物や拾得物の管理の仕事をしていました。警察官になって五年でしたが、彼は極度の緊張症というのか、進級試験ではことごとく失敗するし、対人恐怖症のようなところもあって、署内でもなるべく外部との接触の少ない部署にまわされる始末でした。周囲からはいつ警察官を辞めてもおかしくないように見られていたようです。ぼくも、その一年ぐらい前までは、豊玉北の実家にいましたから、秋彦によく会っていたんですが、急に千葉県の松戸《まつど》市に勤務先が変わって、それからなかなか会う機会がなくなっていたんです。ぼくは広告関係の小さな会社でデザインの仕事をしています。ですから、五月の連休にちょうど二人の休暇が重なったのを幸いに、奥多摩《おくたま》の〈日原鍾乳洞《にっぱら》〉まで二泊の旅行にでかけたんです。その二日目の昼食のあとのことですが、将来のことを話していているうちにちょっとした口論になって、秋彦は一人で日原川のほうへ散歩に出かけてしまいました。民宿に帰ってきたのは、あたりがすっかり暗くなった八時ごろで、最初のうちは蒼《あお》い顔をして一言もしゃべらなかったんです。晩ご飯を食べてビールを飲みだしてから、少しずつ機嫌がよくなり、お昼の口論のことも、すべてぼくの言うことが正しかったと折れてくるような状態でした。ですから、もう一泊楽しくすごして、翌日は早めにこっちへ戻ってきたんです。でも、それからです、秋彦の人生が大きく変化しはじめたのは……もともと彼は、中学も高校も成績は上位だったし、スポーツもそこそこにこなして、クラスでは結構人気者だったんです。それなのに、子供のころからの志望だった警察官になるために、警察大学校に入って、卒業し、警察官になり、つまり社会に出るにつれて、最初に話しましたように、だんだん社会に適応することが苦手になっていったんです。それが奥多摩旅行をきっかけに、すっかり学生時代のペースと余裕を取り戻したような感じでした。七月には進級試験にも合格して、長期の刑事講習も無事修了していたんですが、田無署には刑事枠の空《あ》きがなかったそうで、ようやく十一月に、待望の刑事として新宿署勤務になったんです。ぼくは彼の大変身ぶりを喜ぶ一方で、奥多摩旅行以来なにか心にわだかまるものがあって、彼の急激な変化に一抹《いちまつ》の不安を抱いていたんです……それが、十二月になって彼に結婚話が起こったころから、少しずつ破綻のきざしが見えるようになってきました。十二月の半ばごろのことですが、彼がぼくの松戸の勤務先に電話してきて、その夜近くの料理屋で食事をしながら、彼の話を聞きました。彼は、新宿署のある上司から意に染まない結婚話を押しつけられていることで、かなり悪酔いしていました。いろいろと問い詰めるぼくに、奥多摩以来の〝事情〟を話すまでには、ずいぶん時間がかかったんですが、それでも、なんとか要点だけは話してくれました」

私がタバコの火を灰皿で消すと、藤祐之は世の中にタバコというものが存在したことを思い出したように、ピー・コートのポケットから〝マイルド・セブン〟を取りだして、火をつけた。

「話は奥多摩に戻りますが、秋彦はあの日、一人で散歩している途中で、ある男がある犯罪を犯す現場を目撃したと言うんです。残念ながら、その男の名前も、犯した罪がなんだったのかも、秋彦は明らかにはしませんでした。秋彦は近くにある駐在所の巡査に急報して、二人でその男を現行犯として緊急逮捕することができたそうなんです。ところが、その巡査は駐在所に戻って奥多摩の本署に連絡しようとしたときに、なんと突然心臓発作を起こして倒れてしまったらしいんです。しかも、あっという間に心臓が停止して、亡くなってしまったそうです。すると、手錠と腰縄をつけられていたその男は、秋彦が警察官であることを巡査との会話で聞いて知っているので、自分を見逃してくれれば、かならず秋彦の警察官としての将来と出世を保証すると、相談をもちかけてきたんだそうです。実は、その男自身がかなりの地位にいる警察官であるうえに、上級幹部クラスの警察官数人の弱みを握っていて思いのままに操れるので、秋彦に保証できる〝見返り〟は絶対に間違いないと言うんだそうです……秋彦がその男の誘惑に負けて何をしたかは、もうおわかりですよね」

藤祐之は深い溜息といっしょにタバコの煙りを吐きだして、言葉をつづけた。「秋彦はその男の名前は最後まで口にしませんでしたが、その男が自分を新宿署勤務につけてくれた上司だということだけはもらしたんです」

「そうか。だとすれば、かなり限定できそうだな」

「犯罪を犯した上司と、それを見逃した部下の関係は、十二月の結婚話まではなんとかうまくいっていたのですが、それをきっかけに破綻しはじめたことは、話しましたね。なんでも、秋彦が結婚をすすめられている女性というのは、その上司が弱みを握っていると言っていた上級幹部の一人の、かなり問題のある娘らしいんです。秋彦はその娘の行状を知っていたんです。見てくれはモデルなみだが、父親が警察のそういう地位にいなければ、とうの昔に女子刑務所に入っていてもおかしくない、札付きの娘なんだと、秋彦は口をゆがめて言っていました。その娘が、どういうはずみか警察の懇親会で秋彦を見そめて、秋彦と結婚できるなら、心を入れ替えてまじめになるなどと殊勝なことを言っていたらしいんです。その上司は、この縁談がまとまれば、秋彦を完全に自分の懐に取り込むことができるうえに、自分の悪事のサークルを八方丸くおさめられる絶好の機会であり、願ってもない仲人役だと張り切ったようで、上級幹部にも娘さんのことはまかせてくださいとうけあったらしいんです。ところが、予想もしなかった秋彦の頑強な拒否にあってしまった。それは、どう説得しても、脅しても、すかしても通用しない拒絶でした。その上司の、秋彦を懐柔《かいじゅう》しようという方針が一八〇度転換して、どこから秋彦を殺害しようという方針に変わってしまったのか、ぼくにはただ想像するしか方法はないのですが……」

藤祐之はタバコを灰皿で消したが、抑えている怒りのために、その手がかすかにふるえていた。

「想像するしかないのは私も同じだ」と、私は言った。「おそらくは、神奈川銀行での鏑木組の組長襲撃事件と、その身代わりで出頭をしてもおかしくない男が新宿署管内にいるという情報から、一気に企まれた東海林刑事殺害計画なのだろう。かなり綱渡り的な計画だったようだが、当人たちの予想以上にうまく運んだ形跡がある」

「あなたがブルーバードを犯人の車に追突させるまでは、でしょう」

「私はこれから、新宿署の田島という総務課の警部補に会う。きみの話のほかにも、身代わりで出頭することを、伊吹に間接的に強制しようとした〝ムラシマ〟という刑事の存在や、狙撃犯の一人が昨夜乗っていた〝マークII〟の車のナンバーも入手している。きみの話から推測すれば、犯人たちは警察官か、あるいはそれに類する者である可能性が高いようだ。主犯らしい東海林刑事の上司の名前が割れるのも、もはや時間の問題だと思う。きみも新宿署へ同行してくれるか」

「それはお断わりします」と、藤祐之は言った。その日もっとも決然とした口調だった。

「なぜだ？」

「ぼくが同行すれば、おそらく、東海林秋彦が何よりも守りたかった彼自身の秘密が明かされてしまうおそれがあるからです」

「それは、彼が上司の犯罪を見逃すことによって従犯者となったことや、それを自分の出世にも利用してしまったことより、もっと明らかにされたくない秘密ということか」

「そうです」

「それは、きみと東海林秋彦は、つまり、男同士だが〝恋人〟であるということか」

「そうです」と、藤祐之は気おくれすることなく答えた。むしろ、ほっとしたような顔だった。そして訊いた。「ぼくはそれをあなたに、自分の口からはもらしていませんよね？」

「そうだったな。だが、きみの東海林秋彦についての話は、聞きようによっては、きみたちの〝愛情物語〟以外のなにものでもなかったようだ……まず、将来を心配しあう親密な関係」

藤祐之があとをつづけた。「奥多摩への二泊旅行、それから、秋彦の極端な二面性や刑事という男性的な職業への執着心、彼の女性との結婚の拒絶……」

「それに、東海林家でのきみの赤く泣きはらした眼もある」

藤祐之はかすかに微笑したが、それはすぐに消えた。「警察で証言することになれば、まず奥多摩の二泊旅行から話さなければなりません」

「連中がそんなことに気づくかな」

「万に一つでも、気づかれて、それが彼の家族や同級生や警察の同僚に知れることになったら、ぼくはあの世で秋彦にあわす顔がありません」

「警察というところは、証拠にならないような個人の秘密は伏せるところだが」

「万に一つでも、そうならなかったら、ぼくはあの世で秋彦にあわす顔がありません。あなたにそれを知られたことは、秋彦も許してくれるはずです。秋彦はあなたの存在そのものを知りませんから。でも、彼は常日頃から、自分の家族や同級生や警察の同僚にそのことを知られるくらいなら、その場で命を絶つと言ってはばかりませんでした」

「口先だけではないのか」

藤祐之はゆっくりと首を横にふった。「あなたには秋彦の心情は絶対にわかりません」

「そうだな」

「秋彦が警察官になりたいと言いだしたのは、たしか、中学二年のときでした。彼の場合、それはほとんど自分が同性愛者であることを隠して生きることを宣言しているようなものだったんです」

「きみはそんなことはないのか。そのことを人に知られてもかまわないのか」

「ぼくはまったく逆で、むしろそのことを大声で人に知らせたいぐらいかな。でも、だからと言って、秋彦のそうではない心情を無視することはできません。それが、ぼくたちの友情を成立させていたものなのですから……あなたが、きょう東海林の家に来られて、あの狙撃事件は秋彦を殺そうとした可能性があることを指摘されなかったら、ぼくはもう、秋彦の死の真相は永久に闇に葬られても仕方がないと考えていたくらいですから」

「では、きみ自身はむしろ東海林秋彦との関係を大声で叫びたいくらいだが、死んだ友のために沈黙するというのだな」

「そうです」

「きみが何かを我慢していると言うのなら、私も何かを我慢すべきだろうな」

私はコーヒーを飲みほして、立ち上がった。「いろいろ話してもらって、ありがたかった」

「では……ぼくは、新宿署へ行かなくてもいいのですか」

私は少し考えてから答えた。「なんとかなるだろう」

「なんとかなるだろう」田島警部補は少し考えてから答えた。

私は〈ベローチェ〉を出ると、その足で新宿署に向かった。私がそれまでに入手していたいくつかの情報を、田島警部補に伝えるのに、大して時間はかからなかった。新宿署に着いたのは十時を過ぎていたが、十時半にはすべてを話し終えていた。

田島警部補の対応は迅速だった。警視庁管轄の警察官の中には、〝ムラシマ〟という名前の警官は意外にもたった三人しかいなかった。一人は目黒《めぐろ》署の交通課に所属する二十代半ばの婦人警官であり、もう一人は八王子《はちおうじ》署の警務課に所属する五十代半ばの警部だったが、病気で長期入院中であることが確認された。したがって、三人目の新宿署の捜査四課に所属する村嶋直巳《むらしまなおみ》巡査長、四十二歳が、羽根田政雄の妹に名前を憶えられていたデカである可能性が高かった。総務課のパソコンの画面に映し出された村嶋の顔写真を見ると、彼が地下駐車場の狙撃のときに、東海林刑事といっしょに伊吹哲哉を護送していた、もう一人の年長の刑事であることはすぐにわかった。新宿中央公園で発砲があったときも、筒見課長といっしょに姿を現わした刑事だった。

税所＝李＝岡田のメモにあった紺色のマークⅡのナンバーから、その所有者はすぐに割れた。世田谷《せたがや》区千歳台《ちとせだい》にある警察官の官舎に住む小倉晋《おぐらすすむ》警部補、四十六歳で、所属は荻窪署の捜査四課だった。世田谷の住所は調布市とは眼と鼻の先だから、あのあたりの土地勘があっても不思議ではなかった。パソコンの画面に映し出された小倉の顔写真は、ランドクルーザーの運転席に坐っていたゴルフ帽とマスクの男のおぼろげな記憶に矛盾するものではなかった。杉並区の荻窪を縄張りにする安積組と伊吹哲哉に関する情報に通じているのはこの警部補だろうと思われた。

調布署から取りよせられたスーパー・マーケット〈調布ライフ・タウン〉の駐車場の砂利トラックの運転席で発見された死体の顔写真は、田島警部補自身が、新宿署の警務課で〝広報〟を担当している鷺村真爾《さぎむらしんじ》警部補、三十九歳であることを確認した。オリンピックの射撃競技の候補になれるくらいの腕前だが、心技体の〝心〟に問題があり、過去四回の選考競技会では前評判を裏切って、最高で第五位という成績しかおさめられず、署内では〝五位鷺《ゴイサギ》〟のあだ名で陰口をする者が多かったらしい。パソコンの画面に映し出された鷺村の顔写真は、ランドクルーザーの後部座席に坐っていた目出し帽の男が帽子を引きおろすまえの、横顔のかすかな記憶を思い出させるくらいに印象が近かった。広報担当のせいか、これまでも署内で見かけたことがある顔のような気がした。鷺村に撃たれた鈴木良知が、死に際に「どこかで見たことがある」と言ったのも、あるいは同じ理由によるのかもしれなかった。

新宿署と荻窪署の捜査四課のそれぞれの当直の責任者に問い合わせると、村嶋刑事と小倉警部補は非番だった。最近の動向が気になっていた黒田警部は、年末年始を通しての無休の勤務の代わりに、七日から十一日までの五日間は長期休暇を取っているということだった。同じく警務課の当直の責任者に問い合わせると、鷺村刑事からは、今朝早く電話で病欠の届けが出ているという返事だった。死人が電話をかけられるはずがないから、電話をかけたのはおそらく小倉警部補だろう。鷺村の家人に問い合わせると、このところ来年度の警察官募集の打ち合わせで忙しくて、出張や残業が多く、昨夜も帰宅していないという返事で、病気の話は何も出なかった。

三人もしくは四人の刑事たちの〝東海林刑事殺害〟への関与が濃厚となった時点で、私の質問に答えて、田島警部補は「なんとかなるだろう」としわがれた声で言ったのだった。彼は一〇分間ほど席をはずした。おそらくパリの錦織警部に連絡を取って、指示を仰いだのだろう。戻ってきた田島は、総務課の課長に連絡を取り、課長の名前で、すでに帰宅していた捜査四課の筒見課長と新宿署の署長に非常呼集をかけた。

〝東海林刑事殺害〟事件は、新たに捜査一課が担当することになり、すでに村嶋刑事と小倉警部補の身柄の確保に、一課の当直刑事たちが急行していると、田島は言った。さらに、休暇中の黒田警部の所在は、家人への問い合わせで、奥多摩の〈日原鍾乳洞〉の近くの民宿に滞在して、〝銃猟《ハンティング》〟を楽しんでいるということが判明した時点で、奥多摩署に至急彼の身柄を確保する指示が出されたと、田島は言った。

私は、事件が私の手を離れて、警察機構の巨大な車輪に牽引されていくさまを、総務課のキーキーと音を立てる田島警部補のボロ椅子に坐って、見届けた。

「おれは帰るよ」と、私は椅子から立ち上がって、田島に告げた。

「……そうか」田島の顔に一瞬ほっとしたような表情が浮かんだ。〝警官殺し〟に同じ署の警官が複数関与していたという一大不祥事が明らかになろうとしているときに、私などの介在はもはや邪魔以外のなにものでもないにちがいなかった。

「今夜は、事務所か自宅でかならず連絡がつくようにしておいてもらいたい」

私はうなずいて、総務課をあとにした。新宿署を出ると、外は冷たい冬の雨だった。

34

私はタクシーを拾って、まっすぐアパートへ帰りたかった。だが、藤祐之に会うために急いで出かけたので、事務所の明かりやドアの鍵がそのままになっていた。事務所の中に入って、ドアを閉めたとき、私はようやく異変に気がついた。右手の奥にあるスチール製のロッカーのかげに隠れるようにして、男が折りたたみ椅子に腰をおろしていた。両手を紺色のコートのポケットに深々と突っこんでいたが、右手のほうのふくらみがそれとわかるほど大きかった。

「東海林刑事を殺させたのはあんただったのか」と、私は訊いた。

新宿署捜査四課の筒見課長は大きく長い息をついた。胸の奥につかえていたものをいっしょに吐き出すような仕草だった。「そうだ。黒田警部だと考えていたのだろう」

「私は、証拠もないのに、誰かを殺人犯だと考えなければならないような立場にはいたことがない。コートを脱いでもかまわないか」

「どうぞ」

私は雨に濡れたコートを脱いだ。「こいつをロッカーに入れて、濡れた頭を拭《ふ》くタオルを取りだしたいのだが」

「どうぞ。ただし、ロッカーの中の金属バットにはさわらないように」

私はロッカーのところへ行って、扉を開け、コートとバス・タオルを交換した。筒見との距離が一メートル足らずになり、彼がポケットの中の右手でつかんでいるものが、私のほうに向けられるのがわかった。私はロッカーと筒見から数歩離れると、濡れた頭を拭いた。

「デスクのほうの椅子ではなく、そっちの椅子に坐ってもらおうか」筒見は来客用の椅子を顎で示した。

私は指示にしたがった。来客用の椅子はなんとなく坐り心地が悪かった。私は頭を拭きおわったバス・タオルを首にかけると、筒見に訊いた。「終わったのか」

「そうらしい」と、筒見は答えた。「奥多摩にいる黒田警部を自殺に見せかけて殺すように、村嶋と小倉に命じたが……ついにうんと言わなかった。あいつらも、もう限界にきているようだ。二人の名前は知っているか」

私はうなずいた。「一課が身柄を拘束しているころだろう」

「村嶋のほうはおとなしく捕まる覚悟をしているようだ。小倉は逃げられるだけ逃げてみると言っていた。どうせコネのある関西方面の暴力団を当てにするつもりだろうが、ろくな結末にはならないだろう」

「彼らはみんな、あんたに弱みを握られて、あんたを手伝ったのか」

「そういうことになるか……彼らのために言っておくが、彼らはたしかに警官を辞めなければならないような犯罪やミスを過去に犯している。しかし、彼らは警官としては優秀な者ばかりだった。彼らの経歴を調べてみるがいい。東海林秋彦のような新米の若造《わかぞう》に較べたら、はるかに優秀な警官たちだった。四課には、そういう警官が必要だ。もし、私が彼らを簡単に切りすてるような上司だったら、新宿署の暴力団対策はもっとはるかにひどいものになっていたはずだ。私は彼らをかばって、警官でいられるようにはからってやった。その代わり、彼らも私の指示には一切背くことはなかった……それも、きのうまでの話だが」

「黒田警部を奥多摩にやったのも、あんたか」

「私が休暇を取るつもりで、民宿の予約も支払いもすんでいるから、ハンティングにでも行ってみるかとすすめると、喜んで出かけて行った。危うく、ただより怖いものはなくなるところだったな」

「それにしても、鏑木組組長襲撃の報復に見せかけて、東海林刑事を殺害しようという、あの地下駐車場での計画は、あまりにも綱渡り的ではなかったのか」

「あとになるとそう見えるかもしれん。だが、あのときは充分に成算があった」

「鏑木組の二人は、鴨志田と力石といったか。あの二人を狙撃犯に仕立てるつもりだったのか」

「そうだ。彼らは狙撃犯であることを認めなければ、娑婆《しゃば》に戻ってもとうてい生きてはいられなかったんだ。鏑木組を左右できる神奈川県警のある上級幹部は、私の意向には逆らえない立場にいる。鏑木組と対抗している神龍会の荻須という幹部は、私の思いどおりに動かすことのできる男なんだ。もし、鴨志田たちが私の意に反して娑婆に戻ったとしても、荻須の口から、彼らが鏑木組長の入院していた病院を抜け出して、組を裏切ろうとしたことがひろまれば、ただちに鏑木組の制裁を受けることになる。そんな目に遭うよりは、組長の報復のために狙撃を実行したヒーローになって、長くても七、八年の別荘暮らしをして娑婆に戻ったほうがいいにきまっている。実際に、鴨志田のほうは諒解ずみだった。力石のほうが少しぐずぐず言っていたが、こいつも田舎にいる病気の母親の面倒を看《み》てやることを条件に、そのつもりになっていたんだ」

「伊吹の〝傷害〟だけならその程度の量刑《りょうけい》ですむかもしれないが、東海林刑事の〝殺人〟があるからそれではすむまい」

「害意があったのは伊吹に対してだけで、東海林のほうは過失ということになるんだよ。伊吹の傷害だけなら三年以下だろう。東海林の過失致死を入れても、腕のいい弁護士がつけば、長くて七、八年、うまくいけば五年以内に出てこられるよ」

「そんなものか。では、なぜその方法を取らなかった？」

「おいおい、他人事《ひとごと》みたいに言ってくれるな。あんたが面通しをして、あの二人が狙撃犯だと供述していれば、それで事件解決だったんだ」

「しかし、そんな確信は持てなかった」

「私の長年の刑事の経験では、あのような状況では、証言者は確信がなくても〝ノー〟ではなく〝イエス〟と答えるものなんだ。とくに、眼の前の容疑者が自分の命を狙っているおそれがある場合は、彼らを警察の留置場から釈放してしまうことになるような〝ノー〟は、まず絶対に言わない」

「小倉警部補にかけさせた、私への脅迫電話はその下工作だったわけか」

「あんたにはあんまり効きめがなかったがね。それに、小倉が脅迫電話をかけたすぐ後に、鴨志田たちがいきなり国外逃亡をはかろうとしたのには正直あわてた。尾行中の伊勢佐木署の刑事たちが、羽田で搭乗手続きをしているところを拘束したので事《こと》なきを得たがね。鴨志田たちの行動がもう三〇分早かったら、危うく、警察に拘束されている人間があんたに脅迫電話をかけるという珍妙な事態になるところだった。あんたが面通しで、鴨志田たちが狙撃犯だという確信は持てないと言ったのは、脅迫電話をかけてきた男が、その二〇分後にシンガポール行の飛行機に乗ろうとするはずがないと思ったからだな」

「いや、あのときは、彼らは国外へ逃亡するまえに、狙撃の邪魔をした私に一言《ひとこと》捨て台詞《ゼリフ》を残していきたかったのだろうと思っていた」

「そうか。国外逃亡にあわてたりしたのは、こっちの杞憂だったのか……いずれにしても、鴨志田たちを狙撃犯に仕立てる計画は、最後まで生きていたんだ。いったん釈放はしたが、保護の名目で二人はまだ私の監視下にある。きのうの夜、鷺村と小倉があんたの始末に成功していれば、鴨志田たちを再逮捕して、一気に決着をつけるつもりだった。あんたの〝ノー〟という証言さえなくなれば、彼らを地下駐車場周辺で見かけたという〝イエス〟の証言はいくらでもデッチあげられる」

「私の死体は？」

「永久に陽の目を見ないところへ運ぶ」

「いまどきこの日本に、そんなところがあるのか」

「警官が自由に出入りできるところで、死体がいくつも並んでいるところがあるだろう」

「なるほど」

「安全であることを確かめたうえで、適当に処理することになる。行方不明になったあんたをなんとしても捜しだしたいと、関東全域のすべての死体保管所を訊ねてまわるような者がいると、少し面倒だが、あんたにそんな誰かがいるか」

いなかった。

「新宿中央公園での発砲は、誰を狙ったのだ？　伊吹か、それとも私か」

「私が鷺村に命じた標的は伊吹だった。あの時点では、地下駐車場の狙撃の目的は、義弟の身代わりではなくて、伊吹自身を狙ったものとして押しきれると考えていたんだ。しかし、鷺村はあんたを標的にすることを主張した。鷺村は、二発目の発射があんたの追突寸前だったことを、あんたが知っているはずだという不安からいっときも逃れられなかったようだ。だが、私は伊吹を狙えと命じた。鷺村はもともとライフル銃の腕前はあまり確かではない。あのときは、あんたたちを脅すことと、それ以上に、地下駐車場での標的はあくまでも伊吹だったことを強調して、誰の頭にも東海林刑事が標的だったという発想が浮かばないようにすることが最大の狙いだった。ライフルの銃弾はかならずしも命中しなくてもよかったたんだ」

「すると、意見の食い違いのおかげで、私たちは命拾いをしたことになるのか」

「そうでもないな。あとでわかったんだが、鷺村のやつ、あのときは勝手に〝空包〟を使いやがった。命中させる必要のない射撃に、実包を使う必要がどこにあると言うんだ。餅は餅屋、理窟だよな。それに、なんの関係もない通行人に当たったりしたら、罪状が増えるだけだとね」

「ブルーバードに発信機をつけたのは、あんたの指示だな」

「そうだ。うちの署に、発信機がつけられていないかどうか点検にきて、発信機をつけられたのは、あんたが最初で最後だろうと笑っていたが、あんたは、そうされるおそれがあることは承知のうえで、ブルーバードを点検させたんだろう？」

「そんなことはない」私は首を横にふって、苦笑した。

「きのうの夜は何をしていたんだ？」と、筒見が訊いた。「助手席に妙齢《みょうれい》の美人を乗せていたそうだが、甲州街道、環七通り、青梅街道、五日市街道と走りまわって、〝愛の巣〟にするマンションでも物色していたのか」

「残念ながら、違う。聞けば、人殺しなどに血道《ちみち》を上げているのがバカバカしくなるような荷物を後部座席にのせていた」

「布団だろう？　愛の巣用の」

「外側はたしかに布団袋だったが、中身は七億七千五百万円の札束だ」

筒見は嘲笑を浮かべた。「そんな大ぼらを吹いて、私の気を惹《ひ》こうとしても無駄だよ」

「あんたにもほら話にしか聞こえないか」

「いつまでもだらだらと話をしている時間はないんだ。うちを出たはずの私が新宿署に姿を見せないので、いまごろは不審に思いはじめているだろう。訊いておきたいことがあればいまのうちだ。答えられることだけは、答えるよ」

「去年の五月、奥多摩で何があったのだ？　東海林刑事に何を見られたのだ？」

筒見の顔がはじめてゆがんだ。「やはり、それも知っていたのか。イチかバチかの賭けではあったが、東海林はそのことを誰にももらしていないというほうに、私は賭けたんだ。東海林にしたところで、警官としてあるまじき事後従犯の罪を犯しているのだから、そうやすやすと人に話せることではないはずだからな。去年の十二月に東海林に結婚話があったことは知っているか」

私はうなずいた。

「私はその仲人役を口実にして、東海林の近親者はもちろん、彼の周囲のほとんどの人間に会って懇談しているんだ。そのとき、私はかならず、若くて優秀な東海林君を新宿署に引き抜いたのは、この私だと話した。奥多摩の一件を打ち明けられている者なら、ああ、こいつが東海林に弱みを握られている出世の手蔓《てづる》か、という眼つきで私を見るはずだ。そうだろう？　しかし、返ってきたのは敬意と感謝の念のこもった反応ばかりだった。母親や兄をはじめ、すべての者がそうだった。東海林は若いに似合わず、堅苦しくて、人になじまないところのある男だった。これは、東海林はあの一件を誰にも話していない、いや、むしろ誰にも話すことはできないでいるにちがいない、とそう確信したんだが……いったい、誰が知っていたんだ？　やはり、母親か。それとも、なにか書き遺していたものでもあったのか」

「恋人だ」

「なんだと!?　そんなものがあいつにあったのか。そのへんのことは徹底的に調べさせたが、村嶋も小倉も鷺村も、わざわざ雇って調べさせた興信所の探偵も、東海林には女性関係は絶対にないとうけあったんだ……第一、そんな相手がいるとわかっていれば、無理に結婚話なんか押しつけることはなかったんだ。私はあいつが、あの結婚話を受けつけなかったのは、私に対する反抗であり、露骨な挑戦であり、あくまでも私に対する〝優位〟を示そうとする態度だと考えたんだ……恋人がいるんだったら、いると、一言《ひとこと》打ち明けていれば——」

「殺さなかったか」と、私は訊いた。

筒見はすぐには答えなかった。しばらく考えてから、陰鬱な声で言った。「私は人の弱みを握って生きてきた男だ。それが、逆に、あんな経験も何もない駆け出しの若造に弱みを握られて、これからの人生を送っていくなど……おそらく、いずれは許容できなくなる存在だった」

「奥多摩で東海林に握られた弱みとはなんだ？」

筒見は私の眼を見かえした。眼鏡の奥の暗く濁った彼の両眼が、異様に熱を帯びたように見えた。

「東海林の恋人も、そこまでは聞いていなかったということだな」

彼の顔に、人間としての自由を奪った者に、人間の命を絶つことを平気で強制できる、邪悪な執念のようなものが、はじめて表われた。

「奥多摩で何があったのか、知りたいだろう？　みんなそうなんだ。砂糖の山に群がる蟻、いや、糞便の山に群がる蠅のようなものだ。ちかごろの人間はみんな昼のワイド・ショーがお好みの、低級な〝のぞき屋〟ばかりなんだ。相手が加害者だろうと、被害者だろうとおかまいなしで、何から何まで知りたがる……だが、教えられないね」

彼の額を、二筋の汗が競うように流れ落ちていった。この冷え切った事務所の中にいるのにもかかわらずだ。

「私が東海林を殺さねばならなかった決定的な理由はそれだよ。私が奥多摩で五月のあの日に犯した犯罪は、日原の駐在所の巡査と、東海林刑事と、この私しか知らない。駐在所の巡査はその日に心臓発作を起こして死んだ。東海林刑事は私が殺した。そして、私が死ねば、この世に私のあの日の犯罪を知っている者は誰もいなくなる。永久にだ……誰も知らない罪は、もはや罪ではない」

筒見は勝ち誇ったようなゆがんだ笑いを浮かべて、付け加えた。「その後のすべての事件の原因となった、おおもとの〝動機〟が不明のままだとすれば、この事件は本当の意味では解決したことにはならないだろう。つまり永久の謎だ……言っておくが、奥多摩のあの一帯をすべて掘り返して、さら地にしたところで、なんの犯罪の痕跡も見つかりはしないよ」

「いずれにしろ」と、私は言った。「東海林秋彦を殺し、伊吹哲哉に銃傷を負わせ、羽根田政雄を殺し、私の代わりに鈴木良知を殺さなければならないほどの罪だったことは確かだ」

筒見は無言だった。

「いや」と、私は言葉をつづけた。「この世にそれほどのことをして隠さなければならないような罪があるとは思えない。確かなのは、あんたが東海林秋彦を籠絡《ろうらく》してまで隠したかった罪は、それが発覚すれば、警官であることを辞めなければならなかったということだけだ」

筒見は無言だったが、少し顔色が変わった。

「案外、取るに足りない罪だったのかもしれないな。警官としてはあるまじき破廉恥《はれんち》罪程度の」

「バカな！　そんなことぐらいで、三人もの人間を殺したりするものか」

「では、殺人ぐらいの重罪だったのか。いや、答えなくていい。法廷で裁判官は当惑するかもしれないし、東海林や羽根田や鈴木の遺族はわりきれない思いを抱くかもしれない。だが、この世の中のほとんどすべての人間は、あんたの犯した罪などどうでもいいのだ。ほとんど気にも留めていない。あんたの言ったワイド・ショーの見物人は、この犯罪者が自分でなくてよかった、この被害者が自分でなくてよかったと、他人の不幸を見て、胸を撫でおろしているだけだ。テレビで取り上げなくなれば、すぐに忘れてしまうだろう。次の新しいニュースで忙しいからね。この私も、彼らと大差はない。こんどの事件は、私にとっては、依頼者があって何かの真相をつきとめなければならないような事件ではなかった。私自身が事件にまきこまれ、命を狙われる立場におかれただけの、実にくだらない事件だった。それさえ解消してしまえば、すべての事件の〝動機〟となった、あんたの奥多摩の犯罪が重罪だろうと破廉恥罪だろうと、私の知ったことではない」

「そうはいかない」と、筒見はポケットの中の右手のものを握りなおして言った。「命が狙われているあんたの立場はまだ解消されたわけではない」

私を見ていた筒見の顔に平静さが戻り、口辺には満足そうな笑みさえ浮かんだ。おそらくは、私の顔に恐怖の表情が浮かんだのだろう。

「ところで、いま新宿署では、署長以下が集まって、何を検討しているか知っているか。新宿署始まって以来のこの不祥事を、なんとか揉《も》み消してしまう方法はないか、ということさ。そういうことのエキスパートである私がいないので、ずいぶんと会議は紛糾《ふんきゅう》し、難航《なんこう》しているだろう。私は奥多摩の秘密に封印をしたままこの世におさらばできれば、それで満足だが、そのまえに、すべてをぶち壊しにしてくれたあんたを、この世に残していくわけにはいかないんだ。それに、私とあんたがこの世から消えてしまえば、新宿署の揉み消し派の主張がぐっと優勢になるだろう……どうやら、私は最後まで、骨の髄まで理想的な警官らしいな」

筒見の右手が動いた。私がこの事務所に入って筒見の姿を発見して以来、ひたすら待ちつづけていた唯一の機会の到来だった。唯一無二の生存のチャンスだ。

筒見は拳銃をコートのポケットから出すつもりらしかった。こちらの動きが早すぎては、ポケットに入れたままの拳銃が火を吹くだろう。拳銃がポケットを出てしまってからではもちろん遅すぎる。ポケットから筒見の右手の甲《こう》が出るのが見え、回転式拳銃の〝輪胴《シリンダー》〟が見えた瞬間、私は椅子を蹴って、筒見に飛びかかった。

拳銃の銃身の先端がポケットの縁《へり》に引っかかって、私のほうに向けられないのが一瞬眼に入ったが、同時に私の右肩が筒見の左の胸部に激突していた。拳銃が発射された。弾丸は筒見のポケットの縁を突き破って、二人のからだのあいだのわずかなすきまを通過したにちがいなかった。身近で聞く発射の轟音と衝撃はあったが、弾丸が当たったような痛みはどこにも感じなかったからだ。筒見と私は折りたたみ椅子ごと、事務所の床に倒れこんだ。

筒見の顔に恐怖の表情が張りついていた。うしろむきに頭から倒れることの恐怖に加えて、おそらくは、引き金を引くつもりがないのに引いてしまった恐怖にちがいなかった。弾丸が彼自身の右足を射抜かなかったのは、むしろ私が体当たりをかけたおかげだった。もっとも、引くつもりのない引き金を引いてしまったのも、私の体当たりが原因だったが。

拳銃発射と床への転倒の衝撃から、私のほうがほんの一瞬だけ早く我に返った。筒見の右手首を探って、両手でつかんで押さえこんだ。筒見は右手は私にまかせたまま、私のからだの下敷きになっている自分の下半身を引き抜いた。筒見の右手首を軸にして、二人の男は膝をついた姿勢で、なんとか優位な体勢を自分のものにしようと、事務所の床を激しく動きまわった。筒見の指先への神経がお留守になり、二発目の弾丸が発射された。轟音とともに、事務所の窓ガラスが砕《くだ》ける音がした。

二人はおたがいのからだを支えにして、ようやく立ち上がった。絡みあった四本の手は、ただひたすら、拳銃の銃口を相手のほうに向けることに全力を傾けていた。拳銃は二人のからだを避けるように大きく弧を描いて、時計の針が十二時を目指すようにじりじりと上昇していった。

そのとき、いきなり事務所の窓全体が明るくなった。だが、われわれにはそっちに気を取られる余裕などなかった。窓の外で、ハンド・マイクのスピーカーが電気的な共振をおこして、耳を聾《ろう》するような雑音を響かせた。

「二階で拳銃を発射した者に告ぐ」と、増幅された声が言った。「当ビルはすでに警察の厳重な包囲下にある。拳銃を捨てて、すぐに出てきなさい」

私たちの四本の手は、拳銃を頭上に捧げ持っているような恰好だった。筒見の右足が、私の右足がそうしようと思いつくより一瞬早く、私の左足を刈った。柔道を長年の日課にしている男を相手にしていることを思い出すのが遅かった。踏ん張ろうとしたが、いつの間にか私の足の下に落ちていたバス・タオルのせいで、私の足がすべって、膝をついてしまった。そうなると、筒見は私にのしかかるような力を加えて、拳銃の銃口を私に向けてきた。銃口の黒い穴が、扁平《へんぺい》な形からだんだん丸みを帯びてきた。同じような体力であれば、下から上に持ち上げる力は、その逆にはとうていおよばなかった。銃口がほとんど正確な〝円〟に見えはじめた。

「筒見警視。こちらは新宿署の署長だ。われわれはすでに事件の全容をつかんでいる。これ以上罪を重ねることなく、拳銃を捨てて、投降しなさい。筒見警視！」

マイクの声にまじって、二階の廊下を走ってくる多数の足音が響いた。

私は自分の力が尽きたのかと思った。そうではなかった。私の下からの力に対抗していた上からの圧力が突然ゼロになったのだ。拳銃は私の眼の前で反転するような動きをした。筒見が何をしようとしているか気づいたときは、すでに遅かった。

「愚か者め」と、筒見は吐きすてるように言った。

拳銃の銃口が筒見の顎の下にぴたりと当てられた瞬間、三発目の弾丸が発射された。筒見のからだはうしろむきに私のロッカーに激突し、そのまま前にくずれ落ちた。筒見の頭部の前後から血が溢《あふ》れだした。

事務所のドアが開いて、数人の男たちがなだれこんできた。先頭にいるのは田島警部補だった。

「沢崎、大丈夫か⁉」田島は、私とロッカーの前に倒れている筒見とを見較べた。

警官たちは全員そろって手に拳銃を構えていた。拳銃にはうんざりだった。

「ここではもうそんなものは必要ない。いい大人《おとな》が危ないオモチャをやたらとふりまわすな」

私は呆然としている警官たちを尻目《しりめ》に、デスクをまわって、デスクの椅子に深々と腰をおろした。筒見に坐らされた来客用の椅子は、坐り心地が悪くて、買いなおす必要がある。私は上衣のポケットからタバコを取りだして、火をつけようとした。ストーブをつけていないし、割れたガラス窓から冷たい外気が流れこんでくるからだろう――私の両手がふるえはじめた。

35

翌週の月曜日、事務所の割れた窓ガラスは新しくなり、来客用の椅子は中古ではあるが、少しは坐り心地のいいものに取り替えられた。世間の正月気分も抜けたようで、午前中に一件、午後に二件の仕事の電話がかかってきた。ただし、三件とも「検討してみます」というおさだまりの文句を聞かされて、依頼にいたるようなものではなかった。

あれから、新聞、テレビ、ラジオは、新宿署の〝上司による警官謀殺〟事件をうるさく報道していた。新宿署は、あくまでも私の事件への関与を最小限のものにとどめようとしたので、私の身辺は静かなものだった。私としてはたいへん好都合だったが、ジャーナリズムが私を突つきまわすことで、警察が何をおそれているのか、本当のところはよくわからなかった。おそれることなど何も残っていないぐらい、新宿署とくに捜査四課は痛手をこうむっていた。

警察の不祥事などいまに始まったことではなかった。皮肉なもので、どこかの新聞が、あの事件が発覚した先週以降、新宿署管内で新たに発生する事件は、むしろ減少していると報道していた。いずれ署長が交代して、捜査四課が大幅に刷新されることになれば、あとはすべてが司直の手に委ねられて幕はおろされるのだろう。この事務所について言えば、窓ガラスと来客用の椅子が新しくなっただけでなく、ここで人間が一人死んだという痕跡も、すでにきれいになくなっていた。

廊下にハイヒールの足音が響いて、事務所のドアをノックする音がした。

「どうぞ」と、私は応えた。

設楽佑実子がドアを開けて、事務所の中に入ってきた。スリムな黒の毛皮のコートを羽織っていて、その下から輝くように白いスーツの上下がのぞいていた。

「こんにちは。このあいだの電話で旅行にでかけるとお知らせしたでしょう。そのまえに、ちょっとご挨拶にお寄りしたのです」

私が来客用の椅子を指さすと、彼女はうなずいて、優雅に腰をかけた。取り替えたばかりの椅子に坐った最初の客ということになる。椅子はまえのものに較べると数段きれいになったのだが、設楽佑実子が坐ると、粗大ゴミの山から拾ってきたようにしか見えなかった。彼女は黒いハンドバッグを開けて、なかから見憶えのある茶色い封筒を取りだした。

「それで、これをどうしてもあなたに受けとっていただきたくて、持ってまいったのです」

「それは、あなたが銀行に振り込んだ金額から、私の仕事の料金を引いた残りです。あなたの口座がわからないので、書留で送らせてもらった」

「どうして、受けとっていただけなかったのかしら」

「私には、常識の範囲で決めた規定の料金がある。そんな法外な料金を受けとれば、今後ああいう仕事をしたときに規定の料金しかもらえないことがバカバカしくなってしまう。それでは困るのです」

「でも、簡単に〝ああいう仕事〟とおっしゃるけれど、あれほどの大金を運んだ仕事じゃありませんか。あれは特別と考えて、ぜひ受けとってください」彼女は封筒をデスクの上においた。

「運んだ金の多い少ないは関係ありません」

「そうはおっしゃっても、七億七千万円もの大金を運んでおいて、あんな料金しかお受けとりにならないなんて、それこそ、常識の範囲外じゃありませんか」

「嘘をついてはいけない」と、私は言った。「あの布団袋に入っていたのは、七億七千万円の半分だったはずだ」

設楽佑実子はいったんは抗議するような仕草を見せたが、すぐに諦めた。

「いつそれがわかったんです？」

「あの金を運んだとき、環七通りで警察の検問に引っかかった」

「ええ」

「検問の警官の指示で、私は布団袋を開けるために後部座席のほうへ身を乗り出した。あのとき、あなたはバッグの中に隠していた小型の拳銃を握って、万一の場合に備えていましたね。ちょうどそこへ、スズキ・イチローからの電話がかかってきて、一瞬私の視線がそっちを向いた。あなたが拳銃を携帯電話に持ち替えるところが、ちらりと見えたのです」

「そうだったの。あのときは反射的に拳銃に手が伸びてしまったわ。布団袋の中身を警官に発見されたときに、あの拳銃でどうしようというつもりだったのか、いまだにわからないけど」

「それと同じ拳銃が、その翌日、税所義郎＝李國基＝岡田浩二と名乗ったあの男の手に握られていた。いや、拳銃が同じだと確認できたわけではないのだが、彼の拳銃はあなたの香水の匂いがしていた」

設楽佑実子は得心した顔でうなずいた。デスクの上の電話が鳴った。

「いいですか」と、私は電話に出る許可を取った。

「どうぞ。わたしはこのお金を受けとってもらえるまでは帰らないつもりだし、あなたのお仕事の邪魔をするつもりもないわ」

私は受話器を取った。

「もしもし……そちらは沢崎さんの探偵事務所かな？」

「そうです」

「こちらは設楽盈彦だが……先日からいろいろお世話になった。どうもありがとう。それで……実は、娘の佑実子がうちを出たのだが、そちらにうかがっておらんだろうか」

設楽佑実子は毛皮のコートを脱いで椅子の背にかけると、バッグからタバコとライターを取りだしていた。私は黒いW型の灰皿を彼女のほうに押してやった。

「ええ、おっしゃるとおりです」

「来ているのか……やはり、そうか」

「やはり、とおっしゃるのは？」

「娘の佑実子は、わしのもとを離れて、自分の道を自分の力で歩いてみたいと、書置きをのこして、うちを出たのだ」最初は矍鑠《かくしゃく》としていた声が、九十二歳の老人らしく力をなくしていくようだった。「娘は、いや、実はすでにわしの娘とは言えんのだが……三日前に、わしとの養子縁組を解消するための離縁届を出しておるのだ」

「あなたの同意がなくて、そんなことができるのですか」

「それが養女になるときの条件だった。彼女がわしとの縁を切りたいときには、いつでもそうできるように、同じ日に離縁届も作成していたのだ。日付を記入して提出すれば、わしたちはもとの赤の他人だ」

「なるほど」

設楽佑実子はタバコを喫いながら、私の電話の話に耳を傾けていた。すでに電話の相手が誰かわかっているようでもあった。

「佑実子を電話に出せるだろうか」

「ええ」

「いや、ちょっと待ってくれ。だらしないようだが、きみの口から聞かせてもらうほうが気が楽なようだ。佑実子が歩いてみたいという自分の道の、〝道連れ〟はきみか」

「違います」

「そうなのか？……いや、そうだろうな。監禁されているときに会ったあの男は、きみだとは思えなかったが、なにしろ帽子に黒眼鏡にマスクという恰好だったから、自信が持てなかったので、訊ねたのだ。勘弁してもらいたい……しかし、いまとなっては、せめて佑実子の道連れがきみであってくれればよかったのに、という気もする」

「見損なってもらっては困ります、と言うべきなのか、買いかぶってもらっては困ります、と言うべきなのか」

老人は小さく笑った。「……で、どんな男なのだ？」

「私も数回会っただけですから、はっきりしたことはわかりませんね。多少自信過剰なところが気になりますが、世の中をそつなく渡っていく能力は、私などよりはるかに長《た》けているでしょう。とくに、あれほどの大金を所持しているのであれば、おたがいに道連れに不便や苦労をかけることもないでしょう」

設楽佑実子の顔に笑みが浮かんでいた。携帯電話の着信音が鳴った。彼女はバッグから携帯電話を取りだして、耳に運んだ。

「もしもし……ええ、そうよ……彼は事務所にいて、いま会っているわ」

「どうかしたのか」と、受話器の向こうで設楽老人が訊いた。

「ちょっと待ってください」と、私は答えた。「彼女に道連れの男から電話が入ったようです」

「賭けはあなたの勝ちね」と、設楽佑実子が携帯電話の相手に言った。「あなたの言ったとおり、探偵さんは何もかもごぞんじだったわ……ええ、そうよ……いまは、たぶん、わたしの父と――いえ、かつてわたしの父だった人と電話で用談中らしいわ……ええ、ちょっと待って」

設楽佑実子は電話を離して、私に言った。「彼が、父に申し訳ないと詫びてほしいと、言っているわ。誘拐監禁のことか、わたしの家出のことか、たぶんその両方だと思うけど」

彼女の言葉遣いにはすでに変化があり、資産家の娘を気取っていたポーズも消えていた。

「彼女の道連れがあなたに詫びたいそうです」

「そうか……あの男は名前はなんというのだ。冥土《めいど》の土産《みやげ》に訊いておきたいが」

「父上が、彼の名前を訊きたいそうだ。あなたには、彼はなんと名乗っているのかな」

彼女は答えるのを少しためらった。

「いや、本名をつきとめようというのではない。ただ、四つめの名前があるのかどうか聞いてみたかっただけだ」

「渡会謙一郎《わたらいけんいちろう》。政治家や経済人や地方の名士たちの自伝を下書きするゴースト・ライターで生活してきた、と言っているわ」彼女は私の電話の向こうの設楽盈彦を意識して、大きな声で言った。

「それも偽名かな」

「たぶん」と、彼女は答えてから、携帯電話の相手に言った。「渡会という名前も偽名かと、探偵さんが訊いているわ……」

彼女は電話を離して、言った。「お察しのとおり、偽名だそうよ。でも、わたしにとっては、父に縛られた生活から抜けだすためのパートナーになってくれるのであれば、彼の身許などどうでもいいのよ」

「聞こえましたか。渡会謙一郎と名乗っているが、偽名らしい」

「聞こえたよ。冥土の土産には、偽名の渡会で充分だ」

「彼女と直接話しますか」

それを聞いて、設楽佑実子の表情が硬くなった。

「……いや、もうその必要もないだろう。きみから、よろしく伝えてもらいたい」

設楽佑実子にも老人の答がわかったようだった。彼女は携帯電話の相手に、「すぐに迎えにきて」と言って、電話を切った。

「ほかに、なにか」と、私は老人に訊いた。

「いや、もう何もない……」老人はしばらくためらっていたが、声をふりしぼるようにしてつづけた。「あんたにこんなことをお願いするのもなんだが、もしよかったら――これは、佑実子には絶対内緒にしてもらわなきゃならんが、あとで、消防署に一報してもらえんかな」

「どういうことです？」

「このフィルム・ライブラリーの造作《ぞうさく》は、まわりからの延焼を防ぐために最高の防火設備が施してある。したがって、ここから出た火も、階下のテナントをはじめ、まわりにはさほど迷惑はおよぼさんはずだが……万一ということもある」

「それは、あまり尋常ではない考えのようだが」

「すまん……佑実子の書置きを見たあと、わしのからだはあまり言うことを聞かんので、徳山に頼んで準備をしてもらった。徳山のことは、わしが死んでも身の立つように処理してあるし、彼もすでにここを退去した。あとは、マッチに火をつけて、眼の前にあるガソリン・タンクを横に倒して、マッチをほうれば、ここは一瞬にして火の海だ」

「大量の映画のフィルムも灰にしてしまうつもりですか」

「もちろん、そうだ。これらのコレクションはわしだけのものだ」

「あの大河内傳次郎はあなただけのものではない」

「見解の相違だな。どんな犠牲を払っても、あのすばらしい映像を遺したいと切望するほどの者が、あの業界にはいなかったのだから、自業自得だ」

「彼女が考えを変えたら？」

「いや、そんなことをさせてはいかん。わし自身がこれ以上生きていたくないだけのことだ。あんたとは、蒲田の監禁場所で助けられてからの短いつきあいだったが、佑実子の相手かもしれないという疑いなど抱かずにすんでいたら、もっと違ったつきあい方ができただろうに、残念だった……あんたには、もっと早く会ってみたかった」

「あなたが永田町のあぶく銭などに頼らずに生きていく道をみつけられるほど昔のことを言っているのだったら、私はまだおむつをしていましたよ」

「きびしいことを言うが、そのとおりだな。あんたに会えてよかったよ……では、すまんが、電話を切らせてもらう」電話が切れた。

窓外で車の警笛が二、三度鳴らされた。設楽佑実子は椅子を立って、窓辺に近づいた。私はうしろ手に窓の一つを開けてやった。筒見の拳銃で割れたガラスを入れ替えた窓だった。

私は受話器を戻し、もう一度取って、一一九番にダイヤルした。椅子を立ってふりかえると、駐車場の向こうの道路にダーク・グリーンのジャガーが停まっていた。

「こちらは消防署です」

「千代田区一番町の〈根来レジデンス〉の最上階に住む老人が、住居にガソリンをまいて、火をつけたと言っている」

「千代田区一番町の根来レジデンスですね？　あなたのお名前を――」

私は電話を切った。設楽佑実子が驚愕した顔で私を見つめていた。彼女は急ぎ足で事務所のドアロへ向かった。

「待て。忘れ物だ」

彼女は引き返してきて、来客用の椅子の黒の毛皮のコートを手に取った。私はデスクの上の茶色い封筒を取って、彼女にさしだした。

「あれだけのことをして稼いだ金を、粗末にしないことだ」

彼女は黙って封筒を受けとり、事務所から出ていった。

私は窓を閉めて、デスクに戻った。見るともなく見たメモ用紙のいちばん上には、水原毬子が書きつけた連絡先の電話番号が書かれているはずだった。だが、赤黒い絵の具のようなもので消されて、ほとんど数字が読めなくなっていた。絵の具ではなくて、自殺した筒見課長の頭部から飛び散った血のようだった。ここで人間が一人死んだことをしめす最後の痕跡だった。

やがて、窓外のジャガーが独特のエンジン音と排気音を響かせて走り去るのが聞こえた。彼らがどこへ向かおうと、私には関係のないことだった。

36

翌朝、ブルーバードを事務所の駐車場から車道にバックで出しているところに、伊吹啓子が駆けよってきた。大晦日に会ったときと同じ濃い赤のハーフ・コートとジーンズと黒いシューズという恰好で、同じ黒いバッグを右の肩にかけていた。私は運転席の窓を開けた。

「こんにちは」と、彼女は弾《はず》むような声で言った。「お出かけですか」

「そうだ。駅の近くまで送ろう。乗りたまえ」

彼女はブルーバードの前をまわって、助手席に乗りこんできた。

「仕事ですか」

「そう。あまりにも金をせびらない息子の素行を調べてくれという、親からの依頼だ」

「親ってそんなことまで心配するんですか」

「新宿駅でいいか」

「ええ。父に頼まれたので、学校へいくまえに、よったんです。父は、あなたにぜひうちの店に食事に来てもらいたいと言っています」

「そうか」私はブルーバードをスタートさせた。「お父さんにお礼を言っておいてもらいたい」

「父は、きょうの都合はどうだろうかと訊いてましたけど」

「残念だが、きょうは仕事がある。それに……」

青梅街道に出るために、ブルーバードを停めて、車の流れが途切れるのを待った。

「沢崎さんは、あまり父の招待を受けたくないんでしょう？」

「そういうわけではないのだが……そういうことになるか」

伊吹啓子はくすっと笑った。「心配しなくてもいいわ。父はそういう返事を予想していたみたいだから。父だって、いままで誰かを店に招待したりしたことのあるようなひとじゃないから、案外ほっとするんじゃないかと思うけど」

「そうか」

「おかしなひとたちだわ。沢崎さんも、父も」

私はブルーバードをスタートさせて青梅街道に出た。赤いスポーツ・カーが猛烈なスピードで、大音響のロック調の音楽をまきちらしながら、ブルーバードを追い越していった。性別不明の歌手の叫び声はほとんど英語で歌っているようにしか聞こえなかったが、耳に残ったのは《フユガレヤ、オロカモノドモノ、ユメノアト》という日本語の歌詞のようでもあった。

「いまの歌で思い出したが、私の眼の前で拳銃自殺した男が、最後に〝愚か者め〟とつぶやいたのだが、あれは私のことだったのだろうな」

「……さァ、どうかしら。わたしは違うような気がするけど」

彼女は膝に乗せたバッグの上蓋《うわぶた》を開けて、ペット・ボトルを取りだした。

「お父さんの料理ではなくて、きょうはその水をご馳走になろうか」

彼女はキャップを開けて、ボトルをさしだした。私は一口飲んで、彼女にボトルを返した。彼女も一口飲んで、キャップを締めると、ボトルをバッグにしまった。ブルーバードはゆるく左にカーブして新宿大ガードのほうへ向かった。

「これで、あなたとの別れの水盃《みずさかずき》もすんだことだし……そうだ、父からの伝言がもう一つあるんだった。こんど自分にもしものことがあったら、あなたに相談するようにって、妻や娘に言っておいていいか、訊いてくれって」

私は少し考えてから答えた。「探偵としてなら」

「父にそう伝えるわ。わたしにはなんだかよそよそしい返事で、断わられたようにしか聞こえないけど……父にはそれで充分なのね」

大ガード西の信号で停止すると、伊吹啓子はここでいいと言って、車を降りた。信号が青に変わり、ブルーバードをスタートさせると、横断歩道の赤信号で待っている伊吹啓子が手をふって、私に何か言った。たぶん「さよなら、探偵さん」と言ったのだろう。

後記

探偵・沢崎を主人公にした新シリーズの第一作をお届けします。『そして夜は甦る』『私が殺した少女』『さらば長き眠り』の第一期長篇三作を書いてから、九年余の歳月が流れてしまいました。著者は第二期の新シリーズを書くにあたって、ただひたすら、それらより優れて面白い作品を、それらより短時間で書くための執筆方法と執筆能力の獲得に苦心を重ねておりました。本作がより優れて面白い作品になっていることに、読者のご賛同を得られれば、欣快のいたりであり、短時間で書くことができたことは、本作につづく新シリーズの第二作、第三作の早期の刊行をもって証明するつもりです。

なお、本作においても、第一期作品同様、実在のものと同一の地名・団体名・企業名・個人名・作品名などが頻出しますが、本作がフィクションである以上、書かれていることは実在のものと直接なんの関係もありません。使用にあたっては慎重を期し、いかなる迷惑もおよぼさないように配慮したつもりです。もしそうでなければ、責任は登場人物の諸氏にではなく、著者の力量不足にあります。とくに本作においては警察関係の記述が大きな部分を占めていますので、作品のリアリティを損なわないために綿密な調査を踏まえて執筆していますが、フィクションであることを前提に、所轄署の部・課・係などの呼称をはじめとして一部に改変を施したところもあります。

巻末ながら、新シリーズの第一歩である本作の誕生は、早川書房社長の早川浩氏の深甚なるご厚情と、早川書房顧問の菅野圀彦氏の絶大なるご助力と、そして編集部各位の篤実なるご協力の賜物であることを銘記して、ここにあつくお礼申しあげます。

著者敬白

二〇〇四年　秋

あとがきに代えて――世相を映す鏡

帰ってきた男

原　尞

税金の確定申告を受けつけた税務署の係が、申告書の用紙にさっと眼を通して言った。

「探偵というご職業は、意外に不況に強くて、安定した、結構なお仕事なんですね」

「あんた方ほどではない」と、私は応《こた》えた。

それでも、カネを取られるために、一両日をかけて、自分の時間を他人のペースで拘束される、二月末の不愉快な年中行事を大過なくすませたので、私はむしろ機嫌がよかった。この調子でいけば、事務所のドアの色あせたペンキの看板を塗りなおすこともできそうだし、何年か先には事務所の薄汚れた壁を塗りなおすこともできるかもしれない。天気はいいし、暖冬の街並みは地球の終りは少なくとも今日ではないだろうと思えるぐらいに明るかった。

その要改修の事務所に戻って、持ち帰った書類の入った大判の事務封筒をファイル・

ケースにしまっていると、ドアを一回だけノックして、新宿署の錦織《にしごり》警部が入ってきた。高気圧の周辺にはたいてい低気圧が発生することになっている。

「四課の筒見警視を死なせずに逮捕できなかったのは、おまえの責任だ」

私はデスクを迂回して椅子に坐った。錦織が私に突きつけた指が、私の動きを追っていた。コートの下は、いつもに変わらぬ黒っぽいスーツにくたびれたネクタイだった。さすがのパリも、この男の服装の感覚にはなんの影響も与えることはできなかったようだ。

「おれが殺されなかっただけでもありがたく思うべきだ」と、私は言った。

錦織は電気椅子の坐り心地でも試すような顔つきで、来客用の椅子に坐った。

「椅子は変わったようだが、おまえの根性は変わらんな。おまえが殺されて、筒見を裁判にかけることができたら、そのほうがよっぽど世の中のためだった」

「世の中のためになるかどうかしらんが、警察の威信にとっては大きな打撃になっていただろう。そうならなくて、胸をなでおろしているツラだ」

錦織の両眼が判読不能な文字を見るように細くなった。「おまえはまだ、おれがそんなたぐいの警官だと思っているのか」

「警官はおおむねそうだ。そして有能な警官ほどそうだ」

錦織は口を開こうとしたが、無言のままゆっくりと閉じた。私が言ったことの意味を、秤《はか》りにかけているようだった。もともと公平さに欠ける秤りしか持ち合わせがないのにだ。彼はコートのポケットから、ロング・ピースを取りだしてから、ようやく言葉を見つけた。

「おまえに、警察官の能力の講釈など聞かされたくない」

机の上の黒いW型の灰皿を、錦織のほうへ押しやると、彼はタバコに火をつけた。煙りを吐きだした顔つきからすると、前置きはすんで本題に入るらしい。

「あの事件で四課は一新された。上級者のほとんどが総入れ替えになったと言っていい。新任の進藤《しんどう》という課長は、本庁差し向けの頭でっかちの若造だ。喜んでいるのは管内の暴力団だけだ」

「おれのせいではない」

「のぼせるな、探偵。おまえの手を借りるまでもなく、警官としてあるまじき行動におよんだ者は処分され、処罰されることになる。だが、あれほどの大騒ぎにしなければ、しかるべき刷新ができていたのだ。パリから戻ったら、新しい人事が内示される予定だった。四課にしても、暴力組織に対してこれまで以上の大きな打撃を与えられるような体制が取れるはずだった」

「いまからでも、なぜそうしない。こんなところへきて、つまらぬ愚痴をこぼすくらいなら、そうするための努力のひとつでもしたらどうだ」

「しているさ」と、錦織は言った。その顔には、相手を不愉快にさせるお得意の笑みが浮かんでいた。「たぶん、あしたかあさって、その頭でっかちの新任課長の召喚状がここへ届く」

私は錦織から眼をそらし、そんな召喚状が発行される理由を考えてみたが、これというものは思い当たらなかった。私は上衣のポケットからタバコを取りだしてから、訊いた。「なんのために？」

「教えてやろう。おまえは、あの事件のときは総務課にいた田島警部補を通して、おまえの警察への協力に対しての感謝状のたぐいは一切遠慮すると申し出ている。口頭でな」

私はうなずいてから、タバコに火をつけた。

「ところで、本当に感謝状は要《い》らないのか」錦織は事務所を見まわしながら、続けた。「そこの薄汚れた壁の真ん中に、もらった感謝状を掲げておけば、少しは信用があがって、客が増えるかもしれん」

「そういう依頼人もいるだろう。そんなものが目障りな依頼人もいるだろう。おれの推測では、たぶんあとのほうがずっと多い」

「なるほど。こんな探偵事務所を訪れるような客はどの道そんなものか。いずれにしろ、おまえが要らないと言えば、新宿署の古株であるわれわれには、それでこの一件は落着とわかっている。ところが、あの頭でっかちは、そうは思わなかった。たしかに、あいつの考えにも一理ある。常識で考えれば、あれは当然感謝状を発行してしかるべき事案だ。だから、万一にも誰かが——つまり、おまえのことだが、この処置に不服だとして抗議するようなことがあれば、新宿署はあの事件の失態の上にもうひとつミスを重ねることになる、と署長に意見具申したんだ」

私は口を挟むかわりに、タバコの煙りを吐きだした。

「署長は、本人が要らないと言っているんだから、それでいいじゃないか、と答えた。頭でっかちはそれでも引きさがらずに、本庁にいる自分の後ろ盾に、同じことを具申したんだ。いや、あいつはこの件に限らず、どんな些細な問題でも、本庁に一報しないでは何ひとつ判断できない男のようだ。この種の問題が生じると、どうも水は低いほうに流れる……で、結局、あいつの意見が通って、万一のためにも、感謝状は要らないという念書をとっておいたほうがいいだろうという結論になった」

「よけいなことだ」

私はタバコの灰を灰皿に落とした。話の方向が気に入らなかった。

「それだけか、感想は」錦織もタバコの灰を床に落としながら、付けくわえた。「おまえらしくないな」

「ほかに何がある?」

「召喚状には応じるのか」

「暇さえあれば」

「念書は書くつもりか」

私にも錦織の来訪の意図がようやくわかりかけてきた。

「何を企んでいるんだ?」

「おまえが念書など書くはずがないな」

「何を企んでいるんだ」と、私はくりかえした。

錦織は私の質問を無視して、続けた。「この数日、あの頭でっかちは、おれのまわりをうろちょろしている。ぜひ先輩のご意見をうかがいたいとな。つまり、新宿署のなかで、問題の感謝状の受領予定人のことにもっとも詳しいあなたに、その人物についてご存じのことをお聞かせください、というわけだ。断るまでもないだろうが、受領予定人というのはおまえのことだ」

意外なことに、錦織はこの会話を楽しんでいるわけではなかった。だとすれば、よほど気にかかることがあるにちがいない。

「何を企んでいるんだ」と、私はもう一度くりかえした。

「そこで、おれは思いつくかぎりのでたらめをでっかちの頭に吹きこんでいる」

私は苦笑した。「そういうことか」

「例えば、あの探偵が感謝状は要らないというのは、真っ赤な嘘で、本当は喉から手が出るほど欲しいに決まっているし、あるいは、署長の感謝状では不満で、一段上の警視総監の感謝状でもよこせというつもりかもしれない。だから、とにかく脅してでもすかしてでも、あの探偵に黙って感謝状を受けとらせておかないと、あとあとあんたの立場は面倒なことになりそうだ――と、まあそういった塩梅《あんばい》だ」

「そんなことをしてなんになる?」

錦織は真顔になった。「おまえだって、新宿署の四課が馬鹿者の集まりでいいとは思わんだろう。清和会のあいつはなんといった、橋爪《はしづめ》か。橋爪や、安積組のような連中が、この管内でのさばっていてもいいというのか……それとも、おまえはあいつらの同類か」

「よしてくれ」

「いいか、念のために言っておくが、おれはただ好き嫌いや、キャリアとノンキャリアの対立などで、本庁からきた頭でっかちを誹謗しているわけではない。あの若造には、なんというか、これはおれの勘だが、警察の責任ある地位には置いておけないような、危なっかしい何かがある」

「あんたは、おれを利用して、その新任の課長を失脚させようというハラだな」

「いまのセリフは聞かなかったことにしてやる」

私はタバコの火を消すと、机の左の引き出しを開けて、書類を二枚取りだし、錦織の前に置いた。

「なんだ、これは」錦織もタバコの火を灰皿で消した。

「見てわからないか。依頼人が書く、依頼申込書だ」

「どういうつもりだ?」

「一枚目は、新宿署の四課の進藤課長の信用調査の依頼だ。普通は、彼がその職には不適格であることの証拠をつかめば十分なはずだが、さきほどからのあんたの相談の内容からすると――」

「相談だと!?　おれがおまえにか」

「――その男を四課の課長の職から外すための実行も依頼しているように聞こえた。二枚目は、その実行の依頼だ。あとの依頼は違法であるおそれもあるので、引きうけるかどうかは、ようく考えてからの話だが」

「バカを言え。誰がおまえなどの依頼人になるか」

「バカを言っているとしたら、それはあんたのほうだろう」

私たちは机を挟んで睨みあった。どちらからともなく、二本目のタバコを取りだして口にくわえたが、火をつけないまま長い沈黙が流れた。事務所の外の廊下を走ってくる足音が聞こえた。ドアが開いて、田島警部補が顔をのぞかせた。

「課長、署から緊急の呼び出しです」

「なにごとだ？」

田島は私のほうを気にしながら訊いた。「かまいませんか」

「かまわん」

田島は事務所の中に入り、後ろ手にドアを閉めた。

「四課の進藤課長が、射殺体で見つかったそうです」

「なに!?」錦織の口からくわえたタバコが落ちたが、本人は気づかないようだった。

「場所はどこだ？」

「代々木上原のマンションです。調べによると、女の一人暮らしのマンションだそうです」

「愛人宅か」

「おそらく」

「自殺か」

「その可能性もあるそうです」

「女に撃たれたのか」

「その可能性もあると。女はひどい錯乱状態らしく、第三者の犯行の可能性も排除できないそうです」

　錦織は立ち上がり、私に向かって釘を刺すように人差し指を突きつけたが、無言のままドアのほうへ向かい、田島が開けたドアから出ていった。田島もあとに続こうとした。

「錦織警部は一課の課長に昇進か」と、私が訊いた。

「そう願っているが、その前に警視の昇級試験に合格してもらわないと――」

　廊下の向こうで、錦織が「急げ」とどなる声が聞こえ、田島も事務所を出ていった。あとには、低俗なテレビ番組のスイッチがいきなり切れたような、空々しい静寂が残った。またしても警察の不祥事と世間は騒ぐだろう。だが、この日本のどこかで起ること は、ほかのすべてのところで起こっていることだった。

私は椅子から立ちあがり、錦織のロング・ピースを拾って屑カゴに棄て、ドアを閉めてから椅子に戻り、自分のタバコに火をつけた。

そういうわけで、この事務所の四方の壁の汚れは、いまのところまだ警察の感謝状がぶらさがっているほどひどい状態にはなっていない。

（これは本書の文庫化にあたり書下ろされたものです）

原　尞　著作リスト

〈私立探偵・沢崎シリーズ〉

長篇

『そして夜は甦る』（一九八八年四月）ハヤカワ文庫ＪＡ５０１
『私が殺した少女』（一九八九年十月）ハヤカワ文庫ＪＡ５４６
『さらば長き眠り』（一九九五年一月）ハヤカワ文庫ＪＡ６５４
『愚か者死すべし』（二〇〇四年十一月）ハヤカワ文庫ＪＡ９１２　本書
『それまでの明日』（二〇一八年三月）早川書房

短篇集

『天使たちの探偵』（一九九〇年四月）ハヤカワ文庫ＪＡ５７６

エッセイ集

『ミステリオーソ』（二〇〇五年四月）ハヤカワ文庫ＪＡ７９３
『ハードボイルド』（二〇〇五年四月）ハヤカワ文庫ＪＡ７９４

＊一九九五年六月刊のエッセイ集『ミステリオーソ』を文庫化にあたり再編集し二分冊した。

本書は二〇〇四年十一月、早川書房より単行本として刊行されたものです。

著者略歴　1946年生，九州大学文学部卒，作家　著書『そして夜は甦る』『私が殺した少女』『天使たちの探偵』『さらば長き眠り』『ミステリオーソ』『ハードボイルド』『それまでの明日』（以上早川書房刊）

HM=Hayakawa Mystery
SF=Science Fiction
JA=Japanese Author
NV=Novel
NF=Nonfiction
FT=Fantasy

愚《おろ》か者《もの》死《し》すべし

〈JA912〉

二〇〇七年十二月十五日　発行
二〇一九年　二　月十五日　四刷
（定価はカバーに表示してあります）

著者　原《はら》　尞《りょう》
発行者　早川　浩
印刷者　草刈明代
発行所　株式会社　早川書房
郵便番号　一〇一 - 〇〇四六
東京都千代田区神田多町二ノ二
電話　〇三 - 三二五二 - 三一一一（大代表）
振替　〇〇一六〇 - 三 - 四七七九九
http://www.hayakawa-online.co.jp
乱丁・落丁本は小社制作部宛お送り下さい。
送料小社負担にてお取りかえいたします。

印刷・中央精版印刷株式会社　製本・株式会社川島製本所

ISBN978-4-15-030912-1 C0193

本書は活字が大きく読みやすい〈トールサイズ〉です。